A Faint Cold Fear Thrills Through My Veins
William Shakespeare

Zu diesem Buch

Seine Existenz ist zweifelhaft und seine Vergangenheit ebensowenig seriös wie sein «kleines» Unternehmen, eine Buchhandlung im Hamburger Vergnügungsviertel St. Georg – Jugendlichen unter achtzehn Jahren ist das Betreten untersagt.

Jerzy Pakula ist ein Exil-Pole, präziser ausgedrückt, ein enttarnter BND-Agent, von den Behörden seines Heimatlandes erbarmungslos ausgebürgert. Seine Aufenthaltsgenehmigung in der BRD war das einzige, was der BND ihm als Entschädigung für die geleisteten Dienste zu geben bereit war. Aber Jerzy gehört nicht zu der Sorte Exilanten, die ständig über ihr Schicksal jammern, um dann doch einmal im Jahr die Verwandten im Osten mit Geschenken zu überhäufen.

Denn logischerweise würde *er* bei der Einreise nach Polen sofort festgenommen werden. Also hat sich Jerzy mit seiner mickrigen Existenz abgefunden. Obwohl er ein Einzelgänger ist, ein manchmal zynischer Zeitgenosse, hat er sich einen kleinen Freundeskreis bewahrt.

An einem feuchtkalten Oktobertag holte ihn seine Vergangenheit in der Person eines Rumänen ein. Als Trascanu den Laden gegen Feierabend betrat, hätte Jerzy instinktiv reagieren müssen und den Rumänen rauswerfen sollen. Aber nein, in dem tiefsten Innern seiner Seele war er doch ein typischer Pole, der kein Geschäft ausläßt. Nur dieses Geschäft, das er mit Trascanu vereinbarte und mit einem ominösen Dritten abschließen sollte, stank gen Himmel. Aber Jerzy war zu naiv, und erst als er in dem Zug nach Warschau saß, mit gefälschten Papieren in der Tasche und als Bote einer unbekannten, aber sicherlich illegalen Fracht, wurde ihm klar, daß mehr als nur seine Freiheit auf dem Spiel stand.

Robert Brack, Jahrgang 1959, lebt als Journalist in Hamburg. Dieser Roman ist der Auftakt zu einer Trilogie, die den Themenkreis Polen und polnische Exilanten darstellen wird. Weitere Romane des Autors werden in der Reihe rororo-thriller erscheinen.

Robert Brack

Blauer Mohn

rororo

Rowohlt

rororo thriller
Herausgegeben von Bernd Jost

Originalausgabe
Veröffentlicht im Rowohlt Taschenbuch Verlag GmbH,
Reinbek bei Hamburg, Juni 1988
Redaktion Peter M. Hetzel
Umschlagfoto Thomas Henning / Bettina Scheffler
Umschlagtypographie Jürgen Kaffer / Peter Wippermann

Satz Bembo (Linotron 202)
Gesamtherstellung Clausen & Bosse, Leck
Printed in Germany
780-ISBN 3 499 42886 5

Die Hauptpersonen

Jerzy Pakula	hätte sich nie auf das Geschäft einlassen dürfen, das ihm
Trascanu	der Rumäne vorgeschlagen hatte. Denn dem unbekannten Dritten im Bunde
Ziegler	war ebensowenig zu trauen, wie
Szretter	der seine schmutzigen Geschäfte, genauso wie der ekelhafte Ziegler, immer auf Kosten Unschuldiger machte. Außerdem will von diesen nebulösen Unternehmungen auch eine Gruppe zwielichtiger
Araber	profitieren, die in der Wahl ihrer Mittel nicht gerade zimperlich sind. Das bekommen auch
Kasia	eine attraktive «Freizeitgestalterin» und
Andrzej	ihr allzu sorgloser Bruder und sein bester Freund
Sławek	am eigenen Leib zu spüren. Nur ein Mann wie
Major Kronstad	besitzt soviel Format und Ehrgefühl, all diese korrupten Elemente ihrem einzig wahren Schicksal zuzuführen.
	Nur
Tina	bleibt von dem turbulenten Geschehen unberührt und gutgelaunt.

KAPITEL 1

Der Zug nach Warschau ratterte durch die düstere, regennasse polnische Landschaft. Die abgeernteten Felder und Wiesen lagen in dämmerigem Zwielicht. Es war November.

Der Mann in dem grauen, zerbeulten Anzug trat aus seinem Abteil in den Gang und versuchte durch ein beschlagenes Fenster zu sehen. Er konnte jedoch so gut wie nichts erkennen. Mit dem Ärmel seines Jacketts wischte er über die nasse Scheibe und beugte sich nach vorne. Wassertropfen glitten in schrägen Linien von oben nach unten. Aber die Landschaft, die draußen vorbeizog, blieb im Verborgenen. Der Mann zündete sich eine Zigarette an und seufzte. So hatte er sich das Wiedersehen mit der alten Heimat nicht vorgestellt. Allerdings hatte er sich den Zeitpunkt seiner Rückkehr auch nicht selbst ausgesucht.

Er war recht groß und kräftig gebaut, Ende Vierzig, und hatte die Angewohnheit, bei längerem Stehen oder Sitzen allmählich in sich zusammenzusinken. Sein Gesichtsausdruck glich dem eines desillusionierten Verlierers, der sich schon seit Jahren damit abgefunden hat, daß er Glück haben muß, wenn sich die Ruhe um ihn herum bewahren soll. Seine Gesichtszüge waren grob und etwas aufgedunsen, sein dünnes Haar angegraut. Er wirkte nicht sportlich und daher ein bißchen zu fett. Sein Name war Jerzy Pakula.

Er zündete sich eine neue Zigarette an und lehnte sich mit dem Rücken gegen das Fenster.

Am anderen Ende des Gangs standen drei junge polnische Wehrpflichtige und unterhielten sich. Die beiden Frauen, mit denen Pakula das Abteil teilte, wahrscheinlich Mutter und Tochter vom Land, schliefen immer noch, seit sie in Berlin eingestiegen waren und mit ihren Koffern und Taschen das Abteil vollgestellt hatten. Anscheinend hatten sie Verwandte im Westen besucht, Ehemann, Sohn, Schwiegersohn, Tochter oder Schwester. Jeder Pole hat doch Verwandte im Westen. Nur Pakula hatte keine, weder im Westen noch im Osten, jedenfalls wußte er von keinen mehr. Er wußte nur, daß er sich sein Schicksal nicht aussuchen konnte. Und er wußte, daß er auf diese beiden Reisetaschen aufpassen mußte, die er mühselig über die Gepäckstücke der beiden Frauen gestapelt hatte. Was sie eigentlich Geheimnisvolles enthielten, hatte er nicht herausfinden können. Beim Packen hatte er nicht entdecken können, auf welche Weise etwas versteckt worden war.

Die Grenzbeamten in Ostberlin und an der polnischen Grenze hatten keinen Verdacht geschöpft und die beiden alt und gebraucht aussehenden, billigen, gelblichbraunen Kunstleder-Reisetaschen überhaupt nicht zur Kenntnis genommen. Die DDR-Grenzbeamten waren ohnehin mehr damit beschäftigt, zwei Schäferhunde unter dem Zug durchzujagen. Die polnischen hingegen untersuchten Schuhe und Strümpfe eines alten Mannes, der im Nebenabteil saß. Dieser hatte schon während der ganzen Zugfahrt jeden anzusprechen versucht, der ihm begegnete, um zu fragen, ob es an der Grenze wohl sehr schlimm werden würde und ob er seine Devisendeklaration richtig ausgefüllt hätte. Wie schrecklich es doch wäre, wenn er sich verzählt hätte! Und hoffentlich müssen wir nicht unsere Gepäckstücke öffnen, er habe doch so viel Kaffee und Schokolade dabei... Es wäre seine erste Westreise, um den Sohn in Hannover zu besuchen. Der sei erst seit zwei Jahren dort und habe sich schon das zweite Auto gekauft: einen Mercedes natürlich, zwar gebraucht, aber sehr groß.

Pakula hatte ihm erzählen müssen, daß er in Hamburg ein eigenes Geschäft besitzen würde und sich dafür bewundern lassen. Der kleine, schmächtige, alte Mann hatte ihm daraufhin anvertraut, daß auch er hin und wieder kleine Geschäfte tätigen würde, nicht wahr, man kennt das doch? Und Pakula hatte genickt. Es war doch immer das gleiche mit den Polen, entweder sie jammerten oder sie erzählten begeistert von ihren kleinen Geschäften – ganz im Vertrauen natürlich. Mit der eigennützigen Geschäftsmentalität seiner Landsleute war Pakula immer klargekommen, denn er wußte, wer die Spielregeln des Schwarzmarktes nicht kannte oder nutzen wollte, mußte sich einen sehr bescheidenen Lebensstil angewöhnen. Er hatte die polnische Lebensart in dieser Hinsicht immer ein wenig verabscheut. Nicht aus moralischen Gründen, eher weil er zunächst aus eigener Unfähigkeit nicht mitmachen konnte, dann aus Trotz nicht mitmachen wollte. Aber den Lebensstil der Deutschen ertrug er ebensowenig, denen schien immer alles in den Schoß zu fallen.

Ihn fröstelte. Er stellte den Kragen seines Jacketts hoch und vergrub die Hände in den Hosentaschen. Er war müde, unrasiert, und je mehr er über diese Reise nachdachte, schlecht gelaunt. Wer hätte wohl weniger Gründe hier zu sein als ausgerechnet er? Noch dazu mit einer falschen Identität und einem mehr als zweifelhaften Auftrag.

Aus dem Nebenabteil trat der kleine, ängstliche Mann und lächelte.

«Es dauert nicht mehr lange und wir sind in Warschau», sagte er und streckte sich. Dann hielt er ihm eine frischgeöffnete Schachtel Marlboro entgegen: «Möchten Sie eine Zigarette? Die sind gut.»

Pakula nahm eine Zigarette, und der kleine Mann gab ihm umständlich Feuer mit seinem teuer aussehenden, goldenen Feuerzeug. Es stand in seltsamem Kontrast zu seinem schäbigen Äußeren. Pakula bedankte sich.

«Wir haben fast eine Stunde Verspätung.»

Der kleine Mann zuckte fröhlich mit den Schultern: «Das macht nichts. Hauptsache wir sind wieder zu Hause. Waren Sie schon mal in Warschau?»

«Ich hatte mal dort geschäftlich zu tun.»

«Ich bin noch nie dort gewesen, nur durchgefahren. Aber heute werde ich einen alten Freund besuchen. Wir haben uns zehn Jahre lang nicht gesehen. Das wird ein Spaß! Ich habe ihm etwas mitgebracht...» Er senkte die Stimme. «Ein kleines Tonbandgerät, wenn er es kaufen will... oder eine kleine Uhr.» Er deutete auf sein Handgelenk. Pakula nickte müde. Der kleine Mann kramte wieder seine Zigaretten hervor.

«Möchten Sie noch eine?»

Das Feuerzeug versagte beinahe.

«Ich muß es auffüllen», sagte er schuldbewußt.

Dann kam er auf das Warschauer Schloß zu sprechen, das nun

endgültig renoviert sei und das er sich unbedingt ansehen wolle.

Als man die ersten Vororte von Warschau sehen konnte, hatten beide zusammen die halbe Zigarettenschachtel leergeraucht, und der kleine Mann verabschiedete sich, um in sein Abteil zurückzugehen. Pakula sah noch, wie er den anderen Personen dort die Zigaretten anbot, und ging dann in sein eigenes Abteil zurück. Die beiden Frauen hatten bereits begonnen mit ihren Gepäckstücken die Sitze vollzustellen.

Der Hauptbahnhof *Warszawa Centralna* ist ein moderner Betonkomplex. Die Bahnsteige sind unterirdisch angelegt.

Pakula stieg aus dem Zug und direkt in eine Welt, von der er geglaubt hatte, daß er niemals wieder in sie zurückkehren würde. Um sich herum nahm er altbekannte Sprachfetzen wahr. Die Menschen, ihre Gesten, ihre Gesichter und ihre Kleidung wirkten auf ihn gleichzeitig fremd und bekannt. Er hatte einen Moment lang den Eindruck, daß sie alle zu schnell redeten und sich zu schnell bewegten.

Nachdem er aus dem Untergrund heraufgestiegen war, suchte er seinen Weg durch das riesige, mit schmutzigem Marmor ausgelegte Betongewölbe der Bahnhofshalle. In jeder Hand eine der lästigen, häßlichen Reisetaschen, bahnte er sich den Weg durch die vor Schaltern, Tafeln und Fahrplanautomaten stehenden Menschenmassen. Es dauerte einige Zeit, bis er endlich einen Ausgang gefunden hatte, und er ärgerte sich. Das ewige polnische Chaos, dachte er. Seine Laune besserte sich keineswegs, als er nach draußen trat, wo es schon dunkel geworden war und regnete.

Der Bahnhof war von einem riesigen Parkplatz umgeben, auf dem vereinzelte Fiat Polski und Skoda standen. Einige Meter entfernt sah er ein Schild, das auf einen Taxenstand hinwies. Hinter dem Schild standen über zehn Personen ordentlich aufgereiht in einer Schlange, neben und zwischen ihnen Berge von Gepäckstücken. Zwar ragte das Schmetterlingsdach des Bahnhofsgebäudes über den Bürgersteig hinaus, aber der Wind trieb gelegentlich Regenschwaden über die Wartenden hinweg. Manche hatten glücklicherweise einen Schirm dabei. Von einem

Taxi war nichts zu sehen. Pakula fluchte vor sich hin und stellte sich als letzter in die Reihe. Ein besetztes Taxi fuhr an ihnen vorbei. Schließlich kam auch ein leeres.

Nach einer halben Stunde war er endlich an der Reihe.

Wie abgesprochen, ließ er sich in das *Hotel Viktoria Intercontinental* fahren. Das Schlimmste kommt wohl erst noch, dachte er grimmig.

Begonnen hatte diese lästige Geschichte vor einigen Wochen in Hamburg

KAPITEL 2

Über dem kleinsten Schaufenster der Straße standen die Worte «Alles für den Bücherfreund». Sie wurden fast völlig verdeckt von einer schmutzigen, gelben, zerschlissenen Plastikmarkise, deren verrostetes Gestänge darauf hindeutete, daß sie weder bei Regen noch bei Schnee noch aus irgendeinem anderen Grund eingezogen wurde. Unter diesem unzuverlässigen Schutzdach standen dicht aneinandergedrängt verschiedene Buchständer mit gebrauchten Taschenbüchern. Zumeist waren es uralte Kriminalromane oder Bücher mit romantisch-aufregenden Titeln, außerdem einige Kisten mit Liebes-, Heimat- und Gruselromanheftchen. In der Glasvitrine neben der Eingangstür waren Romantitelblätter ausgestellt, die schon so vergilbt und gewellt waren, daß sie mehr als einen Sommer und Winter lang Hitze und Feuchtigkeit ertragen haben mußten. Im Schaufenster stapelten sich unzählige Bücher aus den verschiedensten Fachbereichen: Geschichtsbücher, Kriegsbücher, Filmbücher, erotische Literatur, Waffenhandbücher, Kunstbücher, Weltliteratur, Science fiction, Wissenschaft und so weiter. Alles war übereinandergeschichtet, und der kunstvolle Stapel sah bedenklich unstabil aus. An die Eingangstür war ein selbstgemaltes Schild geklebt: «Kein Eintritt für Jugendliche unter 18 Jahren.»

Der Buchladen befand sich in einer breiten, zweispurigen Einbahnstraße des Hamburger Bahnhofsviertels St. Georg, die direkt auf den Hauptbahnhof zuführte. Es war der einzige Buchladen in dieser Gegend, eingezwängt zwischen Spielhallen, Peep-Shows, Sex-Shops, Kinos, italienischen Lokalen und türkischen Imbißläden. In den Hauseingängen, jeder mit den Hinweisen auf mehrere Pensionen und Hotels, standen vereinzelt ältere, bürgerlich gekleidete Prostituierte und warteten unauffällig auf ihre Kunden. Eine von ihnen rollte ihrem Hund, einem Pudel, einen bunten Kinderball zu, mit dem er begeistert spielte. Ab und zu sprach sie kurz mit einem der älteren Herren, die scheinbar ziellos die Straße entlangspazierten. Andere Männer schlenderten in Gruppen vorbei: türkische Geschäftsleute, heftig debattierend.

Es war ein kalter, feuchter Oktoberabend. Jerzy Pakula, der Besitzer des kleinen Buchladens, stand an der Tür und blickte in den dunklen Abendhimmel, ihn fröstelte. Er wünschte sich den Feierabend herbei. Für heute hatte er genug von seinen ewig gleichen Kunden, die ihre gierigen Nasen stundenlang in die Pornoheftchen steckten, die wegen Platzmangels in allen denkbaren Ecken und Nischen des Ladens gestapelt waren.

Pakulas Laden war kein Sex-Shop. Man konnte bei ihm jedes Buch bekommen. Innerhalb von ein bis zwei Tagen würde selbstverständlich jeder bestellte Titel geliefert. Den überwiegenden Anteil an seinem Umsatz allerdings machte der Handel mit den teuren Hochglanzheftchen aus. Dazu kam ein Bruchteil der Einnahmen durch den Verkauf von gebrauchten Taschenbüchern. Die interessanten und teuren Buchtitel, die man im Schaufenster sehen konnte und die den winzigen Innenraum so sehr ausfüllten, daß man sich vorsichtig bewegen mußte, um kein Regal oder keinen Buchständer umzustoßen, sah Pakula als seine Privatbibliothek an.

Er warf den Zigarettenstummel weg, verfluchte das Wetter und ging zurück in den Laden. Noch etwa eine Stunde würde er hinter dem kleinen Tresen mit der Kasse sitzen müssen, hauptsächlich, um darauf aufzupassen, daß sich keiner seiner Kunden klammheimlich ein Heftchen einsteckte und verschwand. Die drückende, schweigsame, schuldbewußte Atmosphäre, die die Kunden ausstrahlten, ihre plumpen Versuche, einander in der Enge aus dem Weg zu gehen oder sich zu ignorieren, strapazierte heute besonders seine Nerven.

Diese alten Knacker, die nie ein Wort mit mir reden, die

schnaufend aus der Masse der Bilder die richtigen für sich aussuchen! Ausgerechnet die garantieren meinen Umsatz, weil sie alle drei, vier Tage Nachschub brauchen.

Einer der Männer kaufte endlich die «Heißen Lüste» und verschwand. Auch die anderen beiden Kunden verließen schließlich den Laden.

Pakula wollte sich gerade aufatmend der Abendzeitung zuwenden, als ein betrunkener, bärtiger Stadtstreicher in die Tür torkelte und mit einer Bierflasche in der Hand gestikulierend lallte: «Haste mal 'ne Mark?» Eine Woge von Schaum lief über seinen Handrücken.

Aber bevor Pakula überhaupt antworten konnte, hatte ein kräftiger Arm den Burschen schon wieder aus dem Laden gezerrt.

Dann trippelte eine Gruppe von Japanern im Gänsemarsch in den Laden, um nach dem Weg zum Hauptbahnhof zu fragen. Ihr Talent, die ausliegenden aufreizenden Heftchen zu ignorieren, war bewundernswert.

«Zum Bahnhof? Immer geradeaus», erklärte Pakula müde.

Ob er vielleicht einen Stadtplan hätte, fragten sie auf englisch.

«Nein, tut mir leid.»

Und Zeitungen gäbe es bei ihm auch nicht.

Während nun die ersten vier der Gruppe anfingen auf japanisch zu diskutieren, bemerkte Pakula den fünften, der gerade seine Brille abgezogen hatte, um sie zu putzen. Er hatte die interessanten Auslagen entdeckt und musterte einige Titelbilder mit verkniffenen Augen. Dann nahm er hastig eines der Heftchen in die Hand und drehte sich von seinen Begleitern und Pakula weg. Pakula hatte den Eindruck, daß der Mann zwar das Heft gerne gekauft hätte, sich aber vor seinen Freunden nicht traute und es deshalb nicht bezahlen wollte.

«Das kostet 18 Mark!» rief er über die Köpfe der Redenden hinweg und wiederholte das gleiche noch einmal auf englisch. Vor Schreck ließ der Mann das Heft fallen. Seine Begleiter blickten sich nach ihm um, aber er strebte schon dem Ausgang zu. Sich mehrmals verabschiedend und bedankend folgten ihm die anderen. Dabei trampelten sie rücksichtslos über das am Boden liegende Heft. Pakula seufzte.

Für heute muß einfach Schluß sein, dachte er und erhob sich

mühsam von seinem Sitzplatz. Als er sich bückte, um das mißhandelte Heft aufzuheben, sah er, wie ein Paar glänzender schwarzer Schuhe vor ihn hintrat und stehenblieb. Schnaufend erhob er sich und starrte in das Gesicht eines südländisch aussehenden Mannes. Der blickte sich prüfend im Laden um.

Er sah nicht aus wie ein normaler Kunde. Auch nicht wie einer, der irgendwelche Bücher kaufen wollte. Er trug einen modischen, gutgeschnittenen dunklen Anzug, dazu einen weißen Schal, der aber nur lose um den aufgestellten Jackettkragen gelegt war. Nur seine breite Krawatte war aufdringlich bunt. Pakula, dessen Anzug mehr als nur unmodern war, kam sich etwas komisch vor. Das Gesicht des Mannes wirkte im Gegensatz zu seiner Kleidung grob und narbig. Seine schwarzen Haare waren strohig und ungepflegt.

Die Hände in den Hosentaschen und eine Zigarette im Mundwinkel, sagte er guten Abend.

Als Pakula sich aufgerichtet hatte, wich der Mann keinen Schritt zurück, sondern blieb unangenehm nahe vor ihm stehen. Pakula mußte zurückweichen, obwohl ihm das mißfiel.

«Guten Abend, ich wollte gerade schließen», sagte er und sah demonstrativ auf seine Armbanduhr.

Der Mann nickte leicht, aber unbeeindruckt. Pakula wußte einen Moment lang nicht, was er davon halten sollte. Ist der Kerl gekommen, um mich zu provozieren, fragte er sich, entschied sich dann aber dagegen. Der Mann schien weder betrunken zu sein, noch sah er aus wie ein Moralapostel. Pakula zuckte unwillkürlich mit den Schultern. Dann wischte er das schmutzige Heft vorsichtig mit dem Ärmel sauber. Als er sah, daß es so nicht ging, trat er zur Ladentheke und fischte einen alten Lappen aus der Schublade neben der Kasse. Auch der Mann bewegte sich noch ein Stück in den Laden herein, besah sich Bücher und Hefte.

«Haben Sie auch ausländische Bücher?»

Er sprach mit einem Akzent, den Pakula nicht einordnen konnte. Ein Türke ist er nicht, dachte er, vielleicht Grieche oder Jugoslawe.

«Was suchen Sie denn?» fragte er dann, ohne von seiner Arbeit aufzublicken.

«Oh, zum Beispiel englische oder amerikanische...»

Welchen Unterschied soll es denn da geben, fragte sich Pakula.

«... oder französisch, italienisch... polnisch...»

Einen kurzen Moment zuckte Pakula ein klein wenig zusammen. Polnische Bücher gab es nur in großen Buchhandlungen oder bei Polen zu kaufen. Daß er ein Pole war, oder vielmehr gewesen war, konnte kaum jemand wissen, schon gar nicht dieser Fremde.

Der Mann schien das Wort nur zufällig erwähnt zu haben. Als Pakula aufblickte, nahm er gerade irgendein Buch aus einem der Ständer und blickte zerstreut auf den Titel. Dann nahm er noch eins und hielt die beiden vergleichend nebeneinander. Er legte sie beiseite und nahm ein Heft von einem Stapel.

«Damit verdienen Sie wohl das meiste, was? Geht das Geschäft denn gut?»

«So einigermaßen», murmelte Pakula. Er hatte das Heftchen blankgeputzt, man konnte wieder alle Einzelheiten erkennen. Aus Polen kann er nicht kommen, dachte er, dann hätte er einen anderen Tonfall, aber auf jeden Fall aus dem Osten.

«Wo bekommen Sie diese Hefte denn her?»

«Es gibt einen Großhandel für so was, wie für alles andere auch.»

«Ja, natürlich», der Mann nickte, «dies ist ja ein freies Land...»

«Wenn Sie das so sehen wollen.»

Der Mann ging Pakula nun wirklich auf die Nerven. Entweder wollte er tatsächlich etwas kaufen oder er suchte nur eine billige Art, sich die Zeit mit dummem Gerede zu vertreiben. Er könnte ein Rumäne sein, so wie er aussieht, auch mit dieser Aussprache. Dennoch, er spricht sehr gut deutsch, aber was will er ausgerechnet von mir?

«Wenn man drucken kann, was man will, dann ist das doch Freiheit, oder?»

«Ja, sicher», antwortete Pakula zerstreut.

«Hübsche Bilder.» Er fuhr mit dem Zeigefinger über ein Heft.

Pakula hatte plötzlich das Bedürfnis, eine Zigarette zu rauchen. Er ging um die Theke herum, hinter der sich eine Türöffnung zu dem kleinen Hinterraum befand. Die Öffnung war mit einem Vorhang aus bunten Plastikbändern verhängt. Im hinteren Raum standen nur ein Tisch, zwei Stühle und ein Schränkchen. Außerdem gab es dort eine Spüle und eine Toilette.

Pakula nahm eine Zigarette aus der Packung, die auf dem Tisch lag. Dann stellte er sich wieder hinter die Ladentheke.

Sein Kunde betrachtete immer noch gewissenhaft alle ausliegenden Bücher und Hefte. Schließlich klemmte er sich einige davon unter den Arm.

«Na, bei diesen Büchern ist es wohl egal, in welcher Sprache sie geschrieben sind», bemerkte er grinsend.

So einer kauft doch keine Pornos, dachte Pakula.

In diesem Moment stürzte Tina in den Laden.

«Hallo, Joschi!»

Pakulas Gesicht hellte sich ein wenig auf. Endlich ein normaler Mensch. Tina stand ein paar Meter weiter in einem Hauseingang. Seit Jahren, wenn nicht Jahrzehnten, so erschien es ihm. Sie war kräftig gebaut, sah sehr sympathisch aus und war meist fröhlich genug, um selbst Pakula mit ihrer guten Laune anzustecken.

Sie erzählte ihm irgend etwas aus irgendeiner Zeitung, das er gar nicht richtig registrierte. Dankbar war er ihr aber dafür, daß ihre Gegenwart offensichtlich den Mann vertrieb. Nachdem er einen Stapel Heftchen mit zwei Hundertmarkscheinen bezahlt hatte, verschwand er endlich.

«Huh, was war das denn für einer?» rief Tina. «Der hat ja wohl einen Nachholbedarf. Vielleicht sollte ich ihn auf mich aufmerksam machen.» Sie zwinkerte anzüglich.

«Red doch keinen Unsinn.»

«Na, du bist ja wieder schlecht gelaunt. Da hast du eben ein großes Geschäft gemacht und schon muffelst du wieder. Das ist die katholische Erziehung, mein Lieber, du hast Gewissensbisse. Ach, was wird wohl der Papst dazu sagen?» Sie machte eine weit ausholende Geste, klatschte die Hände zusammen, als wolle sie beten, wobei sie mädchenhaft mit den Augen blinzelte. «Du gehst mir auf die Nerven», sagte Pakula und dachte gleichzeitig, daß er ungerecht war.

«Du bist depressiv. Alle polnischen Männer sind depressiv. Und katholisch.»

«Ich bin nicht katholisch. Außerdem kennst du gar nicht so viele Polen.»

«So, so, du vergißt aber, daß ich einen sehr sozialen Beruf ausübe!»

Sie tat eingeschnappt. «Außerdem ist der Papst auch ein Pole, und den kennt doch jeder.»

«Und was war das eben für einer?» fragte Pakula.

«Diese häßliche, triebhafte Figur eben?» Tina rümpfte die Nase. «Also, ein Pole war das nicht. Er hatte keinen Schnurrbart und katholisch sah er auch nicht aus. Eher wie ein Gangster. Bestimmt ein Rumäne. Gibt es in Rumänien Gangster?» Dann lachte sie und legte ihm eine Hand auf den Arm: «Aber Joschi, seit wann interessierst du dich denn für Männer? Also so was!»

Sie tat entrüstet.

Pakula war völlig humorlos.

«Ein Rumäne, meinst du? Ich habe nie etwas mit Rumänen zu tun gehabt. Was will er denn mit den ganzen Heften? Das ist doch nicht normal.»

«Woher willst du denn wissen, was normal ist? Bespitzelst du jetzt neuerdings deine Kunden?»

«Mußt du mich denn unbedingt ärgern?»

«Nur zu deinem Besten. Wenn du mich nicht hättest, würdest du doch fast alles falsch machen und den Rest vergessen. Und das Lachen hättest du auch verlernt. Ach, Joschi, Joschi, sieh doch selbst!» Sie deutete auf die Ladentür. «Du hast sogar vergessen zu schließen, dabei ist es beinahe sieben. Du wirst noch ins Gefängnis wandern, wenn du so weitermachst. Wir haben hier strenge Gesetze.»

Natürlich sollte der Laden längst geschlossen sein! Pakula riß sich von seinen Gedanken los und holte den Schlüssel aus seiner Hosentasche. «Warte, laß mich erst raus», sagte Tina, «Moment noch.»

Sie zog sich ihr prall gefülltes Kleid zurecht, schob das knappe Pelzjäckchen über die üppige Brust und stolzierte nach draußen.

Pakula schloß die Tür hinter ihr ab und machte die Tagesabrechnung. Aber seine Gedanken kreisten immer wieder um seinen letzten Kunden. In all den Jahren, seit er sich in Hamburg eine neue, wenn auch bescheidene Existenz aufgebaut hatte, hatte ihn noch nie ein solches Gefühl der Unsicherheit gequält. Dabei war es völlig unbegründet. Kein Mensch konnte irgend etwas von ihm wollen. Er war ein Niemand. Der einstige polnische Journalist, der mittelmäßige Auslandsreporter, der Jäger nach Informationen, war längst im Ruhestand. Er besaß nichts mehr, was ihn für irgend jemanden interessant machen konnte, nur einen schlechtgehenden Buchladen und eine Vergangenheit, an die er sich nicht mehr erinnern wollte. Daß er sich zwangsweise hier in Deutschland hatte einnisten müssen, war ihm inzwischen fast egal. Außerdem war er nie ein großer Patriot gewesen. Das hatte man ihm natürlich vorgeworfen. Aber mein Gott, nach all den Jahren. Er besaß einen deutschen Fremdenpaß. Damit würde er zwar nie mehr in sein Heimatland zurückfahren können, aber das war ohnehin nicht mehr wichtig, er kannte sowieso niemanden mehr dort. Gelegentliche sentimentale Anfälle unterdrückte er meist mehr oder weniger erfolgreich. Also was sollte das alles? dachte er. Warum diese trüben Gedanken? Und seit wann bin ich so ein verdammter Angsthase geworden?

Na, Schwamm drüber, es war eben ein schlechter Tag.

KAPITEL 3

Am nächsten Abend um die gleiche Zeit kam der fremde Besucher wieder.

Pakula saß hinter der Ladentheke und war müde. Ausgerechnet freitags kurz vor Feierabend füllte sich sein Laden. Als wäre es ein Naturgesetz. Und natürlich waren es immer besonders anstrengende Kunden. Oder bin ich schon wieder ungerecht? Ich werde zum Menschenfeind, dachte er. Die meiste Zeit hatte ihm sein Laden bisher Spaß gemacht. Es Spaß zu nennen, war vielleicht übertrieben, aber die drei Jahre, die er den Laden jetzt besaß, war er eigentlich zufrieden mit seinem Schicksal gewesen. Auch gegen seine Kunden hatte er nichts einzuwenden gehabt. Nun gut, viele waren etwas seltsam, aber sie waren auch nicht langweilig. Außerdem mußte man ihnen nichts vorlügen. Je gehobener der Lebensstandard, um so mehr erwarten die Leute, daß man ihnen etwas vorlügt. Sie wollen ihrer äußeren Erscheinungsform gemäß behandelt werden, auch wenn es darunter modert. Früher hatte Pakula genug Gelegenheit gehabt, diesen Moder zu riechen. Seinen Kunden sah man an, daß sie wußten, daß er ihnen nicht alles glauben würde, und daß auch sonst niemand wirklich ehrlich war – sie akzeptierten es notgedrungen. Pakula fand das in Ordnung.

Auch mochte er den Türken, der sich eine Stunde lang einen Stapel Hefte und Bücher der verschiedensten Sorten zusammengesucht hatte. Nun stapelte er sie auf die Theke und verlangte von Pakula, daß er mit ihm handelte. Er lehnte ab, und der Türke fing an zu zetern. Pakula wollte zwar freundlich sein, aber er wurde doch schnell ungeduldig. Er erklärte dem Mann barsch, daß er die Bücher gleich wieder zurückstellen könne, daß hier nicht gehandelt würde und schon gar nicht heute. Der Türke sah ihn erstaunt an, zog seinen Geldbeutel aus der Tasche, lächelte ein wenig und deutete auf eines der Comic-Hefte: «Für meine Kinder», sagte er. Pakula beruhigte sich wieder.

Als er dem Mann nachsah, wie er den Laden verließ, zuckte er zusammen. Draußen neben der Eingangstür erkannte er den Mann von gestern. Der «Rumäne» war wieder da. Er stand neben den Bücherständen und rauchte eine Zigarette. Er hatte den Rücken zur Tür gedreht und blickte auf die Straße. Die Tür schloß sich langsam. Durch die Scheibe konnte man ihn nicht mehr erkennen. Pakula wurde wieder unruhig, redete sich aber ein, daß er nichts zu befürchten hatte. Einen solchen Laden überfiel man nicht. Der Mann sah auch nicht so aus, als ob er so etwas beabsichtigen würde. Und die Vergangenheit? Ach was! Sollte sie doch kommen, die Vergangenheit, heute ist es mir egal, dachte er trotzig.

Nachdem ein nach Bier riechender Mann, offensichtlich ein Frührentner, «Verbotene Spiele» erstanden hatte und eine alte Frau drei gebrauchte Heimatromane, war der Laden leer.

Pakula sah, wie der Mann, der draußen gewartet hatte, der alten Frau die Tür aufhielt. Sie bedankte sich und er trat ein.

Heute trug er einen Regenmantel und hatte einen schwarzen Aktenkoffer dabei. Pakula versuchte sich vorzustellen, was er enthalten könnte. Dieser Mann konnte unmöglich ein Geschäftsmann sein. Ein Vertreter in seinem Alter würde sich nicht so aufdringlich modisch kleiden.

Der «Rumäne» schloß die Tür langsam mit der Hand, drehte sich dann gemächlich um und lächelte säuerlich. Er schien es nicht gewohnt zu sein, zu lächeln. «Guten Abend. Ich glaube, es ist Zeit. Wollen Sie für heute nicht schließen?» Er räusperte sich. «Ich habe Sie schon gestern davon abgehalten.»

«Wenn ich den Laden schließe, können Sie nichts mehr kaufen.»

«Ich hätte Ihnen ein interessantes Angebot zu machen, wenn Sie ein wenig Zeit haben. Und ein bißchen Ruhe.»

Pakula war plötzlich wieder beruhigt. Der Kerl war doch nur ein normaler Vertreter. Er sah vielleicht nicht so aus, aber in der Heftchenbranche gab es viele seltsame Figuren. Ein Vertreter! Pakula fühlte wohlwollendes Mitleid in sich aufsteigen. Diese modische Eleganz, die er als aufdringlich empfand, war also nur der verzweifelte Versuch, die Schmierigkeit seines Berufes zu überdecken. Er verspürte die leichte Neigung, diesen Mann sympathisch zu finden. Trotzdem mußte er ihn leider enttäuschen.

«Ich glaube nicht, daß ich an einem Angebot von Ihnen interessiert bin. Ich habe meine festen Großhändler. Und daß mein Umsatz nicht unbegrenzt wachsen kann, können Sie sich ja denken», sagte er und machte eine Handbewegung, die die begrenzten Möglichkeiten seines Ladens andeuten sollte.

Der Mann nickte und versuchte noch ein Lächeln, das ihm aber mißlang und seinem Gesicht eher einen brutalen Ausdruck gab.

«Ich will Ihnen nichts verkaufen, sondern von Ihnen etwas kaufen. Wir könnten ein großes Geschäft miteinander machen.»

Pakula seufzte. Das war nicht der erste, der versprach, ihm irgendwelche lohnenden Angebote zu machen.

Als plötzlich die Ladentür aufgerissen wurde und der betrunkene Penner von gestern abend halb hereingestolpert war, rief Pakula: «Es ist geschlossen!» und stand auf, um ihn gleich wieder aus dem Laden zu schieben. Dann schloß er die Tür und drehte den Schlüssel um.

«Mein Name ist Trascanu», sagte der Vertreter und hielt ihm die Hand hin. Pakula mußte sie widerwillig schütteln. Also tatsächlich ein Rumäne – wenigstens dem Namen nach.

«Ich nehme an, daß Sie meinen Namen kennen.»

Trascanu nickte. Er hatte das Schauspielern aufgegeben und sah nun unfreundlich, fast aggressiv aus.

«Ich weiß noch mehr von Ihnen», sagte er ein wenig knurrig. «Sie sind Pole, unfreiwillig im Exil und die Geschäfte hier gehen auch nicht so gut.»

«Und Sie, sind Sie auch unfreiwillig im Exil? Oder können Sie in Rumänien kommen und gehen wie Sie wollen?»

«Ich bin viel geschäftlich unterwegs. Auch Rumänen machen Geschäfte.»

«Damit wären wir ja beim Thema. Was haben Sie mir denn anzubieten?»

Pakula gab sich so desinteressiert, wie er auch war.

«Aber bitte, hier zwischen Tür und Angel? Ich möchte Ihnen ein interessantes Geschäft vorschlagen. Wollen Sie mich nicht in Ihr Büro bitten?»

Das klang ein wenig höhnisch.

«Wenn es Ihnen nicht zu eng ist, dann kommen Sie meinetwegen mit nach hinten. Während ich meine Abrechnung mache, können Sie's ja erklären.»

Pakula verkniff es sich, dem Rumänen den Vorhang zur Seite zu halten, als sie in das Hinterzimmer gingen. Es war eng und dunkel, über dem Tisch hing eine altertümliche Lampe mit einem Blechschirm. Pakula nahm sich das Kassenbuch vor, und Trascanu stellte seinen Aktenkoffer neben sich auf den Boden. Sie saßen sich gegenüber. Pakula überließ dem anderen das Anfangen.

«Das war gute Ware, sehr interessant», begann Trascanu.

«Was?» Pakula hielt es nicht für nötig aufzublicken.

«Diese Heftchen von gestern. Sehr schöne Bilder, gute Qualität.»

«Na ja, die üblichen Pornos eben.»

«Ja, aber in Farbe.»

«Das ist gar nichts Besonderes.»

«Hier nicht, in Deutschland.»

«Der Markt in Rumänien sieht wohl schlechter aus?»

«Ja, sehr schlecht. Nur schwarzweiß und alles ist verboten.»

Endlich kommt er auf den Punkt, dachte Pakula.

«Und da haben Sie sich gedacht, Sie machen Ihren Freunden zu Haus eine Freude und bringen ihnen ein paar hübsche farbige Hefte mit. Damit sie auch mal ihren Spaß haben, daheim in Rumänien. Warum kommen Sie dann zu mir. Das Zeug gibt es doch überall zu kaufen und noch dazu legal. Decken Sie sich ein und fahren Sie nach Hause. Wenn Sie nicht gleich einen Großhandel aufmachen, wird Sie die Polizei oder der Zoll vielleicht auch nicht erwischen.»

«Wir wollen aber einen Großhandel aufmachen.» Trascanu lehnte sich zurück.

Ohne es zu wollen, blickte Pakula ihn an. Armer Idiot, korrumpiert von der westlichen Dekadenz, dachte er.

«Was heißt denn wir, und was heißt Großhandel?»

«Das heißt, daß mein Chef groß einsteigen will.»

«Und wer ist Ihr Chef?»

«Das kann ich jetzt nicht sagen. Aber Sie können ihn kennenlernen.»

«Ich habe kein Interesse an solchen Geschäften. Und mit dem Osten will ich schon gar nichts zu tun haben.»

Trascanu nahm sich die Zeit und zündete sich gemächlich eine Zigarette an. «Sie sind dumm», sagte er und blies den Rauch durch die Nase.

«Wenn Sie mich provozieren wollen, dann lassen Sie sich mal etwas Besseres einfallen», entgegnete Pakula kühl, «oder noch besser, verschwinden Sie einfach.»

«Wir würden in Dollar bezahlen.»

Typisch Ostblock, Pakula schüttelte den Kopf, die denken immer nur an Dollar. «Sie können mir auch D-Mark oder Schweizer Franken anbieten, es bleibt erstens völlig gleich und zweitens interessiert es mich nicht.»

Aber es interessierte ihn doch. Dem Burschen eine Menge Pornos zu verkaufen, könnte etwas abwerfen. Wo sie das Zeug hintransportieren würden, konnte ihm ja egal sein.

Pakula nahm eine von den Zigaretten, die Trascanu ihm anbot, und sah ihn an: «Also?»

«Haben Sie einen deutschen Paß?» fragte Trascanu.

«Nur einen Fremdenpaß.»

«Das dürfte genügen. Damit können Sie ohne Probleme nach Österreich reisen. Ich kann es nicht. Sie können etwas bis zur ungarischen Grenze transportieren. Wir würden dort die Lieferung übernehmen.»

«In Ungarn?»

«In Österreich. Für Sie besteht dann kein Risiko.»

«Immerhin müßte ich nach Österreich reinkommen.»
«Das ist kein Problem.»
«Könnte aber eins werden.»
«Sie bekommen es gut bezahlt.»
«Ich habe kein Auto.»
«Sie können sich eins leihen oder wir geben Ihnen eins.»
«Soviel Aufwand für ein paar Pornos. Wie soll sich das denn auszahlen?»
«In Rumänien können wir sie für Dollar verkaufen. Es gibt genug Leute, die interessiert sind.»
«Parteifunktionäre, was? Die gleichen, die euch für den Schmuggel in den Knast oder ins Arbeitslager stecken würden.»
Trascanu zuckte mit den Schultern: «Wir machen mit jedem Geschäfte.»
«Ihr seid wohl gut organisiert?»
«Der Chef kennt sich aus. Er hat gute Verbindungen.»
«Warum kommt ihr dann ausgerechnet zu mir.»
Trascanu dachte einen Moment nach.
«Wir brauchen jemanden für den Transport und wollen nicht zu viele Mitwisser.»
«Vielleicht habe ich gar keinen Führerschein.»
Aha, dachte Pakula, die kennen sich aus. Der Chef hat gute Verbindungen. Die alte Ostblockschmiere. Was wäre der Sozialismus ohne den kapitalistischen Instinkt, die niederen verbrecherischen Triebe. Es gibt für alles überall einen Markt, wenn es nur verboten ist. Und es gibt überall Leute mit Verbindungen.
«Na gut, und wer ist nun dein Chef? Und wieviel würde für mich dabei herausspringen?»
Trascanu grinste dreckig.
«Du bekommst gutes Geld. Wir nehmen dir ein paar tausend Hefte ab. Der Chef wird dir den Preis nennen. Du kannst ihn morgen treffen.»
«Kenne ich den? Wie heißt er?»
«Du wirst ihn morgen kennenlernen.»
«In Ordnung, soll er also morgen vorbeikommen. Ich kann mir ja mal anhören, was er zu sagen hat. Aber mach ihm nicht zu viele Hoffnungen.»
Pakula blickte den Rumänen erwartungsvoll an, der aufstand.
«Er wird nicht hierherkommen. Du mußt zu ihm gehen.»

«Wo wohnt er denn?»

Aber Trascanu nannte ihm nur den Namen eines kleinen Lokals in St. Georg, fast direkt um die Ecke. Pakula kannte es nur von außen und erinnerte sich daran, daß schwere dunkelrote Vorhänge in der Eingangstür hingen. Sie verabredeten sich für den nächsten Abend.

Nachdem er Trascanu aus dem Laden geführt hatte, fiel ihm auf, daß der Aktenkoffer nur eine Attrappe gewesen war. Er hatte seine Wirkung getan.

Beim Zählen der Tageseinnahmen nahm Pakula sich vor, zwar zu dem verabredeten Treffen hinzugehen, allein schon aus Neugier, sich aber nur auf eine hundertprozentige Sache einzulassen. Oder besser auf gar nichts.

Andererseits war der Umsatz heute mal wieder ziemlich mager gewesen...

KAPITEL 4

Am nächsten Abend gegen zehn Uhr stand Pakula vor dem Lokal mit dem Namen *Der Rote Anker*. Es befand sich in einer Straße, in der eine kleine Kneipe neben der anderen lag. Alle im Souterrain gelegen und alle mit Fenstern, die mit Gegenständen dekoriert waren, um dem orientierungslosen Touristen sofort «Hafen» und «Gemütlichkeit» zu suggerieren. Aus fast allen Fenstern strahlte schummeriges Rotlicht, das die Schiffsmodelle, Leuchttürme, Buddelschiffe, Anker und Taue sehr billig aussehen ließ. *Der Rote Anker* lag zwischen der *Zweiten Heimat* und dem *Dschungel*. Auf die Fenster aller drei Lokale war mit Leuchtschriftbuchstaben geklebt: «Fl. Bier nur DM 3,–.» Aus dem *Dschungel* tönten volkstümliche Lieder, aus der Musikbox in der *Zweiten Heimat* Discorhythmen. Beide Lokale hatten die Eingangstüren geöffnet, und man konnte hineinsehen. Sie waren fast leer. An jeder Bar saß nur eine einsame Gestalt. Im Eingang des *Roten Anker* hing der schwere, dunkelrote Vorhang, im Fenster wirkungsvoll ein großer, roter Anker.

Pakula ging die kleinen Stufen hinunter, schob den Vorhang zur Seite und trat ein.

Die Einrichtung war die gleiche wie in all den anderen kleinen Kneipen. Auf der linken Seite, gleich gegenüber dem Eingang eine kleine, hölzerne Theke, davor Barhocker. Rechts davon einige Tische und in den Ecken kleine Nischen. Irgendwo hinten würde es vielleicht noch einen zweiten Raum geben, für Stammgäste oder einen Skatclub. Über den Tischen hingen altmodische Lampen, an den Wänden Bilder von Sportlern, die schon seit mehr als zehn Jahren niemand mehr kannte, die aber, dem Autogramm auf den bräunlich verfärbten Fotos nach zu schließen, wenigstens einmal hier gewesen sein mußten. Hinter dem Tresen, rechts und links von je fünf kopfüber aufgehängten Schnapsflaschen eingerahmt, hing der blau-weiße Wimpel des Hamburger Sportvereins.

Der Wirt hinter der Theke begrüßte Pakula mit einem knappen Kopfnicken. Er war ein Riese. Vor ihm saßen zwei gekrümmte Männlein vor ihren Biergläsern. Einer von ihnen hatte den Kopf auf die Holzplatte gelegt und schnarchte. Der andere starrte vor sich hin. In einer der Nischen am Fenster saß ein älteres Paar. Jeder ein Bier und ein Schnapsglas vor sich, hielten sie Händchen und flüsterten miteinander.

Pakula blickte sich um. Es war sonst niemand im Lokal. Keine Spur von Trascanu. Er setzte sich in eine Nische weiter hinten, von dort aus konnte er den ganzen Raum überblicken. Dann bestellte er ein Bier und hörte dem Radioprogramm zu, das leise im Hintergrund spielte. Der Wirt las eine Zeitung und blickte ab und an zu Pakula hinüber. Ein wenig mißtrauisch, wie es ihm erschien. Er nutzte die Gelegenheit und bestellte ein zweites Bier. Der Betrunkene an der Theke erwachte und begann auf den Wirt einzureden. Das Pärchen bestellte noch eine Runde Bier und Schnaps. Er begann sich zu langweilen.

Dann hörte man schnelle Schritte von draußen, und ein Mann betrat eilig das Lokal. Er grüßte kurz den Wirt: «'n Abend, Heinz», und ging auf Pakula zu. Es war Trascanu. Pakula blickte ihn unfreundlich an:

«Spät dran, was?»

«Guten Abend. Wir gehen nach hinten.» Mit einer Kopfbewegung deutete er auf eine Tür, wandte sich dann um zum Wirt und sagte noch einmal: «Wir gehen nach hinten.» Der Wirt nickte nur und sah wieder in die Zeitung.

Pakula erhob sich demonstrativ langsam und folgte Trascanu in den hinteren Raum.

«Und deinen Chef, wo hast du den gelassen?» fragte er.

«Kommt gleich», antwortete Trascanu und begann eifrig ein paar Stühle zurechtzurücken.

Das hintere Zimmer war wesentlich kleiner als der Schankraum und offensichtlich nur für kleine Vereinstreffen oder die Stammtischgesellschaft bestimmt. In seiner Mitte stand ein langer, hölzerner, schwerer Tisch, um ihn herum ein paar einfache Stühle. Pakula zählte zehn am Tisch und drei an der Wand. Dort hing das gerahmte Bild einer Fußballmannschaft aus den fünfziger Jahren und das zerknitterte Poster einer unbekannten «Disco-Queen». Eine Urkunde bezeugte, daß im Jahr 1972 der Skatverein «Goldenes Blatt» den zweiten Preis der Lokalmeisterschaft in St. Georg gewonnen hatte.

Trascanu schob Pakula einen Stuhl zu, aber beide blieben stehen.

Dann kam *der Chef*.

Pakula erkannte ihn sofort. Einen Menschen, der einem so viel Ärger eingebracht hat, vergißt man nie. Schon gar nicht, wenn er so aussieht. Und erst recht nicht, wenn man ihn zutiefst verabscheut und mehr als hundertmal ins Grab gewünscht hat – oder ins Gefängnis.

Dieser kleine, fette Kerl mit seinem watschelnden Gang. Er trug immer noch den gleichen Anzug mit Weste, immer noch in Dunkelblau. Trotzdem sah er keineswegs seriös aus. Betrug stand ihm im feisten Gesicht geschrieben. Jedenfalls war das Pakulas Meinung. Die schlaffen Backen, die zu großen Ohren, die winzigen Schweinsaugen und die kurzen, dichten Borsten auf dem Schädel, die Tränensäcke und die bluthochdruckrote Gesichtsfarbe, die mit Äderchen übersäte weiche Haut – all das war Pakula detailliert in Erinnerung geblieben. Wie auch die wurstigen Händchen mit jeweils einem protzigen Siegelring an jeder Hand. Sein Benehmen hatte Pakula immer zur Weißglut getrieben. Ein Fettwanst, der sich aufspielte, als ob er der Herrscher der Welt sei. – Kein Zweifel, es war Ziegler!

Er trat ein wie ein Politiker. Trascanu nahm ihm seinen Aktenkoffer ab und rückte einen Stuhl für ihn zurecht. Ziegler dankte ihm gönnerhaft und setzte sich an das obere Ende des

Tisches. Trascanu legte den Aktenkoffer vor ihn hin und ließ die Schlösser aufschnappen.

Immer noch das gleiche dumme Spiel, dachte Pakula. Es war der gleiche Koffer, den Trascanu am Vortag dabeigehabt hatte. Pakula wunderte sich, daß ihm die Verbindung zu Ziegler nicht gleich in den Sinn gekommen war. Aber Trascanu hatte er ja auch bis vorgestern noch nicht gekannt.

Ziegler fingerte umständlich in seinem Köfferchen herum. Natürlich würde er nichts Wesentliches daraus hervorholen. Pakula, der immer noch an der Wand stand, wollte für einen Moment nicht glauben, daß diese ihm so bekannte Situation auf einmal wieder Wirklichkeit geworden war. Es war einfach grotesk. Es war wie ein Alptraum. Und es war eine Katastrophe.

Den Mann, der als letzter eingetreten war, kannte Pakula ebenfalls. Er hieß Ludger, seinen Nachnamen wußte er nicht. Er sah aus wie ein Gewichtheber: untersetzt und sehr kräftig. Er hatte das Gesicht eines mürrischen Bauerntölpels. Zu seinen Sportschuhen trug er eine Jogginghose und einen dicken Pullover. Im linken Ohr hatte er einen kleinen Ring. Er schloß die Tür, stellte sich davor und verschränkte die Arme.

Ziegler blickte auf und sagte zu ihm:

«Ludger, mein Junge, geh doch und hole uns was zu trinken. Für jeden von uns ein Bier, und natürlich eine Flasche Wodka. Und eine Cola für dich.» Ludger schien damit einverstanden zu sein, wie ein kleiner Junge behandelt zu werden, obwohl er schon über dreißig sein mußte. Er ging nach draußen. Ziegler bequemte sich endlich dazu, Pakula anzusehen:

«Mein lieber Jerzy, nun setz dich doch. Freust du dich nicht, mich zu sehen?»

«Ich könnte mir etwas Besseres vorstellen.»

Ziegler lachte. «Na, na, na, wenn alte Freunde sich wiedersehen, ist die Freude doch groß, findest du nicht? Was haben wir nicht alles zusammen erlebt. Und dann diese schmerzvolle Trennung.» Er schüttelte bedauernd den Kopf.

«Was willst du von mir, Ziegler?»

«Aber Jerzy! Laß uns doch erst einmal auf unser Wiedersehen anstoßen. Du hattest doch früher auch nie etwas gegen ein Schnäpschen einzuwenden gehabt.»

Es hatte keinen Sinn, den starken Mann zu spielen. Pakula setzte sich hin. Trascanu nahm ein wenig entfernt von ihnen Platz.

«Tja», sagte Ziegler und lehnte sich behaglich zurück, «wann war das nur, als wir uns das letzte Mal gesehen haben? Laß mich mal nachdenken. Vor sechs Jahren muß das gewesen sein, kurz bevor ich... so plötzlich verreisen mußte. Ach, eine schwierige Zeit war das. Aber wir haben doch gute Geschäfte gemacht damals, nicht wahr?»

«Du hast mich in die schlimmste Situation meines Lebens reingeritten.»

«Ja, wir alle mußten Federn lassen. Es war keine leichte Zeit.»

«Ich habe meine Arbeit verloren und konnte nicht mehr in mein Land zurück.»

«Traurig für einen Patrioten wie dich.» Ziegler lächelte höhnisch. «Du warst ja so ein guter Journalist. Keine Information war vor dir sicher. Und so gewissenhaft bist du gewesen. Und dann plötzlich, von heute auf morgen, war Schluß damit. Kein Wunder, daß du böse geworden bist, mein armer Jerzy. Und ungerecht noch dazu. So ungerecht bist du geworden, daß du mir die Schuld gegeben hast an deinem Unglück. Wo ich doch immer für dich gesorgt habe wie ein Vater.»

«Du bist immer ein Schwein gewesen.»

Ziegler machte ein trauriges Gesicht: «Du hast mich nie verstanden. Du bist zu selbstgerecht. Immer hast du dich beklagt. Dabei hast du doch gut verdient.» Und schwärmerisch fügte er hinzu: «Nun hast du dir sogar eine neue Existenz aufgebaut. Hier im Westen. Ich muß dir gratulieren.»

«Gezwungenermaßen, mir blieb ja nichts anderes übrig.»

«Einen netten kleinen Buchladen in Hamburg, das ist doch schön! Und kulturell. Und da beklagst du dich immer noch? Du bist depressiv, Jerzy, depressiv. Du hast keinen Spaß am Leben.»

«Hör auf mit diesem idiotischen Gerede. Wie hast du mich gefunden?»

«Dein Name steht doch im Telefonbuch.» Ziegler zuckte mit den Schultern. «Außerdem habe ich immer noch viele Freunde, die mir gerne behilflich sind.»

In diesem Moment kam Ludger zurück, brachte das Tablett mit Bier, einer Flasche Wodka und seiner Cola und stellte es auf den Tisch.

«Ah!» rief Ziegler aus. «Der gute russische. Das ist wunderbar.»

Trascanu stand dienstbeflissen auf und verteilte die Biergläser. Dann stellte er die Schnapsgläschen vor Ziegler, Pakula, sich selbst und begann eins nach dem anderen randvoll einzuschenken. Pakula hielt die Hand über sein Glas:

«Ich trinke nichts.»

«Nanu», tat Ziegler erstaunt, «trinkt nicht? Du warst doch früher nicht so zimperlich. Trink, Pole, trink! Das bist du deiner Herkunft schuldig.»

Pakula dachte, es sei doch albern, sich zu weigern. Trascanu schenkte ihm ein, bis das Glas überlief. Ziegler nahm sein Glas und prostete in die Runde. Ludger hob grinsend seine Cola. Trascanu nippte ein wenig. Pakula tat es Ziegler gleich und kippte alles auf einmal hinunter, er konnte es gebrauchen. Ziegler nahm nun selbst die Wodkaflasche und goß sich und Pakula erneut ein.

Pakula dachte nach. Es war zehn Jahre her, seit er Ziegler kennengelernt hatte. Damals in Bonn, als er noch für die polnische Nachrichtenagentur gearbeitet hatte. Er lebte damals zum erstenmal für längere Zeit in einem westlichen Land und genoß zunächst einmal den Überfluß. Für eine Weile hatte er damals vielleicht die glücklichste Zeit seines Lebens verbracht. Mit seiner Zufriedenheit wuchs auch eine gewisse ideologische Sorglosigkeit, und er war mehr und mehr zu dem geworden, was Lenin einen «kleinbürgerlichen Individualisten» genannt hätte. Als man ihm diesen Vorwurf machte, hatte er zunächst abgewunken, denn er wußte, daß genaugenommen neunundneunzig Prozent der Parteimitglieder in diese Kategorie fallen mußten – *Genossen* wie er. Die meisten würden es gar nicht merken, und wenn doch, versuchen es zu überspielen, indem sie sich des revolutionären Vokabulars weiterhin exzessiv bedienten. Aber er verlor zunehmend die Fähigkeit zur Heuchelei, und was ideologische oder klassenkämpferische Probleme anbelangte, so verfiel er in Schweigen. Damit war er nun keineswegs ein Oppositioneller geworden oder auch nur antisozialiszisch eingestellt – er gab es einfach auf, sich zu bestimmten Themen zu äußern. Er wurde auch nicht unpolitisch, denn dazu machte er sich auch weiterhin noch zu viele Gedanken. Nur die Frage, wer in wessen Namen die Macht ausübte, interessierte ihn nicht mehr allzusehr. Sein Pech war, daß er in seinem Beruf unbedingt Stellung beziehen mußte, und zwar im Namen des «revolutionären Proletariats». Das konnte er nun nicht mehr so gut wie früher. Zunächst hatte er sich darauf beschränkt, nur noch die Fakten zu recherchieren, aber man warf ihm sehr bald «Kollaboration mit dem Klassenfeind» vor, allerdings nicht in der Öffentlichkeit, sondern hinter verschlossenen Türen. Als er sich daraufhin anzupassen versuchte, kritisierten einige seinen «Opportunismus». Eine Weile schaffte er es dann doch wieder, den Schein zu wahren, was ihm leichter fiel als manchen anderen, weil er nicht zur ersten Garde der Auslandskorrespondenten gehörte. Aber die Ruhe um ihn herum hielt nicht lange an.

Eines Tages schließlich verlor er den Boden unter den Füßen, und alles um ihn herum fiel gnadenlos zusammen. Und es waren keineswegs nur ideologische Scherben gewesen, die sich da plötzlich ansammelten...

Pakula spürte einen Schmerz am rechten Oberarm. Ziegler hatte ihm einen Faustschlag versetzt.

«Na, mein Junge, träumst du wieder?» rief er. «Immer noch der alte, sorgengeplagte Pakula. Wo Sorgen sind, da ist auch Schnaps. Komm, trink noch einen mit deinem alten Kumpel Ziegler!»

Pakula wollte etwas erwidern, fühlte sich aber zu erschöpft.

«Wo Wodka ist, da sind auch Sorgen, sagt man bei uns in Polen», murmelte er statt dessen.

«Ja, ja! Und die Sorgen verschieben wir auf morgen!» rief Ziegler und schob Pakula das Schnapsglas hin, so heftig, daß es überschwappte. Sie tranken beide und Ziegler füllte wieder nach. «Was Polen betrifft», sagte er dann gedankenverloren, «hast du denn kein Heimweh? Warschau, Krakau, Danzig...»

«Warum sollte ich denn Heimweh haben?»

«Ach, vergiß es, du hast recht. Da gibt es ja nicht mal genug Fleisch zu essen. Und du bist jetzt auch Unternehmer geworden, was willst du da noch in Polen. Apropos Geschäfte...»

«Rück endlich raus damit!»

Ziegler tat so, als müsse er nachdenken: «Ja, apropos Geschäfte. Ich hätte da was Nettes für dich. Schon mal was von *Makiwara* gehört, mein Lieber? Goldene Märkte tun sich dort im Osten auf.»

Unter dem polnischen Wort *Makiwara*, «Mohnsud», konnte sich Pakula nichts Genaues vorstellen.

«*Makiwara?* Was soll das denn sein?»

«Was du nicht weißt, macht dich nicht heiß...» Ziegler setzte eine verschwörerische Miene auf.

«Ich arbeite nicht mehr mit dir zusammen.»

«Aber, aber, nach allem, was ich für dich getan habe. Habt ihr das gehört?» Er blickte die beiden anderen an, die sich völlig unbeteiligt verhielten. «Er arbeitet nicht mehr mit mir zusammen, sagt er. Dabei verdankt er mir diese wunderbare neue Existenz! Diesen schönen Laden, diese schöne Aufenthaltsgenehmigung in diesem netten Land. Typisch polnische Undankbarkeit.» Dann änderte sich sein Gesichtsausdruck, und mit einemmal wirkte dieser Fettwanst wie unnachgiebiger Granit: «Hör mal, Pakula, ich mache keine Witze! Du weißt ganz genau, daß ich dir heute noch verdammt viele Schwierigkeiten machen kann. Also komm mir gefälligst ein bißchen entgegen oder ich lasse meine Muskeln spielen.» Er schlug mit der Faust auf den Tisch, so daß ein Glas umfiel. Sein Gesicht hatte sich dunkelrot verfärbt. «Und dann hast du deinen letzten Japser getan, Polacke!»

Ludger stellte sich bedrohlich in Positur.

Der spinnt, dachte Pakula, der dreht durch.

«Hast du das jetzt gehört!» Ziegler brüllte fast, und es brach noch ein Grunzlaut aus ihm hervor. Sein Gesicht war schweißnaß, und er schnaufte.

Wie kann einer so schnell durchdrehen, fragte sich Pakula. Er bemühte sich ruhig zu bleiben und zuckte gelassen mit den Schultern.

«Was willst du denn überhaupt von mir? Daß ich ein paar Pornos transportiere bis zur ungarischen Grenze? Bist du unter die fliegenden Händler gegangen? Kommt mir ein bißchen komisch vor, daß du jetzt mit diesen Rumänen Geschäfte machst.» Pakula deutete auf Trascanu, der überhaupt nicht aufblickte.

«Die Rumänen, hah!» gluckste Ziegler.

«Bei deinen Verbindungen ist dir ausgerechnet mein Name eingefallen, um ein paar schmutzige Hefte irgendwohin transportieren zu lassen. Das ist doch komisch. Oder bist du jetzt von allen guten Geistern verlassen?»

Ziegler nahm noch einen Schnaps. Er schnaufte und stand mühsam auf. Er blickte auf Pakula hinunter, trank das Glas aus und warf es hinter sich an die Wand. Es zerbrach nicht, sondern fiel nur auf den Boden und rollte in eine Ecke.

«Ich will dir mal was sagen, mein Lieber. Ich brauche dich, genau dich, verstanden? Und du wirst mir helfen, weil ich dich sonst verpfeifen werde. Da stehen nämlich noch einige Rechnungen offen. Und wenn du die nicht an den Staat bezahlen willst, dann trag sie bei mir ab. Das wird nämlich wesentlich angenehmer für dich werden. Und das weißt du genau. Damit du aber beruhigt bist: Mit Rumänien hat das alles überhaupt nichts zu tun. Unser Freund Trascanu hat nämlich überhaupt kein Interesse mehr an seinem Vaterland. Stimmt's?» Er blickte Trascanu an, der nun das erste Mal aufsah und grinste. «Und um das auch klarzustellen: Deine schmutzigen Heftchen kannst du für dich behalten, die interessieren mich einen Dreck. Ich werde mich doch nicht mit so einem Kinderkram abgeben! Na, bist du jetzt zufrieden?»

«Und was soll ich statt dessen tun?»

«Das erzähl ich dir noch früh genug. Einstweilen besorg dir mal ein paar Paßbilder. Geh in so einen Automaten, das genügt. Trascanu wird dann bei dir vorbeikommen und sie abholen.»

«Wohin soll denn die Reise gehen?» fragte Pakula.

«Nach Polen, wohin sonst?»

«Du bist verrückt!»

«Ach was! Jetzt laßt uns hier verschwinden. Trascanu, du bezahlst die Rechnung. Auf geht's.» Und zu Pakula: «Wir melden uns bei dir.»

Sie gingen.

KAPITEL 5

Ohnmächtige Wut überkam ihn. Ausgerechnet zwischen all den Leuten, die zu irgendwelchen Vergnügungsstätten unterwegs waren. Er mußte sich einen Weg durch die Menschenmenge vor einem Varieté bahnen und fluchte vor sich hin. Das Wochenendleben rauschte an ihm vorbei. Vor den Kinos drängten sich Jugendliche, um die Spätvorstellungen zu besuchen. Die Pizzabäcker und Imbißbuden hatten Hochkonjunktur. Die Lichter der Spielhallen und Peep-Shows flackerten wild, und aus den Eingängen dröhnte Musik. In den Hauseingängen standen mehr Frauen als an den Wochentagen. Reisebusse parkten am Straßenrand hintereinander. Sie würden die aus den umliegenden Kleinstädten kommenden Besucher des einzigen Varietés Norddeutschlands wieder nach Hause bringen.

Pakula ging an seinem Laden vorbei und sah nicht hin. Er merkte, daß er gar nicht nach Hause ging, sondern in die entgegengesetzte Richtung. Der Gedanke an seine Wohnung in dieser düsteren Seitenstraße mit den verkommenen Häusern und kleinen Zimmern war ihm zuwider. Auch wenn er die lärmenden Menschenmengen um sich herum nicht gerne ertrug, war es ihm doch lieber, in der Öffentlichkeit zu bleiben. Er betrat eine altdeutsche *Bodega* direkt gegenüber dem Hauptbahnhof, setzte sich an einen Fensterplatz und starrte nach draußen.

Ziegler hatte ihn in der Zange, keine Frage. Er brauchte nur ein paar Geschehnisse aus der Vergangenheit aufzudecken, und Pakula kam erneut in Schwierigkeiten. Dieser elende, korrupte Ziegler, der sich anmaßte, beliebig über das Leben anderer Leute zu bestimmen! Und Pakula war auf einen billigen Trick hereingefallen. Ein kleines Geschäft vielleicht, Herr Pakula? Handeln Sie nicht mit Bilderbüchern? So etwas soll ja sehr gefragt sein heutzutage in Rumänien. Natürlich müßte man etwas im geheimen operieren, nicht wahr, aber es zahlt sich doch aus. Selbstverständlich werden Sie in Devisen bezahlt. Da läuft Ihnen doch das Wasser im Mund zusammen, nicht wahr? Wenn die Geschäfte schlechtgehen, dann schmuggeln wir eben ein wenig!

Ich habe mich benommen wie der letzte Trottel, dachte er. Wie konnte ich der schiefen Visage von diesem Rumänen bloß eine Sekunde glauben? Er hat mich auf die billigste Tour hereingelegt. Es gehörte wahrhaftig kein großes schauspielerisches Talent dazu. Er bringt einen Aktenkoffer mit, und ich bilde mir ein, er wolle mir etwas verkaufen. Er macht mir das Angebot, etwas von mir zu kaufen, und ich denke gleich daran, wie ich einen guten Preis herausschinden kann. Das ist der Pole in mir, der sich immer wieder hereinlegen läßt, der geldgierige Bauer aus der Provinz. Ach was, meine ganz persönliche Blödheit, das ist es! Und dann lasse ich mich von Ziegler erst besoffen machen und anschließend anschreien. Von diesem geifernden Psychopathen. Da scheine ich wohl ein neues Talent an mir entdeckt zu haben: Wollen Sie jemanden verarschen, kommen Sie zu Pakula... Und nun will dieser Verrückte mich nach Polen schicken. Was zum Teufel hat der Kerl in Polen verloren? Der wird doch nicht ins internationale Spionagegeschäft eingestiegen sein? Aber was will er sonst von mir? Er kann sich doch denken, daß ich mich dort nicht lange und nicht sehr frei bewegen kann. Aber welchen Geschäften kann er sonst im Osten nachgehen? In welchem Gewerbe war er jetzt tätig, nachdem er beim BND rausgeflogen war? Er konnte eigentlich nur tiefer gesunken sein. Natürlich! Pakulas Laune hob sich ein wenig. Immerhin so tief, daß er sich wieder an ihn erinnert hatte. Das kann nur heißen, daß er ein paar Probleme hat. Dem steht vielleicht das Wasser bis zum Hals. Ganz so einfach muß ich es ihm doch nicht machen. Andererseits, das durfte man nicht vergessen: dieser Ziegler war zwar unberechenbar und größenwahnsinnig, aber nicht dumm. Ihn auszutricksen dürfte schwierig werden.

Und etwas anderes kam ihm plötzlich in den Sinn. Was wäre, wenn er tatsächlich nach Polen reisen könnte, wenn Ziegler es schaffen würde, ihm die nötigen Papiere zu besorgen? Könnte er sich dann nicht vielleicht in Warschau etwas umsehen? – Unsinn! Mit diesem Land und allem was dazu gehörte, hatte er ein für allemal abgeschlossen. Die Verbindung zur Vergangenheit war schon lange unwiederbringlich abgerissen. Oder war da doch noch etwas übriggeblieben, ein leichtes Gefühl der Neugier und des Unbehagens? Nichts als Sentimentalität, nun gut, aber es fiel ihm manchmal schwer, dagegen anzukämpfen. – Er schüttelte unbewußt den Kopf: Es gab nichts Verlorengegangenes mehr wiederzufinden. Nur lästige Bilder, die manchmal unvermittelt in seinem Kopf auftauchten. Zur Hölle mit ihnen! Ohne Wenn und Aber...

Pakula blieb orientierungslos in seinem Gedankenwirrwarr hängen.

«Huhu! Joschi!»

Er erwachte aus seinem moralischen Tief. In einer hinteren Ecke wedelten zwei dicke Arme in der Luft. Damit war er gemeint. Es war Tina.

«Huhu!»

Sie war nicht allein, neben ihr saß Marek. Damit war Pakulas gesamter Freundeskreis versammelt. Er hatte sie einfach übersehen. Nun ging er nach hinten und setzte sich zu ihnen an den Tisch.

In der *Bodega* trafen die verschiedensten Leute aufeinander. Einheimische und Touristen, Proletarier und Theaterbesucher, verarmte Rentner, die ihr Geld für zwei Biere gespart hatten, Stadtstreicher, die es auf der Straße von Passanten eingesammelt hatten, hanseatische Bürger, die zuviel davon hatten – das Spektrum der pluralistischen Gesellschaft, hatte Pakula einmal gedacht, die wahre Demokratie, wäre da nicht der Einkommensunterschied, der sie zunichte macht. In dem bunten Durcheinander fielen die Prostituierten nicht weiter auf, die gelegentlich auf einen Tee oder Kaffee vorbeikamen. So auch Tina.

Neben ihr lag eine Rose.

«Er ist ja so ein Kavalier», sagte sie und deutete auf Marek. Pakula wäre selbst nie auf die Idee gekommen, von einem der vielen Pakistani, die im Laufe eines Abends auch in diesem Lokal die Runde machten, eine Rose für zwei Mark zu kaufen. Sein Sinn für Romantik war nicht gerade ausgeprägt.

Marek dagegen, ein typischer immer fröhlicher Pole, war für jede Art von Romantik zu haben. Und da er niemanden sonst kannte, weil er erst vor einigen Monaten nach Hamburg gekommen war, schenkte er die Rose eben der ersten besten Frau, die er traf. Daß sie eine Prostituierte war, machte ihm nichts aus, er fand Tina großartig.

Marek war ein typischer Wirtschaftsflüchtling. Er gab das auch zu. Die wirtschaftliche Situation in seinem Heimatland hatte ihn so sehr deprimiert, daß er sein Glück lieber im gelobten Westen suchen wollte. In Polen konnte er arbeiten soviel er wollte, er kam auf keinen grünen Zweig, der Lohn reichte nie zu mehr als dem Existenzminimum. Sein Pech war, daß er sehr schnell ein schlechtes Gewissen bekam, so daß er nach jedem erfolgreichen oder nicht erfolgreichen Schwarzmarktgeschäft beichten ging. Auf die Dauer hatte er einfach zuviel Zeit investieren müssen. Also war er eines Tages mit einer Fähre von Danzig nach Travemünde und dann nach Hamburg gekommen und hatte wie Tausende vor ihm um Asyl gebeten. Asyl in dem Land, in dem man das beruhigende Gefühl haben konnte, daß es zuviel gab. Jeder wollte einem unbedingt etwas verkaufen – daran mußte man sich erst einmal gewöhnen.

Da er erst Ende Zwanzig war, würde er sich bald an die neuen Lebensumstände angepaßt haben. Und wer weiß, vielleicht würde dieser stämmige Bursche, dessen Herkunft man immer noch an dem Lech-Wałęsa-Bärtchen erkennen konnte und an dem grauenhaften Akzent, mit dem er sprach, vielleicht würde er eines fernen Tages eine kleine Reise in seine Heimat unternehmen können, um den Daheimgebliebenen seinen bis dahin erworbenen Mercedes-Diesel vorzuführen. War das nicht der Traum eines jeden polnischen Emigranten? Pakula hatte ihm das einmal vorgeworfen, aber Marek hatte daran nichts Schlechtes finden können. Sie hatten sich kennengelernt, als Marek eines Tages das einzige gebrauchte Buch auf polnisch gekauft hatte, das in Pakulas Laden stand: Predigten des Papstes Wojtyla.

«Du hast sehr trauriges Gesicht», begrüßte er Pakula.

«Joschi, du siehst wieder furchtbar aus», rief Tina und wedelte mit der Rose.

Pakula setzte sich zu ihnen. Außer «Guten Abend» brachte er nichts heraus.

«Wir haben dich schon die ganze Zeit gesehen. Du hast so ein finsteres Gesicht gemacht. Was ist bloß los mit dir? Immer muffelst du vor dich hin. Hast du nicht gesehen? Der arme Karl hat zweimal neben dir gestanden und wollte die Bestellung aufnehmen, und du hast ihn nicht angesehen.»

Der «arme Karl» war der Kellner mit einer zu großen Nase und zu großen Brille. Er trug eine furchtbar enge Hose, und auch die Kellnerweste war mindestens eine Nummer zu klein ausgefallen. Er war schrecklich nett. Tina liebte ihn.

«Na, liebe Leute, was darf es denn sein?» Er beugte sich so weit nach vorne, daß man um sein Gleichgewicht fürchten mußte.

«Ach, Karl», Tina himmelte ihn fast an, «bring uns doch bitte eine Runde Bier, ja?»

«Drei Mo? Und für die Dame darf's ein kleines sein?»

«Ja, bitte», hauchte sie. Karl machte sich auf den Weg.

«Was für ein Laus ist dir über Leber gelaufen?» fragte Marek freundschaftlich. Er gab bei jeder Gelegenheit gerne eine neugelernte Redewendung zum besten.

«Es ist gar nichts», entgegnete Pakula barsch, «müßt ihr mich denn ständig so bemuttern?»

«Nun höre mal...» sagte Marek. Das «r» rollte wie eine Dampfwalze.

«Aber Joschi, du bist ja ein richtiges Ekel», Tina rümpfte die Nase, «glaubst du es macht uns Spaß, uns so von dir behandeln zu lassen? Dann kannst du auch wieder in deine Ecke zurückgehen und weiter vor dich hin muffeln. Wir waren noch so gut gelaunt eben... Guck mal, er hat mir eine Rose geschenkt.» Sie hielt ihm die Blüte unter die Nase. «Riecht gut, was?»

«Ja», sagte Pakula.

«Was ist?» begann Marek mitfühlend. «Hast du Rechnung bekommen? Oder war Finanzamt bei dir? Gerichtsvollzieher? Oder sechs Richtige in Lotto und vergessen, die Schein abzugebe?» Er kannte sich schon ein bißchen aus, jedenfalls in den Schwierigkeiten der Überflußgesellschaft.

«Ach was.» Pakula schüttelte den Kopf. «Es ist etwas wirklich Schlimmes passiert.»

«Oje.» Tina seufzte. Dann wedelte sie wieder mit der Rose in der Luft:

«Karl! Bring uns 'ne Runde Schnaps, aber Wodka und doppelte!» Und zu Pakula:

«Das wird dir ein bißchen helfen.»

«Ich bin sowieso schon halb betrunken.»

«Na, um so besser, auf einem Bein kann man nicht stehen.» Sie legte mitfühlend die Hand auf seinen Arm.

Marek schaute sie verständnislos an: «Auf einem Bein?»

«Ach, das verstehst du jetzt nicht.»

Marek nickte nachdenklich.

«Na, was ist?» Tina sah Pakula an.

«Laß mich erst mal einen Moment nachdenken.»

Karl brachte die Getränke: «So, ihr Lieben, zum Wohl.» Es fehlte nur noch, daß er den Satz singen würde.

Pakula blickte gedankenverloren in den Raum.

Tina wandte sich an Marek: «Na, gefällt's dir immer noch so gut bei uns im Westen? Oder hast du ein bißchen Heimweh?»

«Die Sprache ist sehr schwer, und alles ist sehr teuer.»

«Tja, mit dem Geld haben wir alle Probleme. Der goldene Westen ist ein teures Pflaster. Da muß man schon hochwohlgeboren sein, damit man seinen Spaß hat.»

«In Polen ist noch schlechter. Die Russen. Die machen kaputt alles.»

«Ja, ja.» Tina interessierte sich nicht so sehr für die große Politik. «Oh, was ist denn das?» Sie hatte ein Buch in der Innentasche von Mareks Windjacke entdeckt und zog es heraus. Auf dem Umschlag war das Bild des Papstes.

«Wer ist denn das?»

«Wojtyła.»

«Wer?»

«Der Papst.»

«Ich dachte, der heißt Johannes.»

«Er war Wojtyła, jetzt ist er Johannes.»

«Komisch. Was steht denn drin? – Oh, das kann man ja gar nicht verstehen. Das ist Polnisch, nicht wahr?»

Marek nickte.

«Liest du das etwa?» fragte sie ungläubig. «Warum denn?»

«Ich bin katholisch.»

«Ach Gott, dann gehst du auch immer in die Kirche?»

«Ja, natürlich. Ist das komisch? – Hier gehe nicht viele in Kirche, keiner glaubt, das ist nicht gut.»

«Ach, weißt du...» Sie nahm es auf die leichte Schulter.

«Wir in Polen sind richtige Christen, die bessere Menschen.»

«Na hör mal, warum bist du dann nicht dortgeblieben, wenn da die besseren Menschen wohnen?»

«Geld...» Ihm fielen nicht mehr die richtigen Worte ein.

«Siehst du, das Geld ist doch wichtiger als der liebe Gott. Deswegen sammeln sie das auch in der Kirche. Ohne Geld kein Gott.»

«Das ist aber falsch...» Marek strengte sich mächtig an, aber er wußte nicht, wie er sich verteidigen sollte.

«Mein lieber Freund», sagte sie und schob ihm das Buch zurück, «deinen Papst kannst du wiederhaben. Wir glauben vielleicht nicht an deinen Gott, aber wir sind trotzdem anständige Leute. Laß dir das gesagt sein! Und wie ein Heiliger brauchst du dich schon gar nicht aufzuführen. Die sind nämlich gar nicht so beliebt bei uns, die Heiligen.»

Etwas verschämt, eher, weil ihm nichts Passendes einzufallen schien, steckte Marek das Buch wieder ein. Dann lächelte er und griff nach dem Schnapsglas: «Prosit!»

Tina stieß wieder versöhnt mit ihm an: «Auf den Heiligen Marek.»

Auch Pakula wachte endlich wieder auf, kippte den Wodka hinunter und sagte dann: «Ich muß euch eine Geschichte erzählen.»

Tina kramte eine Packung Zigaretten aus ihrer Handtasche. «Nur zu.»

KAPITEL 6

Pakula hatte Ziegler in der Phase seiner größten persönlichen Misere zum erstenmal getroffen. Ziegler war es entsprechend leichtgefallen, sein Opfer in ein Netz von Versprechungen und Abhängigkeiten zu ziehen.

In jenen düsteren Bonner Tagen, an einem der Abende, an denen Pakula sich ziellos per Taxi von einer Kneipe in die nächste fahren ließ, stieß er zu fortgeschrittener Stunde in einem der exklusivsten Kölner Nachtklubs auf Ziegler. Bis dahin hatte er ihn zwar schon auf verschiedenen Presseempfängen und Botschaftsparties als einen Beamten des Bundeskanzleramtes kennengelernt, außer Belanglosigkeiten aber kaum ein Wort mit ihm gewechselt. Das sollte sich an diesem Abend entscheidend ändern –

Das Lokal war in weinrotem Plüsch gehalten und eine Art Treffpunkt versteckter Vergnügungen einflußreicher Personen aus der zweiten Garde der Bonner Diplomatenszene. Dort, in der verruchten, aber gleichzeitig bürgerlich-diskreten Atmosphäre, wischten sich die erschöpften Diplomaten den Schweiß des kurzen Vergnügens von der Stirn.

Keiner von beiden war an diesem Abend nüchtern, Pakula jedoch war es schon seit Tagen nicht mehr gewesen. Ziegler saß mit einigen gesichtslosen Gefolgsleuten in einer der weichgepolsterten Nischen und winkte Pakula gutgelaunt an seinen Tisch. Ein kurzes Hallo, und der spendable Ziegler ließ eine weitere Flasche kommen. Die gesichtslosen Gestalten verschwanden im Laufe der Zeit, und die beiden Übriggebliebenen freundeten sich miteinander an, indem sie in Anekdoten über die diplomatischen Kreise und merkwürdigen Zusammenhänge hinter den Kulissen der Bundeshauptstadt schwelgten. Pakula gab sich zynisch, und Ziegler stachelte ihn an, alle selbstquälerischen Gedanken in aggressive Geschwätzigkeit umzuwandeln. Nachdem man auf diese Weise ein gemeinsames Interessengebiet entdeckt hatte, wurde der Rest der Nacht – auf Zieglers Kosten – einigen attraktiven Damen des Hauses gewidmet.

Sie trafen in der weiteren Zeit öfters aufeinander. Ziegler war klar gewesen, daß Pakula einen solchen Lebenswandel nicht lange durchhalten konnte, ohne Schulden zu machen. Und so half er ihm schon mal gelegentlich großzügig aus. Pech für Pakula, daß er nicht bald wieder zur Besinnung kam, sondern seinen exzessiven Lebensstil fortsetzte. Bald stand er bei Ziegler tief in der Kreide, und dieser bot ihm eine günstige Möglichkeit an, seine Schulden zu begleichen. Für bestimmte Informationen aus polnischen diplomatischen Kreisen, seien sie persönlicher oder politischer Natur, wäre er durchaus bereit, angemessene Summen zu zahlen. Und unterhielt Pakula nicht auch Kontakte zum polnischen Geheimdienst? Um so besser!

Pakula war die Zusammenarbeit mit Geheimdiensten nicht neu, denn als polnischer Auslandsjournalist war er verpflichtet worden, dem polnischen Nachrichtendienst alle Informationen zukommen zu lassen, die von Interesse sein könnten. Eine Weigerung oder bloßes Ignorieren dieser Aufforderung wären gleichbedeutend mit dem Verlust des Arbeitsplatzes gewesen. Ihm persönlich nützte es wenig, dieser patriotischen Pflicht nachzukommen, er wurde noch nicht einmal mit einem anerkennenden Schulterklopfen belohnt. Warum also sollte er Skrupel haben, Informationen an andere für Geld weiterzugeben? Er begann für ein ansehnliches Honorar Informationen für Ziegler zu sammeln, wurde seine Schulden los und redete sich erfolgreich ein, daß es ihn nicht interessieren müsse, was sein Auftraggeber damit anfing.

Ziegler benutzte sie keineswegs nur zu nachrichtendienstlichen Zwecken in seiner Funktion als BND-Agent, sondern auch für einen privaten Informationsdienst, den er unterhielt und der alle möglichen Geheimnisse an Meistbietende verkaufte. Letzten Endes erwirtschaftete er den größten Gewinn, indem er hin und wieder lukrative Erpressungsgeschäfte tätigte. Tatsächlich hatte sich Ziegler in einer unbeaufsichtigten Nische des Geheimdienstes angesiedelt, von dort aus konnte er recht freizügig und hauptsächlich zu seinem persönlichen Vorteil handeln. Der BND ließ nicht nur in dieser Zeit die Zügel seiner Mitarbeiter etwas schleifen.

Noch ehe er es richtig begriffen hatte, war Pakula sowohl zu einem Doppelagenten als auch einem Mitwisser bei kriminellen Erpressungsgeschäften geworden. Was bedeutete, daß alles, was er an Ziegler verkauft hatte, im nachhinein gegen ihn verwendet werden konnte. Bald verlangte Ziegler von ihm noch präzisere Informationen über Aktionen und Interessen des polnischen Geheimdienstes.

Im internationalen Schlagabtausch der Agenten spielte Pakula zwar keine wesentliche Rolle, aber zu einem bestimmten Zeitpunkt tauchte in ihm die nagende Gewißheit auf, daß es eine Menge Leute geben mußte, die ihm deshalb nicht dankbar sein konnten. Als sich sein Gefühlsleben wieder etwas stabilisiert hatte, begann er darüber nachzudenken, wie er Ziegler loswerden könnte. Das stellte sich leider als unmöglich heraus, denn er hatte nichts gegen ihn in der Hand. Wie er seine Erpressungsgeschäfte abwickelte, wußte Pakula nicht, und die Tatsache, daß Ziegler ein relativ hoher BND-Beamter war, machte ihn so gut wie unantastbar. Es gab keine Möglichkeit, sich einfach von ihm loszusagen.

Pakulas Unwille wandelte sich in eine Art Haß, als er zu der Erkenntnis kam, daß Ziegler den Zeitpunkt seiner Kontaktaufnahme mit ihm offensichtlich sehr gut gewählt hatte – es war der alte Geheimdiensttrick, sich jemandem zu nähern, der gerade in persönlichen und besser noch finanziellen und emotionalen Schwierigkeiten steckt. Daß Pakula völlig aus der Bahn geraten, praktisch nicht mehr er selbst war, hatte Ziegler schamlos ausgenutzt, und er war demoralisiert genug gewesen, auf dessen Angebote einzugehen.

Sein Mißtrauen gegenüber Ziegler ging manchmal sogar so weit, daß er ihn verdächtigte, seine persönliche Tragödie verursacht zu haben. Doch an ganz trüben Abenden, wenn er darüber nachdachte, schob er die Schuld oftmals voll auf Teresa. Aber was konnte sie denn dafür, daß er die Trennung nicht verkraftet hatte...

Es dauerte etwa ein Jahr, bis der polnische Geheimdienst dahinterkam, was ihn mit Ziegler verband, und damit war alles verloren.

Eines Abends hatten ihn zwei gutgekleidete, höfliche Männer besucht. Er kannte die beiden. Es waren Angehörige der polnischen Botschaft, und er hatte sie schon bei verschiedenen offiziellen Anlässen gesehen. Da er trotz all seiner Spitzeltätigkeit nicht zu den Bestinformierten gehört hatte, war ihm entgangen, daß es sich bei diesen beiden Botschaftssekretären um hochrangige Agenten handelte. Ihre Fähigkeit zur Tarnung war groß, und ein Meisterspion war Pakula ohnehin nie gewesen.

Über seine Begabungen waren sich die beiden Männer im klaren gewesen. Als sie eintraten, hatte er mit dem Schlimmsten gerechnet und keine Sekunde daran gezweifelt, daß man ihn unter Druck setzen würde. Als die beiden dann in seinem Wohnzimmer mit ihm zusammen Tee tranken, wunderte er sich, daß alles so ruhig und sachlich zuging.

«Herr Pakula», hatte der eine gesagt, während er nachdenklich in einer Akte blätterte, die er aus einem Köfferchen geholt hatte. «Wir haben hier zuverlässige Informationen, daß Sie einen Angehörigen des Bundesnachrichtendienstes, einen gewissen Ziegler, seit geraumer Zeit mit Informationen aus dem Umfeld der polnischen Diplomatie und unseres Nachrichtendienstes versorgen.»

Der andere hatte Pakula kühl angeblickt und darauf gewartet, sich mit einem Bleistift in einem kleinen Schreibblock Notizen machen zu können.

Pakula hatte nur ein wenig genickt.

Die beiden Männer hatten alles gewußt und er alles zugegeben.

«Als Staatsbürger der Volksrepublik Polen haben Sie damit gegen die Interessen Ihres Landes gehandelt», fuhr der Mann fort. «Für Ihre kriminellen Handlungen und Ihre konterrevolutionäre Zusammenarbeit mit revanchistischen Kreisen und den Feinden des sozialistischen Polen werden Sie deshalb zur Rechenschaft gezogen.»

Das alles hatte sich natürlich wie auswendiggelernt angehört, kam Pakula aber nicht weniger wahr vor.

«Da Sie jedoch als ein fähiger Journalist bekannt sind», das klang allerdings stark übertrieben, «haben wir an die Möglichkeit gedacht, wie Sie Ihre Fehler wieder bereinigen können. Wenn Sie bereit sind, Selbstkritik zu üben und weiterhin mit den polnischen Behörden zusammenarbeiten, um der revanchistischen Bedrohung ein Ende zu bereiten.»

«Und was soll das heißen?» hatte er gefragt, obwohl er die Antwort schon ahnte.

«Das heißt, daß Sie ab sofort intensiver für uns arbeiten und uns helfen, diesen Ziegler in die Zange zu nehmen. Andernfalls werden Sie unangenehmen Konsequenzen gegenüberstehen!»

Etwas naiv hatte er noch an einen Ausweg geglaubt: «Welche Konsequenzen wollen Sie mir denn androhen? Wir sind hier in einem fremden Land.»

«Falls Sie sich weigern sollten, mit uns zusammenzuarbeiten, werden Sie sofort Ihre Stellung als Auslandskorrespondent verlieren – und Ihre Staatsangehörigkeit. Und wenn Sie glauben, Sie könnten hier im Westen als Journalist weiterarbeiten, muß ich Sie enttäuschen: Wir wissen genug über Sie, um jede Anstellung verhindern zu können, für die Sie sich interessieren sollten. Auch Ihre privaten Geschäfte mit diesem Ziegler sind uns bekannt.»

Die beiden Männer waren unvermittelt aufgestanden: «Überlegen Sie sich das.» Der eine hatte ihm eine Visitenkarte überreicht.

«Kommen Sie morgen nachmittag um 15 Uhr in die Botschaft. Und denken Sie genau darüber nach, was Sie uns dann sagen.»

Pakula hatte die ganze Nacht überlegt und dann Ziegler angerufen. Zunächst hatte er uninteressiert reagiert. Als Pakula ihn jedoch darauf hinwies, wieviel er über seine «nebenberuflichen Tätigkeiten» wußte, hatte er sich bereit erklärt, etwas für ihn zu unternehmen. Mittags rief er zurück: Pakula müsse um Asyl nachsuchen, dann könne er bleiben. Dank seiner Verdienste für den BND bestünde die Möglichkeit, daß er die deutsche Staatsbürgerschaft erhalten würde. Das dauerte zwar seine Zeit, aber die Polen könnten ihm nichts mehr anhaben. «Daß sie einem kleinen Fisch wie dir drohen, ist nur Bluff. Was wollen sie denn tun? Dir Schwierigkeiten zu machen, würde einen viel zu großen Aufwand erfordern. Wegen so einem Spionagezwerg wie dir gehen die doch nicht das Risiko ein, sich zu enttarnen. Die haben ganz andere Pferde am Laufen. So ein Schmalspurjournalist wie du, ist doch zu nichts richtig zu gebrauchen.»

Das war zwar ganz und gar nicht schmeichelhaft für Pakula gewesen, hatte ihn aber sehr beruhigt. Er ging nicht in die Botschaft. Als sich dann niemand mehr bei ihm meldete, war er sich seiner Bedeutungslosigkeit bewußt. Kurz darauf wurde er ausgebürgert, bald danach als Asylant anerkannt. Er bekam einen bundesrepublikanischen Fremdenpaß, aber die Staatsbürgerschaft ließ bis heute auf sich warten.

Seine Existenzgrundlage hatte er verloren, und Ziegler war keineswegs bereit, ihm einen neuen Job zu verschaffen.

«Für mich hast du keinen Wert mehr. Du bist irgendein Arbeitsloser. Für solche Leute habe ich keine Verwendung.»

Damit stand Pakula auf der Straße und war der festen Überzeugung, daß Ziegler an allem die Hauptschuld trug. Aber seine Unterstützung hätte ohnehin nicht viel gebracht, denn wenige Wochen später flog auch er auf und wurde wegen grober Dienstverfehlungen entlassen.

Hätte er sich nicht völlig übernommen, wäre vielleicht gar nichts passiert. Aber Ziegler hatte plötzlich zu großen Ehrgeiz entwickelt. Nach all den Jahren, in denen seine Geschäfte gut gelaufen waren, sah er sich als den größten Geheimagenten der Nachkriegszeit. Als 1980 die Unruhen in Polen die internationalen Beziehungen belasteten, glaubte er, nun sei seine Chance für den großen Wurf gekommen.

Im Zusammenhang mit der innenpolitischen Krise in Polen hatten die dortige politische Führung und die Sowjetunion wiederholt westliche Geheimdienste beschuldigt, die Unruhen zu schüren, um das sozialistische Bündnis ins Wanken zu bringen. Um die diplomatischen Beziehungen nicht noch mehr zu belasten, hatte die Bundesregierung ihren Geheimdiensten striktes Stillhalten verordnet. Die mühsam erreichten Fortschritte der Entspannungspolitik sollten auf keinen Fall gefährdet werden. Inwieweit die CIA damals in Polen agierte oder auch nur Kontakte geknüpft hatte, ist bis heute unklar. Fest steht aber, daß Ziegler dabei ertappt wurde, wie er, die Weisungen von höchster Stelle ignorierend, versuchte, in die polnische Innenpolitik einzugreifen. Daß die CIA in Westdeutschland eine Anzahl von Agenten stationiert hatte, die nur darauf warteten, die Krise einer kommunistischen Regierung auszunutzen, war klar. Eine Hilfestellung des BND für CIA-Aktionen wäre durchaus nicht unüblich, aber im Fall der Polenkrise politisch unmöglich gewesen, da niemand in der Bundesrepublik ein Interesse an einer geopolitischen Destabilisierung haben konnte.

Dagegen sah Ziegler endlich seine Chance gekommen, den BND oder zumindest seine eigene Abteilung an den Zug der abenteuerlichen amerikanischen Geheimdiplomatie anzukuppeln. Er begann, nach vagen Absprachen mit einigen US-Beamten, Wege zu suchen, wie er Agents provocateurs nach Polen einschleusen könnte. Dabei verzettelte er sich schon bald in seiner eigenen komplizierten Verschwörungsorganisation. Der Blick für die Wirklichkeit ging ihm immer rascher verloren. Es dauerte nicht lange, bis selbst die Amerikaner das Ganze für zu grotesk hielten und sich von Ziegler trennten. Ziegler jedoch war derart in seiner Verschwörungsideologie verfangen, daß er schon ein «Geheimes Freikorps» aus Exilpolen gründen wollte, der auf verschlungenen Wegen über Skandinavien nach Polen eingeschleust werden sollte, um Kontakte mit Oppositionellen aufzunehmen und Waffen zu liefern...

Planungen, die dermaßen aus den Fugen geraten, können nicht lange geheimgehalten werden. In seinem Größenwahn hatte Ziegler sich so weit aus der Kontrolle verloren, daß er die einfachsten Vorsichtsmaßnahmen außer acht ließ. Zum Glück für die Bundesregierung und den BND. Ein Beamter schöpfte Verdacht, als er Gerüchte über «Zieglers geheime Kommandosache» hörte, um sich wenig später in den Besitz eines Organisationspapiers zu bringen. Zunächst hielt er es zwar für einen Witz, belehrte sich aber doch eines Besseren und informierte seine Vorgesetzten. Die gerieten innerhalb einer Minute in größte Panik: Ziegler, der in letzter Zeit durch einige unkonventionelle Methoden aufgefallen war, traute man alles zu. Er wurde sofort von seinen dienstlichen Verpflichtungen entbunden.

In der Öffentlichkeit wurde die ganze Sache natürlich mit keinem Wort erwähnt. Pakula erfuhr die ganze Geschichte aus einigen, noch nicht ganz für ihn versiegten, inoffiziellen Inrmationsquellen. Innen- wie außenpolitisch hätte dies alles katastrophale Folgen haben können, wäre es ans Tageslicht gekommen. Weder der BND noch Ziegler hatten ein Interesse an irgendwelcher Publizität. Zudem mußte Ziegler noch befürchten, daß auch seine eigennützigen kriminellen Machenschaften bekanntwerden könnten.

Es gab keine Gerichtsverhandlung. Ziegler wurde unauffällig aus dem Staatsdienst entlassen und verdiente sein Geld weiterhin in einer zwielichtigen Grauzone.

Was Pakula betraf, so konnte Ziegler ihn auch heute noch immer unter Druck setzen, denn er war an einigen mehr oder minder schweren Erpressungsgeschäften zumindest als Informant beteiligt. Sollte das Beweismaterial nicht für eine Verurteilung oder auch nur eine Anklage reichen, wäre es doch gut möglich, daß Pakula seine Aufenthaltsgenehmigung verlieren würde, wenn Ziegler einige Informationen über ihn aus der Vergangenheit an die Behörden weitergäbe. Als Staatenloser müßte er seine mühsam aufgebaute Existenz in Hamburg aufgeben, und das war alles, was ihm noch geblieben war. Ziegler hatte nichts zu befürchten, denn ihn wollte niemand vor Gericht sehen. Bei dem, was er wußte, getan hatte und sich noch dazu ausdenken konnte, würde eine Verhandlung gegen ihn einen Skandal internationalen Ausmaßes auslösen.

Pakula hatte keine Wahl, er würde tun müssen, was Ziegler von ihm verlangte.

KAPITEL 7

Mit einem Tag Verspätung – Pakula sah nicht ein, wieso er an einem Sonntag für Ziegler arbeiten sollte – ließ er sich Paßfotos machen. Von einem Automaten im Hauptbahnhof. Im Laufe des Tages rief er Ziegler in dessen Pension an, und abends, wieder kurz vor Ladenschluß, kam – unvermeidlich – Trascanu und holte die Bilder ab.

Er hielt es nicht für nötig, mehr als nur eine knappe Begrüßung von sich zu geben. Als er sich aber trotz aller vorgeblichen Eile und Reserviertheit kurz im Laden umblickte, konnte Pakula dem Drang, eine spöttische Bemerkung zu machen, nicht widerstehen.

«Na, haben Sie die Heftchen schon alle gelesen? Alle zehn, die ich Ihnen vor ein paar Tagen verkauft habe? Das ging aber schnell.»

Die alte Frau mit der großen Einkaufstasche, die sich in den Laden verirrt hatte, blickte mißtrauisch auf Trascanu und dann auf den Heftchenstapel. Sie hatte anscheinend noch gar nicht bemerkt, was hier hauptsächlich verkauft wurde. Als sie es erkannte, blickte sie mißbilligend von den Heftchen zu Pakula, rümpfte die Nase und begab sich nach draußen.

Trascanu reagierte mürrisch auf Pakulas Bemerkung:

«Interessiert mich nicht, Ziegler hat den ganzen Stapel.»

«Wie lange arbeitest du denn schon für Ziegler?»

«Seit ungefähr einem Jahr.»

«Und wo überall?»

«Mal hier, mal da, wie's gerade kommt.»

«Er scheint ja viel unterwegs zu sein neuerdings. Früher war er seßhafter. Mit was handelt er denn jetzt, immer noch mit der schmutzigen Wäsche anderer Leute?»

Trascanu grinste: «Aus dem Wäschegeschäft ist er wohl raus. Hatte 'n paar Probleme damit.»

«Hat ihm jemand die Bullen auf den Hals geschickt?»

«Nicht die Bullen. Irgend so ein Spaßvogel hatte eine Privatarmee oder so was. Der hat nicht lange gefackelt. So 'n Industrieller. Hat uns ganz schön in die Mangel genommen. Ziegler ist mächtig ins Schwitzen gekommen und hat sich für einige Monate in die Schweiz abgesetzt. Scheint so, als sei ihm das Geld ausgegangen. War nicht sein Revier. Außerdem sind die Bullen dort bißchen fixer. Er mußte sich was Neues ausdenken. Daß er sich ausgerechnet an dich erinnert hat, ist dein Pech. Gibt eben nicht so viele Polen auf der Welt, bei denen man mal anklopfen kann.»

«Was hat Ziegler denn mit Polen zu tun?»

«Weiß ich nicht. Mir erzählt er nichts. Solange er mich bezahlt, ist mir das auch egal. Er faselt nur immer was von einer Polen-Connection. Scheint in der letzten Zeit ein paarmal dort gewesen zu sein.»

«Nach all dem, was er sich vor ein paar Jahren geleistet hat, werden die ihn doch unmöglich dort reinlassen.»

«Ziegler hat immer ein paar Asse im Ärmel. Wenn der von einer Connection spricht, dann hat er auch eine. Ich weiß, daß er vor drei Wochen erst dort gewesen ist, in Warschau. Hat anscheinend ein heißes Ding am Laufen. Vielleicht springt ja auch was für dich dabei raus.»

«Wenn ich die Reise heil überstehe.»

Trascanu schnippte seine Zigarettenkippe auf den Boden.

«Das ist dein Problem.»

«Mit was handelt er denn jetzt? Gold, Devisen? Das wäre doch nur eine Frage der Zeit, bis er da auffliegt. Und was soll dieses Gerede über *Makiwara*? Oder hat er immer noch was mit den Geheimdiensten zu tun?»

«Er erzählt keinem etwas, und ich frage auch nicht. Du mußt ihn schon selber ausquetschen. Aber mach dir keine Hoffnungen, raus kommst du da nicht mehr. – Sei nicht traurig», fügte er gehässig hinzu, «ich kaufe dir noch was ab, damit du die Zeit bis zu deinem neuen Job gut über die Runden kommst.»

Trascanu suchte sich ein paar Gruselheftchen heraus, bezahlte sie und verabschiedete sich mit einem Grinsen, das Pakula nur Unheil zu verheißen schien.

Drei Wochen hatte Pakula Zeit, sich an diese unangenehme Situation zu gewöhnen. Bis dahin würde Ziegler einen Paß für ihn fälschen lassen und ein Visum beantragen, damit Pakula gegen alle Vernunft in die Höhle des Löwen reisen konnte. Er würde für diesen verhaßten Ziegler auf eine Reise ins Ungewisse gehen müssen, von der er nicht wußte, ob er sie heil überstehen oder überhaupt jemals zurückkehren würde. Aber was blieb ihm übrig? Es war seine einzige Chance.

Seit mehr als zehn Jahren war er nicht mehr in Polen gewesen. Er konnte sich nicht vorstellen, inwieweit sich dort etwas verändert hatte oder alles beim alten geblieben war. Auch wenn er kein Patriot war, und auch nicht übermäßig sentimental, so überkam ihn doch ein seltsames Gefühl bei dem Gedanken, in sein Heimatland zurückzukehren. Zwar gab es dort keine Familie, die ihn empfangen könnte, und auch keine Freunde, die er besuchen konnte. Aber da existierten noch das Land, die Sprache und die Menschen – der Charakter einer Nation, der ihre Angehörigen prägt. Er war noch immer ein Pole. Auch wenn er keinen großen Wert auf seine Herkunft legte, so merkte er doch, daß seine Gedanken und Gefühle immer von ihr bestimmt sein würden. Ein Deutscher jedenfalls würde er nie werden können, selbst wenn er das wollte, und bliebe er auch noch so lange in diesem Land. Andererseits, falls es einen typischen Polen gab, so wäre er es sicher zu keinem Zeitpunkt seines Lebens gewesen. Er war weder überzeugter Kommunist noch strenger Katholik, genausowenig ein Nationalist oder Patriot, kein Russenhasser, kein Schwarzmarktgewinnler, kein Dissident oder *Solidarność*-Anhänger – er war einfach irgendeiner, der, wie die meisten Menschen, seine kulturellen Wurzeln nicht ignorieren konnte. Seine Abstammung stand ihm keineswegs im Gesicht geschrieben, er wäre auch als jeder beliebige Nordeuropäer durchgegangen. Auch sonst würde ihn kaum jemand als einen Durchschnittspolen identifizieren können, wie etwa seinen Freund Marek, dem man schon auf größere Entfernung ansah, wo er herkam, und dessen gesamtes Benehmen unverkennbar darauf hinwies. Pakula war aber auch kein kulturelles Chamäleon. Daß sein Verhältnis zu den Polen schwieriger war als zu anderen Menschen, lag vor allem in seiner persönlichen Geschichte begründet, darin, daß es ihm sein ganzes Leben in Polen Schwierigkeiten gemacht hatte, sich an den betrügerischen Lebenskampf anzupassen, der aus einer jahrzehntelangen wirtschaftlichen und politischen Krisensituation hervorgegangen war. Die allgegenwärtige Lüge und die Raffgier hatte er verabscheut. Er nannte es die polnische Verlogenheit, wobei ihm klar war, daß andere Nationen auch nicht besser waren. Aber die hatten nicht gleichzeitig noch diesen selbstgefälligen Hang zur Schwermut.

Trotzdem war Pakula gerne mit Landsleuten zusammen. Es machte ihm auch Spaß, mit Marek beim Bier zu sitzen und sich mit ihm zu streiten. Sie trafen sich oft in der *Bodega*. Wenn sie zu zweit waren, unterhielten sie sich in ihrer Muttersprache.

«Du bist in einer sehr schwierigen Situation», sagte Marek, «aber ein wenig beneide ich dich: Du kannst nach Polen fahren. Wer weiß, ob ich das jemals wieder tun kann.»

«Du machst mir Spaß, ich denke, du magst den sogenannten freien Westen. Wolltest du nicht immer hierherkommen? Ist das nicht das gelobte Land für einen Wirtschaftsflüchtling? Oder hast du dir die Freiheit noch glänzender vorgestellt?»

Marek schüttelte den Kopf. «Es ist schön hier, aber es ist nicht meine Heimat.»

«Wir Polen sind doch mit nichts zufrieden», sagte Pakula, «zu Hause gefällt es uns nicht, und im Ausland fühlen wir uns einsam, auch wenn wir zu Tausenden unter uns sind. Kannst du mir verraten, wieso so viele unserer Landsmänner unbedingt ins Ausland gehen müssen?»

Marek sah ihn erstaunt an: «Aber es ist doch so schrecklich zu Hause. Wir haben keine Freiheit, wir haben keine Demokratie, es gibt die einfachsten Dinge nicht in den Geschäften zu kaufen, die Kirche wird unterdrückt, die Gewerkschaft wird unterdrückt. Das ist doch furchtbar.»

«Furchtbarer ist, daß alle sich immer beklagen und dann zu faul sind, irgend etwas zu tun.»

«Aber das ist doch nicht wahr! Es gab so viele Versuche, in Polen etwas zu ändern. Es hat nie funktioniert...»

«Ja, weil alle anfangen herumzuschreien, und dann, wenn nicht alles sofort geändert wird, gleich wieder aufgeben und anfangen sich über ihr schweres Los zu beklagen.»

«Aber die Russen sitzen uns im Nacken. Wir haben doch überhaupt keinen Spielraum. Sie pressen uns aus.»

«Das ist doch nur ein Alibi für die polnische Schlamperei. Anderen sitzen sie auch im Nacken. Aber niemand beklagt sich so sehr wie die Polen.»

«Jerzy, du bist verrückt, das stimmt doch nicht! Wir haben

immer wieder versucht, etwas zu ändern. In keinem Land im Osten gab es so viele Oppositionsbewegungen: 1956, 1970, 1980. Die Polen haben immer gekämpft und gekämpft, und nie hat es was genützt, immer waren sie auf sich allein gestellt, immer wurden sie verraten. Und wenn alles vorbei ist, schicken sie Pakete mit Essen und Medikamenten aus dem reichen Westen. Weil sie Mitleid mit uns haben, mit den armen, bedauernswerten, dummen Polen, die nie etwas erreichen werden. Aber wir kämpfen doch! Du kannst doch nicht behaupten, daß wir nicht kämpfen!» Marek hatte sich in Zorn geredet, sein Nationalstolz war empfindlich verletzt.

«Ach was», sagte Pakula, «wir kämpfen gar nicht. Wir sitzen hier im Westen und freuen uns darüber, daß die Schaufenster so bunt glänzen und man den überflüssigsten Plunder kaufen kann. Die Exilpolen kämpfen nicht, das ist es, was ich meine. Die Exilanten machen sich davon und leben gemütlich im Ausland. Dort sind sie die besten und glühendsten Patrioten. Die Drecksarbeit daheim überlassen sie den Dummen, die dageblieben sind. Das sind die wahren Patrioten, die trotz allem in die Hände spucken und das Beste daraus machen! Nicht die Flüchtlinge.»

«Nein! Die Polonia, die Polen im Ausland, die sind doch wichtig für die Heimat – der Kontakt zum Westen.»

«Das ist nur eine bequeme Ausrede. Sieh dich doch selbst an. Diejenigen, die es sich leisten können, weil sie unabhängig sind, gehen in den Westen, vor allem wegen des Geldes. Das wäre ja in Ordnung, wenn sie dabei nicht ständig behaupten würden, es ginge ihnen so furchtbar schlecht und sie hätten es am schwersten von allen. Was sind es denn für Leute, die ausreisen? Nicht die Arbeiter, sondern solche, die eine Ausbildung haben, die im Westen gebraucht werden. Oder irgendwelche Taugenichtse. Die Arbeiter und die armen Schlucker, die im Land bleiben, das sind diejenigen, die versuchen, aus Polen etwas zu machen. Die anderen sind nur Feiglinge – oder Schwarzmarktschieber, die zu Hause an der Not verdienen.»

«Du sprichst wie Jaruzelski.»

«Na und! Der versucht immerhin sein Bestes. Jaruzelski und Wałęsa sind gar nicht so weit voneinander entfernt.»

«Jerzy, du bist verrückt! So einen Unsinn habe ich noch nie

gehört. Was weißt du denn noch von Polen? Du bist doch jahrelang nicht mehr dort gewesen.»

«Ich weiß immerhin, daß es nicht die Polen sind, denen es am schlechtesten geht. Aber sie jammern am lautesten. Nicht viele Länder im Osten lassen ihrer Opposition soviel Freiraum. Und Reisen in den Westen sind für die meisten auch viel schwieriger.»

«Ach Jerzy, Jerzy, ich verstehe dich nicht. Das kannst du doch nicht wirklich ernst meinen. Sieh doch nur die Geschichte an, die Polen wurden immer nur unterdrückt und gequält, mal vom Westen, mal vom Osten...»

«Das bestreite ich gar nicht, es ist eine geschichtliche Neurose. Aber da hilft das ewige Jammern auch nicht.»

«... wir sind das Volk, das am meisten leiden mußte...»

«Nun übertreibe aber nicht, du vergißt mindestens die Juden.»

«Ach, die Juden.» Marek machte eine abfällige Geste.

«Und du vergißt, daß die Polen die Juden auch nicht gerade zimperlich behandelt haben – zuletzt vor nicht ganz zwanzig Jahren.»

«Die Juden sind doch selbst daran schuld gewesen, wir haben sie doch nicht gezwungen, in Polen zu leben.»

«Da siehst du selbst, wie selbstgerecht du bist, wie die meisten Polen.»

«Jerzy, du willst mich nur ärgern...»

Marek war die Diskussion leid. Er hatte während der hitzigen Debatte so viel getrunken, daß er nicht mehr fähig war, sich Pakulas Angriffen zu erwehren.

«Wir sind doch Freunde», murmelte er etwas schwerfällig, während Pakula noch eine Runde Schnaps bestellte, «und wir sind Polen, warum sollen wir uns denn dann streiten?»

«Du hast recht», sagte Pakula, «warum sollen wir uns denn streiten? Na zdrowie!»

Sie tranken weiter, und Marek geriet in eine melancholische Stimmung.

«Gibt es denn niemanden in Polen, den du gerne einmal wiedersehen möchtest?» fragte er besorgt.

«Nein», sagte Pakula mit einem Zögern in der Stimme, «nicht, daß ich wüßte.»

«Ist ja komisch.»

«Es wäre wohl reichlich komisch, wenn ich in Warschau plötzlich vor der Tür meiner Ex-Frau auftauchen würde, um mal guten Tag zu sagen.» Pakulas Stimme sollte höhnisch klingen.

«Du warst mal verheiratet?» Marek war überrascht.

«Warum sollte ich auch den größten Mißerfolg meines Lebens breittreten?»

«Damals in Warschau?»

«Wir haben dort geheiratet und später, als ich den Posten in Bonn bekam, dort gelebt.» Pakulas Miene verdüsterte sich.

Marek schien sich nicht sicher zu sein, ob er weiter fragen sollte, und Pakula nahm ihm die Entscheidung ab:

«Ich hätte damals nie geglaubt, daß so etwas dermaßen schnell in die Brüche gehen kann. Es war die glücklichste Zeit meines Lebens gewesen, und dann, von heute auf morgen, stellte sich auf einmal heraus, daß ich einfach nur blind gewesen bin und nicht gemerkt habe, daß alles längst vorbei war.»

«Was ist denn passiert?»

«Zwei Jahre haben wir, Teresa und ich, in Bonn zusammengelebt. Alles war gut, wir haben sogar an Kinder gedacht und eine Menge Pläne für die Zukunft gemacht. Teresa wollte, daß ich mir eine Arbeit bei einer deutschen Firma suche. Ihr wäre es am liebsten gewesen, wenn wir für immer in Deutschland hätten bleiben können. Sie hatte neue Freundinnen gefunden, und der Westen gefiel ihr natürlich besser als das langweilige Leben in Warschau. Vielleicht war ich nicht ehrgeizig genug oder habe zu lange gezögert. Jedenfalls hat sie den Glauben an mich verloren... eines Tages ist sie auf einmal mit einem anderen davongelaufen. Ich kam nach Hause und die Wohnung war verlassen. Sie hatte ein paar Koffer mitgenommen, und das war's.»

«Hast du sie noch mal wiedergesehen?»

«Ja, irgendwann später vor dem Scheidungsrichter. Aber nur kurz, es ging alles so schnell. Sie war sehr freundlich zu mir. Wir hatten uns ja auch vorher nie gestritten.»

«Warum hat sie dich dann verlassen?»

«Wegen irgendeinem reichen Kerl. Ich hab ihn nie kennengelernt. Sie dachte wohl, er könne ihr mehr bieten. Ich glaube, das Leben im Westen ist ihr zu Kopf gestiegen. Irgend jemand hat mir erzählt, der Kerl sei reich, gutaussehend, mit einer Villa, einem schnellen Auto und was weiß ich noch – dagegen sah ich ziemlich mickrig aus.»

«Du gibst dir die Schuld?»

«Nein, nein, ich versuchte nur damals mir einzureden, sie verstehen zu müssen... vielleicht war ich ihr zu langweilig.»

«Aber jeder Mensch ist doch langweilig, wenn man ihn gut kennt, es sei denn, man hat ihn gern», warf Marek unsicher ein.

«Das kann schon sein, dann hat sie mich eben nicht mehr gemocht.»

«Und du?»

Pakula machte ein gequältes Gesicht und dann eine abwertende Handbewegung: «Ach!»

«Hat sie den Mann geheiratet?»

«Nein, er hat sie dann später einfach sitzenlassen, und sie ist nach Polen zurück.»

«Und du hast sie nicht mehr gesehen?»

«Nein.»

«Warum besuchst du sie dann nicht, wenn du in Warschau bist?»

«Aber das wäre doch idiotisch, oder?»

«Ich weiß nicht.»

«Aber sicher!»

KAPITEL 8

Das zweite Treffen mit Ziegler fand ein paar Tage vor Pakulas Abreise statt. Ziegler wohnte in der Pension *Prinz Heinrich* in einer kleinen Straße irgendwo in der Nähe des Hafens.

Er scheint tatsächlich nicht besonders gut bei Kasse zu sein, dachte Pakula, als er vor dem Gebäude stand. Es war eines dieser Häuser, das nach dem Krieg in eine Lücke zwischen zwei unzerstörte Altbauten gesetzt worden war, ohne daß sich jemand Gedanken um das Straßenbild gemacht hatte. Der Verputz schien seit dieser Zeit nicht erneuert worden zu sein. Es gab mehrere Pensionen in diesem Haus. *Prinz Heinrich* befand sich im vierten Stock. In dem dunklen, ungepflegten Treppenhaus roch es muffig. Der altertümliche Aufzug war so klein, daß nicht einmal zwei Personen hineinzupassen schienen. Seine grauen Blechwände waren mit Sprüchen, Namen und Telefonnummern beschmiert. Als er hinauffuhr, fiel Pakula ein, daß er Ziegler früher in Köln immer im *Hotel Fürstenhof* besucht hatte – welch ein Unterschied!

Der Vorraum der Pension bestand aus einem Korridor, der direkt zu einem mächtigen Pult führte, hinter dem ein älterer Mann mit Nickelbrille und in Hemdsärmeln saß. Mit einem Bleistift kritzelte er in irgendwelchen Papieren herum. Er blickte kaum auf, als er Pakula Zieglers Zimmernummer sagte, und wedelte ungeduldig mit dem Arm nach links, wo ein schmaler, dunkler Gang auf ein kleines Innenfenster zulief, Türen rechts und links. Pakula stolperte über eine lose gewordene Ecke des Linoleumbodens. Die Nummern der Zimmer waren alle über dreihundert. Pakula klopfte bei 320.

Ludger öffnete die Tür. Er trug immer noch seine Jogginghose, aber diesmal mit dem dazugehörigen Oberteil, einer schlabberigen Baumwolljacke mit Kapuze. Er hatte sie über den Kopf gezogen und die Hände in die Taschen vor dem Bauch gesteckt. Ludger, das Riesenbaby, dachte Pakula.

Ludger nickte nur mit dem Kopf und ließ ihn herein.

Das Zimmer war recht geräumig, aber schäbig. Ein alter Teppich verdeckte zur Hälfte den braun übermalten Parkettboden. Es gab ein Bett, einen großen Schrank, ein Nachtschränkchen, einen niedrigen Tisch, zwei Stühle und einen alten Sessel. Außerdem ein Waschbecken, aber keine Dusche. Über dem Bett hing ein Ölgemälde: der Hamburger Hafen mit dem Turm der Michaeliskirche.

Trascanu stand am Fenster und rauchte. Ziegler saß im Sessel neben dem Tisch. Auch er hatte eine Zigarette im Mund. Ludger postierte sich demonstrativ vor der Tür.

Ziegler trug eine billige Hose, ein Unterhemd und darüber einen dunkelgestreiften Bademantel, außerdem Pantoffeln. Daß er es nicht einmal für nötig gefunden hatte, sich zu rasieren und zu kämmen, obwohl es schon Nachmittag war, fiel Pakula unangenehm auf. Nur Trascanu war wieder makellos gekleidet.

«Hallo, mein Freund!» rief Ziegler ihm entgegen. «Da ist er ja. Und so pünktlich. Das lob ich mir.» Er fuchtelte mit seiner Zigarette in der Luft herum. «Komm, setz dich zu mir.»

Mit seinem Fuß schob er den Stuhl vor sich zurecht.

Pakula ging zum Fenster und sah hinaus. Man sah ein bißchen Himmel und viele Wände. Unten im Hinterhof hatte sich Müll angesammelt. Manche Bewohner des Hauses schienen überflüssige Möbelstücke einfach durch das Fenster loszuwerden.

«Du haust hier unter deinem Niveau, Ziegler», sagte Pakula.

«Mit deiner Hilfe, mein Lieber, werden wir das Niveau schon wieder ein bißchen heben. Denk nicht, daß ich pleite bin, ich hab nur keine Zeit gehabt, auf die Bank zu gehen. Und du weißt, meine Bank ist die ganze Welt, ha, ha. Geschäftsleute wie ich müssen nur zugreifen.»

«Scheint so, als ob deine Greifer im Moment nicht wissen, wo die Welt ist.»

«Oha!» rief Ziegler gut gelaunt und blickte in die Runde. «Er hat schon immer eine spitze Zunge gehabt, unser Freund hier. Aber mach dir keine Hoffnungen, Pakula, ich melde noch lange nicht Konkurs an! Wir sind wieder auf dem Weg nach oben. Mein Kapital lasse ich jetzt im Ausland arbeiten.» Er deutete auf den Stuhl. «Nun komm schon und setz dich endlich. Wir wollen ein wenig plaudern.»

Pakula setzte sich ihm gegenüber und wartete, bis er umständlich seine Zigarette ausgedrückt hatte. Ziegler schob ihm die volle Packung hin:

«Da, nimm eine.» Obwohl es säuerlich riechende ägyptische waren, nahm sich Pakula eine. Ziegler beugte sich nach vorne und tätschelte Pakulas Knie.

«Jerzy, alter Pole! Setz dich nicht so steif hin, laß uns nicht so förmlich sein.» Dann lehnte er sich wieder zurück und schlug seine kurzen Beinchen übereinander. An Trascanu und Ludger gewandt sagte er: «Mögt ihr die Polen? Ich mag sie. Sie sind immer fröhlich, obwohl sie keinen Grund dazu haben. Galgenhumor, ja, ja. Sie müssen doch so leiden unter den bösen Buben der Geschichte, nicht wahr, Jerzy? Ja, nehmt nur unseren Freund Jerzy hier, auch er leidet unter dem deutschen Volk wie seine Vorfahren: Er leidet unter mir! Ist das nicht herrlich tragisch? Ach, ihr armen Polen. Paß auf, wenn jetzt noch der böse Russe reinkommt!» Er deutete auf die Tür. Sein Gesichtsausdruck wechselte ständig zwischen Hohn und heuchlerischem Mitgefühl. «Aber keine Angst, ich, Ziegler, der Deutsche, ich werde den Polen retten. Ich fühle mit dir, Jerzy. Noch ist Polen nicht verloren, denn Ziegler hat noch ein paar Geschäftchen zu machen mit den Polen. Ist das nicht eine heiße Liebe, wir zwei, ich und die Polska? Der brutale Deutsche und das üppige Weib Polska! Ach, wie lieben wir Deutschen euch Polen. Wir haben euch gerne gezüchtigt. Und geweint haben wir darüber, daß wir euch weh getan haben. Aber jetzt ist unsere Liebe gereinigt. Nun weinen wir darüber, daß andere euch schlagen – und wir sind froh darüber. Ich möchte dich nicht schlagen, Jerzy, denn ich möchte, daß du für mich arbeitest. Du bist mein Mann.» Seine Stimme war wieder etwas sachlicher geworden.

«Ich weiß immer noch nicht, was du von mir willst.»

«Alles zu seiner Zeit», entgegnete Ziegler fröhlich, «erst trinken wir mal einen. Ludger, geh mal eine Wodkaflasche holen.»

«Hör zu, so viel Zeit habe ich nicht.» Pakula wurde allmählich sauer.

«Aber, aber, natürlich hast du Zeit. Deinen hübschen kleinen Laden hast du abgeschlossen für heute. Du willst doch deinen Freund Ziegler nicht enttäuschen? Du willst mich doch nicht zornig machen? Du weißt, daß ich sehr böse werden kann. Und da steht der brutale Ludger», er deutete auf ihn, als er gerade Flasche und Gläser aus dem Schrank holte, «und der möchte so gern auch mal seinen Spaß haben. Was glaubst du denn, wieviel Mühe es mich kostet, ihn davon abzuhalten, dich mal in deinem Laden zu besuchen. Es drängt ihn geradezu danach, wieder einmal seine Kräfte zu erproben. Und das wäre doch schade um die schönen Bücher.» Ludger grinste. «Und wie schade wäre es erst, wenn ich einiges über deine Vergangenheit ausplaudern würde – du weißt doch, was ich meine?» Pakula nickte. Ziegler klatschte in die Hände: «Ludger, mein Junge, mach schon, schenk uns ein Schlückchen ein!»

Als sie dann endlich den ersten Schnaps gekippt hatten, wurde Ziegler geschäftlich.

«Tja», sagte er träge, «wir haben da ein Transportproblem, das wir mit deiner Hilfe sicherlich bewältigen werden. Du müßtest nur ein paar Kleinigkeiten nach Warschau transportieren. Du machst eine hübsche Urlaubsreise und tust mir nebenbei noch einen Gefallen.»

«Du weißt ganz genau, daß ich nicht so einfach nach Polen fahren kann.»

«Natürlich weiß ich das. Aber ich bin eben nicht so kurzsichtig wie du.»

Er schnippte mit dem Finger in Richtung Trascanu: «Zeig ihm die Papiere!» Trascanu holte einige Scheine aus seiner Jakkentasche und legte sie vor Pakula auf den Tisch. Es waren ein Reisepaß der Bundesrepublik Deutschland und die üblichen Visapapiere der Volksrepublik Polen. Auf dem Reisepaß war ein kleiner grüner Aufkleber befestigt, mit dem Emblem des Reisebüros «Polonia».

«Mach's doch nicht so spannend», sagte Ziegler zu Trascanu, «gib ihm auch die Gutscheine. Er freut sich bestimmt schon drauf.» Und an Pakula gewandt: «Dafür bekommst du in Polen einen schönen Haufen Indianergeld.»

Trascanu legte die Gutscheine über mehrere tausend Złoty für den Zwangsumtausch auf den Tisch.

«Damit kannst du zwei Wochen im gelobten Land bleiben», sagte Ziegler, «aber von mir aus kannst du schon nach ein paar Tagen, wenn du alles erledigt hast, wieder zurückkommen.»

Pakula sah sich die Papiere an. Er hatte einen neuen Namen: Ludwig Georgi, geboren 1940 in Heidelberg.

«Du mußt natürlich auf deinen Akzent ein wenig achtgeben, aber das wirst du schon schaffen. Die Angaben im Paß passen ganz gut zu deinem Äußeren. Du siehst, Ziegler leistet ganze Arbeit.»

Pakula zuckte mit den Schultern. Es sah alles ganz gut aus.

«Du siehst, wie großzügig ich bin», höhnte Ziegler, «das ganze Indianergeld kannst du für dich behalten.»

«Du glaubst doch nicht im Ernst, daß ich mich für die drei Lappen auf den Weg mache und so ein großes Risiko eingehe?»

«Na bitte.» Ziegler gluckste zufrieden. «Hab ich es nicht gesagt? Zeig dem Mann ein bißchen Geld und schon fängt er an zu handeln. Recht so, recht so, mein Lieber. – Also hör zu: Wenn du das erledigt hast, worum ich dich so freundlich gebeten habe, bekommst du eine Aufwandsentschädigung, und zwar genau in dem Augenblick, wenn du die beiden Taschen in Warschau abgibst. Zweitausend hübsche Dollar! Damit kannst du dich in Warschau vergnügen.»

«Was ist in den Reisetaschen?»

«Das sag ich dir nicht, das brauchst du gar nicht zu wissen. Du transportierst sie nur und gibst sie ab, das ist alles.»

«Ich werde doch nicht irgend etwas durch die Gegend tragen, von dem ich nicht weiß, was es ist.»

«Doch, du wirst! Aber wenn es dich beruhigt: Es ist keine Bombe. Wir wollen doch niemandem weh tun.»

Pakula schüttelte den Kopf. «Das ist mir alles zu unsicher.»

«Gar nichts ist unsicher!» Zieglers Stimme wurde wieder etwas lauter. «Es ist alles genau durchdacht. Die Reisetaschen sind hundertprozentig präpariert. Du kannst froh sein, daß du es mit einem Profi wie mir zu tun hast.»

«Was ist drin?» fragte Pakula noch einmal.

«Nichts», sagte Ziegler mit hoher Stimme, «ganz einfach nichts. Ist das denn so schwer zu verstehen? Du machst eine kleine Privatreise, hast ein paar Taschen dabei, und plötzlich stellst du fest, daß sie dir gar nicht mehr gefallen. Und da verkaufst du sie an den ersten besten, der dir zufällig zweitausend Dollar dafür bietet.» Seine Stimme senkte sich wieder. «Deine Unterhosen kannst du vorher rausnehmen, und dann kaufst du dir ein paar neue Taschen oder Koffer. Weiter nachdenken mußt du gar nicht.»

«Warum fährt nicht jemand anderes? Er zum Beispiel.» Pakula deutete auf Trascanu.

«Oh, nein», Ziegler machte eine abwehrende Handbewegung, «das geht nicht. Den kann ich nicht in den Osten schikken. Entweder lassen sie ihn nicht rein oder sie lassen ihn nicht mehr raus. Die erkennen doch auf hundert Meter, daß er ein Schubiak ist.» Trascanu grinste. «Und meine anderen Freunde», fuhr Ziegler mit einem Seufzen fort, «haben mich alle verlassen. Ein undankbares Pack! Aber nun haben wir uns ja wiedergetroffen, durch zarte Bande verknüpft, oder? Komm, trink noch einen, und hier, rauch noch eine!» Ziegler ließ den Schnaps wieder bis über den Rand der Gläser laufen und schob Pakula die Ägyptischen hin.

Widerstand ist zwecklos, dachte Pakula, als er zusah, wie sich Zieglers Gesicht durch die Wirkung des Schnapses rot verfärbte. Also trank er sein Glas aus.

«Wo sollen die Taschen denn hin?» fragte er müde.

«Ja», sagte Ziegler und schob sich in seinem Sessel zurecht, «das ist alles sehr einfach. Du fährst mit dem Zug und wohnst in Warschau im *Interconti*, und zwar am Dienstag nächster Woche. Am darauffolgenden Tag wird jemand mit dir Kontakt aufnehmen. Dann bist du die beiden Täschchen auch schon wieder los. Das funktioniert alles ohne Probleme, du brauchst nur zu tun, was ich dir sage.»

«Es sind zwei heikle Grenzen dazwischen. Was ist, wenn ich durchsucht werde?»

«Die Grenzkontrollen in den Zügen sind halb so schlimm wie am Flughafen. Sie werden nichts finden. Wir sind doch keine Anfänger! Außerdem – glaubst du nicht, daß du wenigstens ein kleines Risiko mittragen solltest? Das Restrisiko sozusagen?»

Irgend etwas wird garantiert schiefgehen, dachte Pakula, irgendwas Idiotisches wird passieren, und dann ist der Ofen aus. Aber daß ich diesen verrückten Fettsack wieder getroffen habe, ist sowieso schon das Schlimmste, was mir passieren konnte.

«Also gut», sagte er dann, «gib mir diese Taschen und dann bringen wir es hinter uns.»

«Na bitte! Das lob ich mir», triumphierte Ziegler. «Und jetzt trinken wir noch einen, das muß gefeiert werden. Du wirst sehen, daß es sich lohnt. Bist du jemals schlecht mit mir gefahren, habe ich dich jemals enttäuscht? Beim Geschäftemachen muß man hart sein. Aber jetzt sind wir wieder gute Freunde, was? Jerzy, mein Junge, das ist eine Freude für mich!»

Es fehlte nicht viel und er hätte Pakula umarmt.

Einen Tag vor der Abreise erschien Trascanu in Pakulas Laden und übergab ihm den Schlüssel für ein Schließfach im Hauptbahnhof. Nach Ladenschluß ging er los und trug die beiden häßlichen, abgenutzten, gelblichbraunen Kunstlederreisetaschen nach Hause. Es waren altmodische Modelle, nicht sehr geschmeidig, eher steif und unpraktisch und ein bißchen zu groß. Pakula mochte sie nicht. Er untersuchte sie oberflächlich, konnte aber nichts finden. Auf jeden Fall sahen sie nicht so aus, als ob irgend etwas in ihnen versteckt worden sei. Er räumte das Zeitungspapier heraus, das hineingestopft worden war. Der Boden sah aus wie ein Boden, die Trennwände sahen aus wie Trennwände. Das Futter aufzutrennen oder hinter den Kunstlederbezug zu sehen war sinnlos, denn er würde keine Zeit mehr haben, sie wieder zusammenzuflicken. Mikrofilme oder etwas Ähnliches würde er ohnehin nicht entdecken.

Er wußte gar nicht, was er alles mitnehmen sollte. Zwei so große Taschen waren überhaupt nicht notwendig. Also nahm er notgedrungen ein paar Hemden zuviel mit.

Am frühen Morgen des nächsten Tages, in jeder Hand eine dieser idiotischen Taschen, begab er sich auf den Weg zum Hauptbahnhof, um den Zug nach Berlin und von dort nach Warschau zu nehmen.

Es war ein nebliger Novembermorgen, an dem er noch in der tiefsten Dunkelheit an den Schaufenstern und Plakaten vorbeiging, die nun, um diese Uhrzeit, nicht mehr erleuchtet waren. Niemand sonst war unterwegs.

Keiner beachtete den Mann, der widerwillig und gebeugt auf eine unbequeme Reise ging, um seine Existenz als drittklassiger Buchhändler zu retten, eine Existenz, wofür die meisten Leute nicht einmal nachmittags aus dem Bett aufgestanden wären.

Nur das Schaufenster des schäbigsten Buchladens der Stadt wartete auf die Rückkehr des Mannes, der gerade an ihm vorbeiging und einen kurzen, fast wehmütigen Blick hineinwarf.

KAPITEL 9

Durch das Fenster des Taxis, dem unvermeidlichen Fiat Polski, blickte Pakula auf die regennassen Straßen von Warschau, die die Lichter der Autos und Straßenlaternen reflektierten. Das erste bekannte Gebäude, das er wahrnahm, war der «Palast der Kultur und der Wissenschaft», das sowjetische Kulturzentrum gegenüber dem Hauptbahnhof. Es war nicht zu übersehen, selbst an einem trüben Novemberabend: ein mächtiges Hochhaus mit Säulen und Türmen, frei stehend auf einem großen Platz. Es war nach dem Krieg von den Sowjets gebaut worden, als ein Geschenk des russischen an das polnische Volk. Pakula erinnerte sich daran, daß irgendwo in Moskau genau das gleiche Gebäude stand.

Sie fuhren vorbei an den häßlichen, rechteckigen Kaufhäusern der Innenstadt, in denen alle Waren immer nur saisonweise zu haben waren und sich jede Saison nur sehr unregelmäßig einstellte. Dann bogen sie in eine breite Straße, die, vorbei an verschiedenen monströsen Monumentalbauten aus den fünfziger Jahren, in Richtung Altstadt führte.

Pakula dachte an die Kawiarnias, die Kaffeehäuser, in denen er früher gesessen hatte, an die Milchbars, die es hier an jeder Straßenecke gab und in denen jeder eine billige Mahlzeit bekommen konnte, an die Bars, die er einmal gekannt hatte. Ihm fiel ein, daß es wahrscheinlich immer noch diese scheußliche, nach sauren Drops schmeckende Limonade geben mußte. Bier dürfte wahrscheinlich auch heutzutage nicht zu jeder Tageszeit und in ausreichender Menge zu haben sein. Die letzten Jahre, die er in Warschau verbracht hatte, in der Zeit zwischen seinen Auslandsaufenthalten, hatte er regelmäßig ein bestimmtes Bierlokal besucht, von dem er wußte, daß es dort zwischen 16 Uhr und 16 Uhr 30 immer etwas zu trinken gab. Solche Lokale, die zu bestimmten Zeiten regelmäßig beliefert wurden, waren der Geheimtip der Biertrinker gewesen. Eine verschworene Gemeinschaft, die sich immer wieder zur gleichen Zeit dort eingefunden hatte. Es war jedesmal ein kurzes Vergnügen gewesen, da die Quelle schnell versiegte. Zu späterer Stunde mußte man schon sehr gute Verbindungen haben, wenn man in einem Hotel oder Restaurant noch eine Flasche *Żywiec* bekommen wollte. Oder man mußte mit den Kellnerinnen im Journalistenklub flirten.

Gegen Westdevisen wiederum konnte man in den Bars der großen Warschauer Hotels allerhand bekommen, aber Devisen mußte man erst einmal besitzen. Und wer brachte es schon übers Herz, sie dann so leichtfertig wieder auszugeben. In eines der großen Hotels war Pakula nur zu besonderen Gelegenheiten gegangen. Erst später, wenn er aus dem Westen nach Hause zurückgekommen war, hatte er auch mal in einem von ihnen übernachtet. Er war es durchaus nicht gewohnt, im *Hotel Viktoria Intercontinental* abzusteigen.

Es war allgemein als das beste Hotel ganz Polens bekannt, relativ neu, modern eingerichtet, und man versuchte den Standard zu halten. Die Preise waren sehr hoch und dementsprechend stiegen hier vor allem Touristen aus dem westlichen Ausland ab sowie im Westen arbeitende Polen, die nicht wußten,

«Auch im Sozialismus . . .

... gab es eine Menge reicher Leute», sinniert Jerzy. Was einmal mehr bestätigt, daß die individuelle Tüchtigkeit vor keinem System haltmacht. Es gibt immer Mittel und Wege, den persönlichen Besitzstand zu mehren.

wohin mit all ihrem Geld. Manche von ihnen machten sich erst gar nicht die Mühe, eine Wohnung zu suchen, sondern wohnten auf Dauer im *Interconti*. Auch im Sozialismus gab es eine Menge reicher Leute. Man mußte nur gute Verbindungen zum Ausland haben.

Das Taxi fuhr die Auffahrt zum Hotel herauf, und Pakula mußte zugeben, daß das Warschauer *Intercontinental* in seiner Erinnerung etwas verbrämt hatte. Bis auf die Glasfront im Erdgeschoß sah das Gebäude doch nur wie ein langweiliger Betonklotz aus.

Die Rezeption war mit einer edlen dunklen Holzsorte verkleidet, die Bediensteten waren uniformiert, und der Fußboden war mit großen Marmorplatten ausgelegt.

An der Fensterfront der Hotelhalle, zwischen dem Eingang und dem Devisensupermarkt *Pewex*, standen braune Ledersessel. Dort saßen arabische Geschäftsleute und waren in intensive Gespräche vertieft.

Pakula stellte seine beiden Reisetaschen vor der Rezeption ab und reichte dem Bediensteten seinen Paß. Er reiste als Ausländer und sprach den Portier auf deutsch an, der ihm gleichfalls auf deutsch antwortete. Polnisch, so hatte er sich vorgenommen, wollte er nur sprechen, wenn es nötig war, und dann hatte er darauf zu achten, daß seine Aussprache und Grammatik einige Fehler aufwies. Denn es gab nur wenige Deutsche, die die polnische Sprache gut beherrschten.

Er mußte seinen Paß abgeben, einige Papiere ausfüllen und mit dem Namen Ludwig Georgi unterschreiben, was ihm immer noch schwerfiel, obwohl er es ausdauernd geübt hatte. Dann wurde ihm sein Zimmer gezeigt.

Pakula traute sich nicht, den jungen Burschen, der ihn in den zweiten Stock führte, zu fragen, ob auf den Toiletten noch immer eine leise Hintergrundmusik lief, was ihm früher, wenn er es erlebt hatte, immer wieder ungeheuer kurios vorgekommen war.

Das Zimmer entsprach nicht dem, was die Hotelhalle vorgab. Bett, Tisch und Stühle waren schlicht und sauber, der dunkle Teppich relativ neu, die Tapete unauffällig kleingemustert – alles nicht gerade modern, aber angenehm. Daß es Handtücher, Seife und Toilettenpapier sowie eine gut funktionierende

Dusche gab, beruhigte ihn sehr. Es kam oft genug vor, daß dies in polnischen Hotelzimmern fehlte, genauso, wie es vorkommen konnte, daß die Bettwäsche zerrissen war.

Im Moment war er zufrieden. Er ging ins Bad, wusch und rasierte sich. Als er zurückkam, sah er die beiden Reisetaschen vor dem Bett auf dem Boden stehen. Während er sich sein Jakkett wieder anzog, schob er sie mit den Füßen in eine Ecke zwischen Bett und Schrank. Für heute konnte er sie vergessen, und morgen würde jemand kommen, um sie abzuholen. Dann konnte er sich nach ein paar neuen umsehen, sich noch einen netten Tag in Warschau machen und anschließend wieder abreisen. – Er glaubte nicht wirklich an solch einen einfachen und optimistischen Ausgang seines Abenteuers, aber er versuchte zumindest, es sich einzureden.

Zunächst wollte er in der Bar einen Kaffee trinken und gleich anschließend im Restaurant etwas essen.

Die Bar machte einen luxuriösen Eindruck. Bequeme Sitzecken aus blauem Plüsch, kleine Tischchen. Allerdings schien der junge, hektische Kellner zu Leuten, die nicht Polnisch sprachen, freundlicher zu sein. Pakula bedauerte einen Moment, daß es normalen, gefilterten Kaffee gab. In einer seltsamen nostalgischen Anwandlung hatte er gehofft, daß es «polnischen» Kaffee geben würde, der ohne Filter einfach in der Tasse oder meistens im Glas aufgebrüht wurde. Hier im Hotel nahm man verständlicherweise etwas Rücksicht auf den Geschmack der Ausländer.

Nach dem Essen ging Pakula auf sein Zimmer zurück und legte sich für einen Moment auf das Bett. Die lange Reise hatte ihn erschöpft, nur hatte er es bis jetzt noch gar nicht richtig bemerkt. Die Anspannung und die Furcht bei den verschiedenen Grenzkontrollen waren zu stark gewesen, als daß er seiner Müdigkeit hatte nachgeben können. Jetzt, mit vollem Magen auf dem Bett ausgestreckt, wich diese Last allmählich von ihm.

Er dachte an die Zeit, in der er in Warschau gewohnt hatte, als er, der angehende Journalist, aus einer kleinen Stadt in die große Hauptstadt gekommen war und ihm alles als abenteuerliche, bunte, glitzernde Welt vorkam. Damals, als Polen das lebendige kulturelle Zentrum des Ostblocks gewesen war und die umliegenden Nationen voll Neid auf das freizügige kulturelle Klima geblickt hatten. Scharenweise waren die Intellektuellen aus Ungarn und der Tschechoslowakei nach Warschau und Krakau geströmt. Er war damals jung gewesen und glücklich über das, was man alles erleben konnte. Später, als die Entwicklung einen weniger optimistischen Verlauf nahm, hatte er glücklicherweise im Ausland arbeiten können, in Bukarest und Budapest. Er war nicht der einzige Pole, bei dem die wirtschaftlichen und politischen Depressionen des Landes einen fatalen Einfluß auf die Persönlichkeit ausgeübt hatten. Viele seiner Freunde waren deshalb nach und nach ins westliche Ausland ausgewandert.

Er schloß die Augen.

Ein merkwürdiger Gedanke kam ihm plötzlich in den Sinn: Wenn er schon nach all den Jahren endlich einmal wieder in Warschau war, warum sollte er dann seine kostbare Zeit hier in diesem tristen Hotelzimmer zubringen? Zumal die Altstadt nur wenige Minuten zu Fuß entfernt war. Wer weiß, wie schnell er plötzlich das Land wieder verlassen mußte, womöglich morgen schon... Und warum nicht ein wenig umherstreifen, noch war es nicht zu spät dazu. Und die Altstadt war gerade am Abend, wenn die meisten Touristen verschwunden waren, ein angenehmer Ort für einen kleinen Spaziergang. Soviel Nationalstolz steckte selbst in ihm, denn er liebte die alten Gassen, die man nach der vollständigen Zerstörung im Krieg mit viel Mühe originalgetreu wiederaufgebaut hatte.

Erstaunt über seinen Tatendrang stand er auf und zog den Regenmantel über. Es war kühl draußen, aber nach anfänglichem Frösteln hatte er sich bald warmgelaufen; und als er über den großen Platz vor dem alten Königsschloß spazierte, fühlte er zum erstenmal seit langem ein gewisses Gefühl der Erleichterung in der Brust.

Die Frage war nur: Sollte er wirklich die einzige Adresse aufsuchen, bei der er ziemlich sicher war, daß man ihn dort noch kannte?

Mit zögernden Schritten ging er eine der kleinen Gäßchen entlang, die zum Alten Marktplatz führten. Leichter Regen fiel. Er überquerte den Marktplatz und bedauerte, daß es bereits dunkel war. Durch das Tor der Stadtmauer hindurch betrat er den neueren Teil der Altstadt und wandte sich nach einer Weile nach rechts in eine der steil abfallenden gepflasterten Straßen, die zum Weichselufer hinunterführte. Trotz des abfallenden Weges ging er langsam. Endlich blieb er vor einem Haus stehen, dessen Wandmalereien im Schein einer Straßenlaterne gerade noch zu erkennen waren. Sie mußten erst vor kurzem restauriert worden sein, denn er kannte sie nur als blasse Schatten. Man gab sich in der Tat Mühe, dem alten Warschau, dem Stolz der Nation, den alten Glanz zurückzugeben. Die Malereien zeigten verschiedene Handwerker bei der Arbeit.

Er stieg ein paar steinerne Treppenstufen hinauf und öffnete die schwere, hölzerne Eingangstür. Ein von einer einzigen Glühbirne spärlich erleuchteter kahler, aber sauberer Korridor führte an einer abgetretenen Holztreppe vorbei auf eine Wohnungstür zu, an der ein sauber glänzendes Messingschild angebracht war. Darauf war in verschnörkelten Buchstaben der Name Anna Lipinska zu lesen. Frau Lipinska war einmal seine Schwiegermutter gewesen. Er hatte sich immer gut mit ihr verstanden, selbst dann noch, als die Krise in der Ehe mit Teresa begonnen hatte.

Halbherzig drückte er auf den Klingelknopf und vernahm das bekannte Rasseln. Nach einer Weile öffnete sich die durch eine Kette abgesicherte Tür einen Spaltbreit, und eine brüchige Stimme fragte: «Wer ist denn da?»

Noch ehe er antworten konnte, gab sich die Stimme selbst die Antwort: «Ja, ist das möglich? Jerzy, bist du das?»

Pakula nickte – eine etwas sparsame Variante der Zustimmung, aber mehr war ohnehin nicht nötig. Frau Lipinska versuchte, die Tür aufzureißen, scheiterte aber an der Sicherheitskette, die sich ruckartig spannte, so daß es bedrohlich im Gebälk krachte.

«Momentchen, Momentchen, ich hab es gleich!» rief sie aufgeregt, schloß die Tür und versuchte es noch einmal.

Pakula fiel plötzlich ein, daß er der alten Frau die Sicherheitskette aus dem Westen mitgebracht hatte – eher aus Spaß, weil sie immer über ihre Angst vor Einbrechern geklagt hatte. Manche Geschenke halten in der Tat ewig.

Endlich ging die Tür auf und Frau Lipinska stand mit einem ehrlich erfreuten Lächeln in der Tür und breitete die Arme aus. Wann hatte man ihn das letzte Mal so freundlich empfangen?

«Jerzy, Jerzy, mein lieber Junge ...»

Sie strahlte so sehr, daß Pakula sich fast zu schämen begann.

Zögernd ließ er sich von der alten Frau in dem altbekannten, verwaschenen Hauskittel umarmen.

War sie kleiner geworden oder erschien ihm das bloß so? Kleiner und noch etwas dicker. Hatte er sich früher schon so weit hinunterbeugen müssen? Endlich ließ sie ihn wieder los:

«Komm herein, komm herein!»

Er schloß die Tür hinter sich und konnte gerade noch rechtzeitig verhindern, daß die Alte damit begann, ihm wie einem kleinen Jungen aus dem Mantel zu helfen.

Schließlich ging sie voran ins Wohnzimmer.

Dort hatte sich nichts verändert: uralte, sperrige Möbelstücke, ein abgenutztes Sofa und ein paar Stühle um einen viel zu hohen Eßtisch. An den Wänden hingen einige alte Landschaftsbilder – und natürlich in einer besonderen Ecke ein Kreuz und das Bild des Papstes, von einem Rosenkranz eingerahmt.

Sie nötigte ihn, auf dem Sofa Platz zu nehmen, und setzte sich selbst auf einen der unbequemen Stühle. Er war sich sicher, daß sie tausendmal lieber auf dem Sofa saß. Aber der Versuch, dieser Frau von über siebzig Jahren einen bequemeren Platz aufzuzwingen, wäre garantiert gescheitert.

Sie sah ihn erwartungsvoll an. Hinter den Falten und Runzeln ihres Gesichts erstrahlte noch immer die wohlbekannte, resolute Lebenskraft. Sie schien wesentlich mehr Energie und Zukunftsglauben in sich zu haben als ihr Gast. «Schön, daß du in Warschau bist. Wie lange schon? Was machst du hier?»

Pakula merkte, daß er auf solche Fragen eigentlich gar nicht vorbereitet war.

«Ich bin nur auf der Durchreise», antwortete er, «als Tourist sozusagen.»

«Ja, ja, du bist schon immer gerne gereist...»

«Ich habe jetzt einen kleinen Laden in Hamburg... verkaufe Bücher...»

Mehr schlecht als recht erzählte er ihr von seinem Leben als Buchhändler.

Nach und nach berührte das Gespräch auch persönlichere Themen:

«Du bist nicht wieder verheiratet? Das ist aber schade.»

Und nachdem sie mit zwei Gläsern Tee aus der Küche zurückkam, holte sie das Fotoalbum aus dem Schrank. Er mußte die verschiedensten Bilder von Verwandten begutachten, bis sie schließlich zum Thema kamen:

«Da ist sie ja – Teresa», sagte sie, auf eine der neueren Aufnahmen deutend. Ja, da war sie, ein bißchen unscharf aufgenommen und in einer unglücklichen Pose. Aber immerhin sah sie dem Abbild von Teresa, das er sich bewahrt hatte, ein klein wenig ähnlich – aber doch nicht sehr. Den Mann, der ihr den Arm um die Schulter legte, kannte er nicht.

«Das war die Verlobung», erklärte Frau Lipinska.

«Wie heißt er denn?»

«Oh, natürlich, du kennst ihn ja gar nicht... Artur. Er arbeitet bei der Eisenbahn.»

Pakula glaubte das Kleid zu kennen, das Teresa trug. War es nicht das hellblaue, das sie auch bei ihrer Verlobung getragen hatte? Aber das konnte doch nicht sein... Andererseits, trug eine Frau nicht auch bei der zweiten Hochzeit das gleiche Brautkleid? Warum auch nicht. Aber durfte sie das Kleid tragen, mit dem ein Mann solche sentimentalen Erinnerungen verband wie er? War das überhaupt die Teresa, die er gekannt hatte? Die hier war doch viel dicker, trug das Haar länger, hatte schon fast einen Doppelkinnansatz – hatte er das damals übersehen? Oder versuchte er sie nun im nachhinein schlechtzumachen?

«Das ist das Hochzeitsfoto. Sie haben in Krakau geheiratet.»

Kein Zweifel, es war das gleiche Hochzeitskleid. Wo hatte sie es nur die ganzen Jahre aufbewahrt? Hatte sie etwa damit gerechnet, es noch einmal anziehen zu müssen? Er merkte, wie ihn ein beklemmendes Gefühl beschlich. «Wieso Krakau?» fragte er.

«Er ist doch von dort – ach, das kannst du natürlich auch nicht wissen. Jetzt leben sie alle drei dort unten. Ich fahre manchmal hin, um sie zu besuchen.»

«Alle drei?»

«Ja, mit dem Jungen, dem kleinen Piotruś... hier ist er.»

Sie deutete auf ein Foto, das einen Säugling zeigte, der, offenbar laut schreiend, in den Armen seiner Mutter lag. Der Mann, ein etwas korpulenter, bäuerlicher Typ mit Glatze, stand daneben und lächelte verschämt.

«Er ist ja eigentlich nicht der Vater... aber es gibt keine Probleme.»

Also hat sie sich von diesem deutschen Fatzke ein Kind andrehen lassen. Und gerade noch rechtzeitig einen Dummen gefunden... armer Artur – Pakula registrierte unwillig seine Verbitterung.

Zwei Seiten weiter war der Kleine schon gewaltig gewachsen und lief an der Hand seiner glücklich lächelnden Mutter über den Marktplatz in der Krakauer Innenstadt. Es war das letzte Bild im Album.

«Er ist jetzt drei Jahre alt. Und so ein liebes, kleines Kerlchen.»

Nein, entschied Pakula, das ist nicht Teresa. Die Frau, die er einmal gekannt hatte, gab es nicht mehr. Vielleicht hatte es sie nie gegeben, außer in seiner Einbildung.

Unter großer Anstrengung schaffte er es, sich von der alten Frau zu verabschieden, die ihn gerne noch zum Abendessen dabehalten hätte.

Draußen atmete er tief durch und zog im Geist einen dicken Schlußstrich unter seine Vergangenheit. Ein Beobachter hätte nur eine abfällige Handbewegung wahrgenommen.

Nun brauchte er unbedingt etwas zu trinken.

Er entschied sich, das rustikale Weinlokal am Marktplatz zu besuchen. Zwar war es hoffnungslos überfüllt und ungeheuer laut, aber dort konnte er sich von all seinen Problemen, die er mit sich herumschleppte, ablenken lassen. Nachdem er sich an die ungewohnte Atmosphäre und die überschwengliche Redeweise der leicht bis schwer betrunkenen Gäste gewöhnt hatte und der zweite volle Weinbecher vor ihm stand, beteiligte er sich bereitwillig an irgendwelchen Diskussionen zu den üblichen Wirtshausthemen.

Er begann sich wieder in seine alte Heimat einzugewöhnen und verließ erst mit den letzten Gästen das Lokal.

KAPITEL 10

Spät am nächsten Morgen stand er auf und wunderte sich, daß ihn noch niemand angerufen hatte. Er ging kurz vor das Hotel, um sich an einem Kiosk mit allen möglichen Zeitungen und Zeitschriften sowie Zigaretten einzudecken. Zurück im Hotel, bestellte er ein großes Frühstück. Er setzte sich an den Tisch, aß, trank, las, rauchte und wartete.

Es ereignete sich nichts.

Später legte er sich auf das Bett und blätterte eine Zeitung nach der anderen durch. Aber es passierte immer noch nichts.

Langsam aber stetig wuchs eine Unruhe in ihm. Er rief die Rezeption an und fragte nach, ob irgend etwas für ihn abgegeben worden sei. Nein, hieß es, für ihn sei nichts hinterlassen worden, auch keine telefonische Nachricht.

Niemand schien sich für ihn zu interessieren.

Unter diesen Umständen war die Situation äußerst gefährlich. Zum einen war er sich nicht sicher, ob nicht plötzlich jemand auftauchen würde, die Polizei zum Beispiel, die nach zwei Reisetaschen suchte, die staatsgefährdendes Material enthielten. – Man habe da einen Tip bekommen, daß ein gewisser Pakula, unter dem Namen Georgi reisend, Schmuggelware brisantester Art bei sich hätte... Genauso könnte es passieren, daß seine Kontaktperson durch einen blödsinnigen Schicksalsschlag gerade auf dem Weg zu ihm verhaftet worden war, und nach mehrstündigem Verhör – die polnische Polizei kannte sich da doch aus – würde er etwas von zwei Reisetaschen erzählen, die irgend jemand im *Hotel Viktoria Intercontinental* deponiert hatte.

Das Urlaubsgefühl vom Vortag machte einer steigenden Paranoia Platz. Möglicherweise war die Polizei schon auf dem Weg zu ihm. Und wenn die ihn erst einmal hatten, konnte er damit rechnen, daß es nicht lange dauern würde, bis sie seine wahre Identität herausfänden. Und dann war es kein weiter Weg mehr bis zu einer Anklage wegen konterrevolutionärer Spionagetätigkeit oder ähnlichem, denn warum sonst sollte ein entlarvter Agent des Westens unter falschem Namen nach Polen einreisen? Daß er einmal polnischer Staatsbürger gewesen war, würde alles nur noch schlimmer machen. Und es würde keine ausländische Macht geben, die ihn gegen einen polnischen Agenten, der im Westen verurteilt worden war, austauschte. Wenn jemandem das Allerschlimmste passieren konnte, dann ihm, und dann jetzt...

Er stand auf, lief umher, setzte sich hin, legte sich wieder auf das Bett, rauchte eine Zigarette nach der anderen, konnte sich nicht mehr auf die Zeitungen konzentrieren und geriet in eine leichte Panik. Die Zeit verstrich träge. Er versuchte sich zu beruhigen, seltsamerweise stellte sich seine innere Ruhe erst dann ein, als er merkte, daß er Hunger hatte.

Er war froh, daß er einen Anlaß gefunden hatte, unbefangen aus diesem Käfig zu gehen, in den sich sein Zimmer zwischenzeitlich verwandelt hatte. Er telefonierte mit der Rezeption, daß er jetzt im Restaurant zu finden sei und später in der Cafeteria. Dann schloß er sein Zimmer sorgfältig ab und ging hinunter.

Die kurze Beruhigung seiner Nerven hielt nicht lange an. Nach dem Essen war er keineswegs entspannt, sondern hatte sich weiter in die Verstrickung seiner Befürchtungen verloren. Zum Glück konnte er innerhalb des Hotels die Orte wechseln.

Verglichen mit der plüschigen Bar und dem halbwegs bequemen Restaurant war die Cafeteria eine Enttäuschung. Es war ein großer Raum, der trotz der Einrichtung kahl wirkte. Es war zu hell. Tische, Stühle und Bänke waren aus einem glatten, abgenutzten Plastik, die Farben variierten zwischen beige, hellblau und hellgrau. Hier und da gab es ein paar Zimmerpflänzchen in Kübeln. Die meisten Leute saßen in den Sitznischen am Rande des Raumes. Pakula setzte sich ebenfalls in eine der Nischen, direkt vor einem der großen Fenster.

Draußen begann es bereits zu dämmern, der wolkenverhangene Himmel ließ den Abend eher beginnen. Außer Warten und Angst hatte der Tag bis jetzt nichts gebracht.

Bei einer unfreundlichen jungen Frau bestellte er einen Kaffee und einen Wodka.

Ein paar ältere Herren in Anzug und Krawatte saßen allein an ihren Tischen. Sie sahen wie gelangweilte ausländische Geschäftsleute aus. An einem Tisch saß eine Gruppe von Polen, in ihrer Mitte stand eine Wodkaflasche. Sie waren gut gelaunt. An einem anderen Tisch diskutierten zwei junge Araber heftig miteinander. An den übrigen Tischen sah man junge Frauen, gut gekleidet und geschminkt, zu zweit oder zu dritt. Manche von ihnen unterhielten sich gedämpft, manche bliesen gelangweilt den Rauch ihrer Zigaretten in die Luft – der rosaroten Packung nach, die Pakula noch kannte, mußte es die Marke «Carmen» sein –, andere alberten herum, einige lachten gelegentlich ordinär. Ganz offensichtlich versuchten sich die Männer in Anzug und Krawatte nicht zu direkt für die jungen Damen zu interessieren, die sich ebenso diskret gegenüber den älteren Herren mit ihren Devisen-Portemonnaies verhielten. Gerade als sich zwei der Schönheiten aufmachten, den Platz zu wechseln, um zwei sympathischen Endfünfzigern Gesellschaft zu leisten, hörte Pakula eine Stimme neben sich: «Sie sind hübsch, die jungen polnischen Damen, was?»

Ein Mann in der Sitznische neben der seinen hatte ihn durch die Topfpflanzen hindurch angesprochen, auf englisch.

«Ja, sie sind ganz nett», erwiderte Pakula ebenfalls auf englisch.

«George Alexander, mein Name ist George Alexander», sagte der Mann, sichtlich erfreut, daß jemand seine Sprache sprechen konnte. «Wollen Sie nicht an meinen Tisch kommen und einen Drink mit mir nehmen?»

Pakula nahm die Einladung gerne an und stellte sich vor. Ein wenig Abwechslung hatte er bitter nötig.

Der Mann war sehr gesprächig.

«Bin das erste Mal hier im Land. Normalerweise bereise ich eher Südeuropa, aber den Osteuropa-Spezialisten haben sie entlassen müssen, weil er angeblich ein Spion war. Na hören Sie mal, haben Sie so etwas schon einmal gehört? Ein Ostagent in der eigenen Firma! Und dabei handeln wir doch bloß mit Geflügel – Hafermastgänse, Sie wissen schon. Ich bitte Sie, was soll man da denn ausspionieren? Meiner Meinung nach», er beugte sich nach vorne, und Pakula, der sich ihm gegenüber an den Tisch gesetzt hatte, bemerkte, daß der Engländer längst nicht mehr nüchtern war, «meiner Meinung nach waren da ein paar Kollegen im eigenen Interesse etwas übereifrig. Tja, und ich muß das nun ausbaden. Aus Rom schicken sie mich direkt nach Warschau, und das im tiefsten November. Das ist doch keine Art und Weise, ...? Na, was möchten Sie denn gerne trinken?» fragte er, als plötzlich eine Kellnerin vor ihrem Tisch stand, «ich habe da eine interessante Wodkasorte entdeckt, schmeckt so ähnlich wie Gin, Jägerwodka oder so etwas Ähnliches. Wie ist es, wollen Sie mal probieren? Na klar, warum auch nicht!»

Er stotterte sich auf polnisch eine Bestellung zurecht, aber die Kellnerin verstand nicht, was er wollte. Pakula half ihm. Der Engländer wirkte erstaunt.

«Verstehen Sie etwa diese verrückte Sprache mit den tausend

Zischlauten? Das macht einen ja wahnsinnig. Wissen Sie, ich bin ein Sprachtalent, aber diese Sprache habe ich trotz Intensivkurs nicht lernen können. Das ist einfach nichts für uns Westeuropäer.» Er wischte sich den Schweiß mit seinem Taschentuch von der Stirn. Er war klein und untersetzt, mit einem runden Gesicht, glänzenden kleinen Augen und roten Wangen ohne Bartwuchs. Er sprach mit einer hohen näselnden Stimme. Er trug einen schlichten Anzug, ein schlichtes Hemd und eine schlichte Krawatte.

«Wo haben Sie denn Polnisch sprechen gelernt?» fragte er.

Vorsicht, dachte Pakula, wer weiß, wer das ist, vielleicht will er dich aushorchen. Ein Gefühl der Unruhe meldete sich wieder.

«Ich bin Auslandskorrespondent.»

«Na, das ist ja ein interessanter Beruf! Da kommt man in der Welt herum. Ah! Da ist unser Schnaps. Bestellen Sie doch gleich noch mal zwei auf meine Rechnung.»

Pakula bestellte noch zwei Wodka, und der Engländer redete weiter.

«Man interessiert sich ja dafür, was so los ist in der Welt. Der Sozialismus scheint zu florieren. Wußten Sie, daß das Bruttosozialprodukt der DDR letztes Jahr erstmals über dem von Großbritannien lag? Die überrunden uns. Die Prophezeiung von Karl Marx. Der Kapitalismus geht unter, dem Sozialismus gehört die Zukunft.»

Pakula bereute es allmählich, sich an den Tisch dieses geschwätzigen Engländers gesetzt zu haben.

Außerdem bemerkte er gerade einen Mann, der verdächtig lange zu ihm herüberschaute. Einen Moment lang glaubte er, es könne einer von den Arabern sein, die er bei seiner Ankunft in der Hotelhalle gesehen hatte. Er verwarf den Gedanken aber gleich wieder. Dieser Mann, der auch wie ein Araber aussah, war wesentlich jünger als die Geschäftsleute, die dort in den Ledersesseln gesessen hatten. Er mochte etwa Mitte Zwanzig sein und trug einen Wollpullover mit einem übertriebenen bunten Muster, darunter ein weißes Hemd mit einer Krawatte. Sein Begleiter, der von gleicher Nationalität zu sein schien, trug einen dunkelblauen Anzug. Er hatte einen Schnurrbart, der ihn noch schmieriger aussehen ließ. Warum blickten die beiden mit ihren verlogenen Sunnyboy-Gesichtern so intensiv zu ihm herüber? Und wandten sich so auffällig unauffällig von ihm ab, wenn er ihre Blicke erwiderte? Und warum lachten sie jetzt so höhnisch auf? Wollten die etwas von ihm, oder hatte sich wieder sein Verfolgungswahn eingestellt?

Auch der geschwätzige Engländer hatte die beiden bemerkt.

«Sehen Sie sich mal die Araber an», sagte er, «die trifft man doch in jedem Hotel der Erde. Die sind immer unterwegs und machen Geschäfte mit jedem. Bei denen muß man vorsichtig sein, sie sind sehr leicht beleidigt.»

«Kennen Sie die beiden?» fragte Pakula.

«Die jungen Burschen dort, die so rumalbern? Nein, aber ich denke, sie werden wohl aus dem gleichen Grund hier sein, wie all die anderen Kerle hier.» Seine Armbewegung erfaßte ungenau den Raum. «Männer mit Geld und hübsche junge Damen an getrennten Tischen, das kann doch nur eines bedeuten – daß sie sich finden müssen. Meinen Sie nicht? Das ist doch der Gang der Welt. Das Geld muß der Schönheit dienen. So habe ich das auch immer gehalten.»

Er blickte Pakula stolz an, als würde er jetzt begeisterte Zustimmung erwarten. Als sie ausblieb, setzte er ein mürrisches Gesicht auf.

«Interessieren Sie sich für diese Burschen? Diese Araber sind ja alle auch andersrum. Aber», er schüttelte bedauernd den Kopf, «tun Sie mir das nicht an, wir haben uns doch gerade so schön unterhalten.»

Pakula bestellte noch eine Runde Schnaps, und der dicke Engländer gewann wieder seine Fassung zurück.

Immer noch hatte Pakula das Gefühl, die beiden Araber würden ihn beobachten.

«Was halten Sie von den beiden Blondinen da drüben in der Ecke?» fragte der Engländer. «Die sind doch gerade richtig für uns zwei. Soll ich sie an unseren Tisch winken?»

Pakula schüttelte den Kopf. Er war hoffnungslos verwirrt und sah überall Gespenster. Man kann sich doch hinsetzen, sagte er sich, und man wird von irgend jemandem angestarrt, das ist nichts Besonderes. Man muß doch nicht immer gleich das Schlimmste vermuten.

«Sie sind ein Spielverderber, mein Freund. Und dabei könnten wir wirklich unseren Spaß haben. Denken Sie doch mal an etwas anderes, als immer nur Ihren Beruf. Sie sehen schon krank genug aus. Lassen Sie sich das von einem alten Hasen sagen: Vergnügen ist das halbe Leben.»

Die beiden Araber hatten nun alle Scheu abgelegt. Pakula schien es so, als wollten sie, daß er sich endlich an ihren Tisch setzt. Er wußte nicht, was er davon halten sollte. Es kam ihm so ungeheuer kindisch vor. Nun deutete der eine auf den Engländer und schüttelte mit dem Kopf. Pakula versuchte die Gesten zu ignorieren.

«Sie sind der reinste Priester», plapperte der Engländer weiter, «aber Sie trinken doch noch einen mit mir?» Er wedelte mit dem Arm.

Sie tranken noch einen.

Die beiden Araber interessierten sich plötzlich für die zwei Mädchen an ihrem Nebentisch und prosteten ihnen fleißig mit ihren Limonaden zu.

Pakula war verkrampft.

«Da!» sagte der Engländer. «Jetzt ist es zu spät. Nun haben uns die beiden Araber die Mädchen weggeschnappt. Wir müssen uns wohl nach was anderem umsehen.» Er drehte sich um und blickte ratlos umher.

Pakula nahm die Gelegenheit wahr und stand auf. Er verabschiedete sich kurz angebunden von seinem Gastgeber und zahlte im Vorübergehen bei der Kellnerin die beiden Schnäpse, die er selbst bestellt hatte. Selbst beim Hinausgehen fühlte er sich immer noch von den beiden dunkelhäutigen, grinsenden Kerlen beobachtet. Hatten sie sich nur über ihn lustig gemacht oder wußten sie irgend etwas?

Zurück in seinem Zimmer, rief er die Rezeption an. Nein, es war noch immer keine Nachricht für ihn eingetroffen.

Er verlor jede Hoffnung, daß diese Reise irgendeinen Sinn haben könnte, und legte sich früh ins Bett.

KAPITEL 11

Um sechs Uhr morgens erwachte Pakula schweißgebadet. Ruckartig richtete er sich im Bett auf und blickte in die Dunkelheit. Er knipste die Nachttischlampe an. Es war niemand außer ihm im Zimmer. Aber es schien ihm, als ob der Raum plötzlich nur noch halb so groß war wie vorher. Er spürte, wie sein Herz klopfte. Er atmete ein paarmal tief durch.

Im Traum hatten ihn die beiden Araber umringt und ihn angegrinst. Unzählige Doppelgänger tanzten um ihn herum und lachten ihn aus. Dazu ein ohrenbetäubendes Getöse und die Stimme des Engländers aus der Cafeteria, dessen Kopf ohne Körper wie ein Lampion umhergeflogen war und ununterbrochen geredet hatte. An die Worte konnte Pakula sich nicht mehr erinnern. Als sich alles zusammen zu einem ungeheueren Gebrabbel verdichtet hatte, war er aufgewacht.

Er zündete sich eine Zigarette an und bemerkte, wie seine Hände zitterten. Ich bin nicht mehr der Jüngste, dachte er, solche dummen Abenteuer sind nichts für mich. Und für eine Weile ging nichts anderes außer diesem Satz in seinem Kopf herum.

Als er die Zigarette zu Ende geraucht hatte, legte er sich wieder hin und döste. Gedanken und Trugbilder mischten sich in seinem Kopf. Die Straßen von Warschau, die Straßen von Hamburg... ein großes Hotel, ein kleiner Buchladen... Deutsche, Polen, Araber... Ziegler, Trascanu... zwei häßliche Kunstlederreisetaschen...

Um neun Uhr quälte er sich endlich aus dem Bett und bestellte ein großes Frühstück mit Rührei auf das Zimmer.

Später stand er am Fenster und beobachtete, wie der Hochnebel über dem Warschauer Häusermeer sich lichtete und ein strahlend blauer Himmel erschien. Es würde ein kalter, aber schöner Herbsttag werden. Pakula hätte gerne draußen einen Spaziergang unternommen. Aber er war in diesem Zimmer festgenagelt. Alles erschien ihm auf einmal wie ein blöder Scherz, den sich jemand ausgedacht hatte, um ihn zu ärgern. Was, wenn es nun wirklich nur ein Witz war, wenn dieser Idiot Ziegler sich auf diese Weise an ihm rächen wollte? Aber rächen wofür? Pakula hatte ihm nie geschadet. Das Ganze konnte nicht so sinnlos sein, wie er im Augenblick vermutete. Aber er war doch niemandem hier für seine Zeiteinteilung Rechenschaft schuldig. Warum ging er also nicht einfach nach draußen? Irgendwie würde man ihn später schon erreichen können...

In diesem Moment klingelte das Telefon. Er war so überrascht, daß er es ein paarmal klingeln ließ, bevor er den Hörer abhob.

«Ja?» sagte er auf polnisch in den Hörer.

Eine rauhe, heisere Stimme fragte unwirsch: «Who is there speaking, please?» Einen Moment lang verwirrte ihn das Englisch. Aber wie sonst sollte man ihn ansprechen, wenn man nicht deutsch sprach?»

«Hier spricht Ludwig Georgi», stammelte er auf englisch.

«Ein Geschäftsfreund aus Hamburg hat uns gebeten, mit Ihnen Verbindung aufzunehmen. Ist Ihnen das bekannt?»

«Ja, natürlich.» Warum drückt der sich denn so kompliziert aus? Aus Vorsicht vor Telefonspitzeln im Hotel?

«Dann nennen Sie bitte den Namen unseres gemeinsamen Freundes.»

«Meinen Sie Ziegler?»

«Richtig!» triumphierte die unsympathische Stimme. «Wir sind Ihnen wirklich sehr verbunden, daß Sie diese weite Reise auf sich genommen haben. Haben Sie die Geschäftsunterlagen für uns dabei, Herr Georgi?»

«Ja, ich habe alles dabei. Die beiden Reisetaschen. Aber...»

«Das brauchen wir jetzt nicht im Detail zu besprechen, die Hauptsache ist, daß Sie alles dabeihaben.»

«Es würde mich schon interessieren, mit wem ich es eigentlich zu tun habe», sagte Pakula ungeduldig, «und warum Sie mich so lange haben warten lassen.»

«Reden Sie nicht soviel, hören Sie mir zu.»

«Kommen Sie her und holen Sie sich das Zeug ab.»

«Das geht nicht so einfach. Sie müssen zu uns kommen. Lassen Sie alles erst einmal im Hotel und kommen Sie in zwei Stunden in die Bar des *Hotel Metropol*. Das ist ganz in der Nähe des Hauptbahnhofs.»

«Ich weiß, wo die Bar ist. Aber muß denn alles so umständlich sein? Ich habe zwei Hände zum Tragen und wäre froh, wenn ich diese Geschichte hinter mich bringen könnte.»

«Kommen Sie erst einmal ins *Metropol*. Alles andere erfahren Sie dort.»

Der Mann hängte ein, ohne auf eine Zustimmung zu warten.

Pakula wußte also nicht, wer angerufen hatte, wen er treffen sollte, und hatte noch immer keine Ahnung, wohin das alles führen würde. Mit jeder Minute stieg seine Unsicherheit. War es vielleicht die Polizei gewesen? Aber warum sollte die ihn in eine Bar bestellen? Wenn er nichts Gefährliches mitnahm, konnte man ihm auch nichts anhängen. Das Vernünftigste, was er tun konnte war, früher als erwartet am vereinbarten Treffpunkt zu sein und sich dort sicherheitshalber umzusehen. Wenn das auch relativ sinnlos sein würde, so würde es doch sein Sicherheitsgefühl ein wenig stärken. Und das hatte er bitter nötig. Eine Weile kam es ihm vor, als könne er mit genügend Voraussicht und Ruhe auf diese schwierige Situation angemessen reagieren. Doch seine Einschätzung hielt nur so lange an, wie er sein Zimmer verließ, den Korridor entlangging und mit dem Aufzug ins Erdgeschoß fuhr.

Nachdem er seinen Zimmerschlüssel an der Rezeption abgegeben hatte, drehte er sich um und ging in Richtung Ausgang. Dabei schweifte sein Blick über die Sitzecke am Fenster. In den braunen Ledersesseln, saßen die beiden Araber, die ihn am vorherigen Abend in der Cafeteria beobachtet hatten, desinteressiert in irgendwelchen Zeitschriften blätternd. Er widerstand einem Impuls stehenzubleiben. Im Hinausgehen bemerkte er, wie die beiden ihre Zeitschriften weglegten und aufstanden.

Er hatte Glück. Am Taxenstand stand keine lange Menschenschlange.

«Zum *Metropol*», sagte er, korrigierte sich aber gleich. «Fahren Sie lieber zum Hauptbahnhof.»

Der Fahrer stellte umständlich seinen Taxameter ein und fuhr gemächlich los. Als Pakula ihm sagte, daß er es eilig hätte, nickte er nur und fuhr mit der gleichen Geschwindigkeit weiter. Durch das Seitenfenster sah Pakula, wie die beiden Araber auf eine alte russische Limousine zurannten. Dann fuhr das Taxi vom Parkplatz des Hotels um die Ecke auf die Straße. Er hoffte, daß die beiden Männer zu dumm sein würden, ihn zu verfolgen. Als er sich nach ein paar hundert Metern nach hinten umdrehte, sah er jedoch, wie der *Wolga* auf die Straße einbog.

Warum sollten ihn zwei fremde Araber mitten in Warschau verfolgen? Ihm fiel kein plausibler Grund ein, außer, daß es nicht an ihm liegen konnte. Also mußten sie irgendwie mit seinen Auftraggebern in Verbindung stehen. Sollten sie ihn beschatten, auf ihn aufpassen und vielleicht verhindern, daß er zur Polizei ging? In diesem Fall wäre von ihnen nichts zu befürchten. Wenn sie nicht zu den Leuten gehörten, mit denen er sich treffen wollte, würde es ausgesprochen gefährlich sein, wenn er sie nicht abschütteln konnte. Vielleicht würden sie seine Kontaktaufnahme verhindern oder in ihrem Sinne umfunktionieren. Und gerade das konnte gefährlich werden. Wenn sie aber zur gleichen Partei gehören wie die anderen, dachte er weiter, dann hätten sie mich doch im Hotel ansprechen und die Taschen dort übernehmen können. Also lief hier etwas falsch.

Pakula ließ den Fahrer an einer vielbefahrenen Kreuzung anhalten, drückte ihm ein paar Scheine in die Hand und sprang aus dem Wagen.

Er lief genau auf den Eingang eines der großen *Domy/Towarowe*, der zentral gelegenen Kaufhäuser Warschaus, zu und drängte sich durch die Menge der eintretenden Menschen in das Innere. Er nahm die nächstliegende Rolltreppe und fuhr nach oben bis in das zweite Stockwerk. Die drei großen Kaufhäuser *Wars*, *Sawa* und *Junior* stehen in einer Straße sehr nahe zusammen und sind in den oberen Stockwerken miteinander verbunden. Pakula konnte so bequem von einem Kaufhaus ins nächste laufen. Dort wechselte er noch einmal das Stockwerk, ging eine Treppe nach unten und sah sich um. Von seinen Verfolgern war nichts zu sehen. Er atmete auf.

Erst in diesem Moment wurde ihm plötzlich wieder bewußt, daß diese Kaufhäuser sich sehr von denen in den westlichen Ländern unterschieden. Er hatte sich inzwischen so sehr an die kapitalistischen Warenangebote gewöhnt, daß er nun, als er wieder in einem der *Domy Towarowe* stand, sich zu wundern begann, wie er diese seltsame Umgebung einmal als das luxuriöseste Warenangebot überhaupt hatte hinnehmen können. Im Gegensatz zu der Anordnung der Waren in den westlichen Kaufhäusern waren hier die Etagen von kleinen Abteilungen durchsetzt, die auf drei Seiten Regale mit Waren zum Verkauf anboten, und an der vierten eine Verkaufstheke hatten. Das ganze Kaufhaus bestand so im Grunde aus vielen kleinen Einzelhandelsläden. Wären nicht die zentralen Kassen gewesen, an denen man zuerst bezahlen mußte, bevor man die Waren in Empfang nehmen konnte, hätte man meinen können, sich auf einem überdachten Konsumgütermarkt zu befinden. Pakula fand sich kaum in dem Durcheinander der verschiedenen Verkaufsstände zurecht. Er erinnerte sich daran, daß es ihm ähnlich gegangen war, als er zum erstenmal ein Kaufhaus im Westen besucht hatte. Die heimatliche Umgebung, die Kargheit der ganz und gar nicht überladenen Regale, das begrenzte Angebot kamen ihm fremd vor.

Mit diesen Gedankenbruchstücken im Kopf hastete er durch die Etagen, sein Blick schweifte über die Waren in den Regalen, er erkannte Artikel von früher wieder, auch solche, die er einmal besessen hatte, und fragte sich im Vorbeigehen, ob man es als Fortschritt oder als gesunde Wirtschaftsorganisation bezeichnen konnte, wenn man von jedem Artikel nicht wie hier nur zwei bis drei Variationen im Angebot hatte, sondern Hunderte, die sich alle nicht wesentlich unterschieden.

Schließlich fiel sein Blick auf einen Uhrenstand, und die verschiedenen Zeiger und Zifferblätter erinnerten ihn an seine Verabredung. Inzwischen war er spät dran. Trotzdem suchte er das Kaufhaus, in dem er sich nun befand, noch einmal nach seinen Verfolgern ab. Dann ging er in Richtung Hauptbahnhof zum *Hotel Metropol*. Die Bar des *Metropol* war nicht im Hotel selbst, sondern nebenan, mit einer breiten Fensterfront und im Innern einem fast ebenso langen Tresen. Die Theke war aus dunklem Holz gearbeitet, mit Barhockern davor. Am Fenster standen einige wackelige Tische. Jetzt um die Mittagszeit waren alle Stühle und Hocker von Gästen besetzt. Die meisten tranken Tee, einige Kaffee, Wodka oder sogar die relativ teure Cola. Manche aßen *Barszcz*, *Bigos* oder einen anderen Eintopf.

Pakula zwängte sich in eine Ecke an der Theke und bestellte einen Kaffee. Diesmal war er tatsächlich nicht, wie im Hotel, gefiltert, sondern im Glas aufgebrüht. Aber eine nostalgische Stimmung wollte in ihm nicht aufkommen. Zwei große alte Ventilatoren drehten sich träge an der Decke. Es roch nach schlechtem Tabak. Die Bedienung klapperte ungeduldig mit dem Geschirr. Sie trug das mürrische Gesicht aller polnischen

Kellnerinnen zur Schau und diskutierte mit mehreren Gästen gleichzeitig über die Qualität des Essens und die Schnelligkeit des Service. Ihrer Meinung nach waren sie alle einfach zu anspruchsvoll. Sollten sie doch daheim essen, wenn es ihnen hier nicht paßte! Was konnte sie denn dafür, daß all diese Kerle nicht einmal ein Rührei in die Pfanne schlagen konnten! – Eine andere, furchtbar dicke Kellnerin kam aus der Küche und mischte sich in das Streitgespräch ein. Es wurde immer lauter.

Nach einer Weile konnte Pakula sich auf einen freigewordenen Barhocker setzen. Zum wiederholten Mal sah er auf seine Uhr. Es wurde allmählich Zeit, daß sich etwas tat.

Am Fenster entlang lief ein junger Mann, der vielleicht 22 Jahre alt sein mochte. Er ging langsam und blickte durch die Scheibe. Dann trat er mit schlurfenden Schritten durch die Eingangstür herein. Er trug ausgelatschte Turnschuhe, Jeans und einen zerschlissenen, dicken, schwarzen Pullover, hatte lange blonde Haare und sah sehr mager aus. Er war groß und ging etwas gebeugt. Bevor er auf Pakula zuging, blickte er sich gewissenhaft im Lokal um. Als er dann vor ihm stand, grüßte er nicht, sondern fragte sofort: «Wie heißen Sie?»

Pakula nannte ihm seinen falschen Namen. Der Junge nickte.

«Szretter schickt mich. Es war ihm zu unsicher, selbst zu kommen. Er ist ja auch ein vielbeschäftigter Mann.»

«Wer ist denn Szretter?» fragte Pakula.

«Wenn Sie mir eine Cola spendieren, können wir uns noch ein bißchen unterhalten, bevor wir gehen», sagte der junge Bursche mit einem dünnen Lächeln. Pakula bemerkte, daß er eine ungesunde gelbliche Gesichtsfarbe hatte. Er bestellte ihm eine Cola, obwohl er dachte, daß ein ordentlicher Eintopf vielleicht sinnvoller gewesen wäre.

«Wer ist also dieser Szretter?»

«Wollen Sie nicht erst wissen, wie ich heiße?»

«Wenn Sie Wert darauf legen, können Sie sich gerne vorstellen.»

«Krzysztof», sagte der Junge, und für einen kurzen Moment richtete er sich gerade auf, «aber meinen Nachnamen sage ich Ihnen nicht.» Er lächelte einfältig. «Ich bin nur ein Laufbursche.»

«Und Szretter?»

«Ich arbeite für ihn. Er ist Geschäftsmann.»

«Mit was handelt er denn?»

Der Kerl nimmt sich ziemlich wichtig, aber wahrscheinlich weiß er überhaupt nichts, dachte Pakula, als er beobachtete, wie sein Gegenüber mit einer langsamen Bewegung seiner leicht zitternden Hände die Cola trank. Er macht den Eindruck eines Jammerlappens, der nichts dagegen hat, daß man ihn andauernd herumschubst.

«Mit allem, was er so kriegen kann, handelt er, manchmal sogar mit Gemüse.» Krzysztof grinste.

«Tauscht er vielleicht polnische Mädchen gegen Kous-Kous ein?»

«Wie bitte?»

«Hat er was mit irgendwelchen Arabern zu tun? Es gibt doch jede Menge davon hier in Warschau.»

Der Junge tat einen Moment so, als ob er nachdenken würde. «Ich kenne keine Araber», sagte er dann.

«Na ja», sagte Pakula, «die Araber sind auch nicht so wichtig. Warum sollen wir uns auch noch um die kümmern. Sagen Sie mir lieber, wo wir jetzt gleich hingehen werden.»

«Das werden Sie schon sehen. Ich möchte erst noch was trinken.» Er bestellte noch eine Cola und blickte Pakula danach unsicher an: «Sie können das doch sicher bezahlen?»

«Dein Chef gönnt dir wohl gar nichts?»

Der Junge antwortete nicht, sondern sah an Pakula vorbei nach draußen.

Das Gespräch mit Ziegler in Hamburg kam Pakula wieder in den Sinn.

«Was ist *Makiwara*?» fragte er etwas leiser.

Krzysztofs Gesicht zuckte ein wenig, rötete sich leicht, und er setzte einen frechen Gesichtsausdruck auf: «Das sage ich nicht.» Dann grinste er. Pakula wurde ungeduldig und deutete auf die Cola: «Trink das aus und laß uns endlich losgehen.»

«Moment noch», Krzysztof trank hastig seine zweite Cola aus, «ich will nur schnell noch nach draußen. Ich hol mir ein paar Zigaretten. Außerdem brauchen wir ein Taxi. Bezahlen Sie und kommen Sie dann nach, aber nicht so schnell.»

Ein etwas gehetzter Ausdruck machte sich in seinem Gesicht breit. Trotzdem ging er nicht schnell, sondern schlurfte träge nach draußen.

Pakula zahlte und blickte dann durch die große Scheibe. Der Junge lief ein paar Schritte nach rechts, dann nach links, sah sich nach allen Richtungen um und ging dann langsam auf einen *Ruch*-Kiosk zu, der dicht am Straßenrand stand. Dann kaufte er etwas und ging rechts am Kiosk vorbei zur Bordsteinkante, anscheinend um ein Taxi anzuhalten. Er verschwand zur Hälfte hinter dem kleinen, hölzernen Gebäude des Kiosks. Die Straße vor der Bar war eine wenig befahrene Seitenstraße, die etwas weiter rechts um das Gebäude des Hotels bog. Pakula sah, wie der Junge einen Arm hob, so, als wollte er ein Taxi heranwinken, und stand auf, um nach draußen zu gehen. Das werde ich wohl auch bezahlen müssen, dachte er. In diesem Moment hörte er das Aufheulen eines Motors, ein Wagen fuhr viel zu schnell um die Ecke, gab noch mehr Gas, rumpelte mit der linken Wagenhälfte auf den Bordstein und raste dicht hinter dem Kiosk vorbei. Zuerst hörte man einen blechernen Knall, ein Scheppern, und ein Papierkorb wurde über den Gehweg geschleudert. Gleich darauf den dumpfen Aufprall. Man sah die Arme und Beine des Jungen einen kurzen Moment in der Luft herumwirbeln, dann war er ganz verschwunden. Mit aufheulendem Motor raste das Auto davon. Es war wieder ein *Wolga*.

Alle Augen in der Bar blickten aufgeregt nach draußen. Pakula widerstand dem Drang, sofort dorthin zu stürzen. Schlagartig war ihm klargeworden, daß es besser wäre, wenn er mit diesem Unfall nichts zu tun hätte. War es überhaupt ein Unfall? Die ersten Leute eilten aus der Bar nach draußen. Rasch hatte sich um den Kiosk herum eine Menge von Schaulustigen gebildet. Irgendein Mann, der neben Pakula stand, sprach ihn an: «Ist das Ihr Freund da draußen?»

«Nein, nein», murmelte Pakula hastig, «er hat nur zufällig neben mir gestanden. Ich kenne ihn gar nicht. Was ist denn passiert?»

«Ein Unfall», sagte der Mann, «hoffentlich nichts Schlimmes.» Er ging zum Ausgang. Auch Pakula ließ sich mit den letzten der schaulustigen Gäste nach draußen treiben. Hinter ihm fingen die Frauen an der Theke aufgeregt an zu diskutieren.

Er drängte sich vorsichtig und nicht zu neugierig durch die Menschenmenge. Der Junge lag in einer Blutlache. Arme und Beine hatten eine völlig unnormale Stellung angenommen. Von seinem Kopf, aus Nase, Ohren und Mund lief das Blut. Sein Gesicht sah furchtbar aus. Der Wagen mußte direkt darüber gefahren sein. Wahrscheinlich war er schwer auf die Kante des Bordsteins gestürzt.

Ein Mann fing an den Verletzten zu untersuchen. Frauen wandten sich erschrocken von dem Anblick ab. Man begann darüber zu debattieren, daß der Fahrer des Wagens Fahrerflucht begangen hatte. Einige schimpften. Der Mann, der den Jungen untersucht hatte, sagte, daß er tot sei.

«Das sah fast so aus, als ob es Absicht gewesen wäre», sagte jemand.

Pakula schob sich vorsichtig zwischen den Leuten hindurch aus der Menge heraus. Ein Wagen der Miliz mit Blaulicht und Martinshorn raste heran. Einige weitere Personen verließen die Gruppe der Neugierigen. Pakula ging langsam und unauffällig um die nächste Straßenecke. Dabei sah er sich noch einmal vorsichtig um.

An die Hauswand neben der Bar gelehnt, sah er einen Araber. Er trug einen Mantel und einen großen Hut, aber er konnte ihn trotzdem erkennen. Der Kerl schien ihn anzugrinsen. Aber er hatte keine Zeit, sich zu vergewissern. Er hatte Angst. Nachdem er um die Straßenecke gebogen war, begann er so schnell wie möglich zu gehen.

Er lief wahllos rechts und links in irgendwelche Straßen hinein, immer weiter, um möglichst weit von dem Ort des Geschehens fortzukommen. Immer dann, wenn er dem Drang nicht mehr widerstehen konnte, sah er hinter sich. Aber es war niemand zu sehen.

Er ging durch völlig unbelebte Straßen, vorbei an irgendwelchen grauen Monumentalbauten, durch schmale Gassen, drängte sich durch Menschenschlangen, die vor irgendwelchen Geschäften standen, bis er außer Atem war und sich einigermaßen lächerlich vorkam.

Über einem mit Gardinen verhangenen Schaufenster in einer kleinen Straße sah er das Schild einer Milchbar – *Bar Mleczny*. Er trat ein. Trotz des Betriebes der Mittagszeit, trotz der Schlange, die sich in dem Gang vor der Küche gebildet hatte, wo jeder seine Mahlzeit selbst abholen mußte, gab es noch einige freie Tische. Pakula setzte sich an einen Ecktisch und hoffte, daß sich niemand zu ihm setzen würde. Im Moment verspürte er keinen Appetit, er wollte sich nur in aller Ruhe etwas ausruhen, um normal atmen zu können.

Die Milchbar, wie alle Lokale dieser Sorte, die der Speisung der Werktätigen dienten, war sehr karg möbliert. Die Einrichtung bestand nur aus einfachen Stühlen und Tischen. Der Raum war durch eine niedrige Holzwand von dem Gang abgetrennt, der zur Essensausgabe führte. Die Leute, die hierherkamen, aßen und gingen anschließend gleich wieder. An einer Wand hing eine Tabelle, die Auskunft erteilte, welche Berufsgruppe wie viele Kalorien pro Tag benötigte. Gedankenverloren las Pakula sie durch, ohne auch nur ein Wort zu registrieren. Dann zog er seinen Mantel aus und holte sich ein Glas Tee. Er rauchte eine Zigarette nach der anderen und versuchte seine wirren Gedanken zu ordnen.

Nun war es passiert. Er war mitten in verbrecherische Machenschaften geraten, über die er keinerlei Überblick hatte – oder besser, über die er überhaupt nichts wußte. Seine Rolle war ungewiß. Sein nächster Gedanke war: Abreisen, ich muß sofort abreisen. Was gehen mich die dreckigen Geschäfte von irgendwelchen Unbekannten an? Das Vernünftigste wäre, ich lasse alles stehen und liegen und fahre nach Hause zurück. Soll Ziegler doch herumschreien – ich habe mein Bestes getan, habe alle seine Anweisungen befolgt. Mehr kann man doch beim besten Willen nicht von mir verlangen. Das klingt zwar alles ungeheuer feige, aber ich habe mich schließlich nicht um die Rolle in diesem Stück beworben. Schon gar nicht, um mich von irgendwelchen dahergelaufenen Gangstern verschaukeln zu lassen – oder gar umzubringen. Wer weiß, ob mir nicht das gleiche Schicksal bevorsteht wie diesem Krzysztof. Und die Araber? Ganz offensichtlich hatten sie den Mann auf dem Gewissen. Aber es kann sich doch niemand erlauben, mitten in Warschau einfach einen umzufahren, das Tatauto würde doch sofort gefunden werden. Und wer war Szretter? Anscheinend das Ziel dieser Reise. Vielleicht läßt auch er mich inzwischen beschatten, denn er wird mich bestimmt nicht so einfach verschwinden lassen wollen. Nicht, bevor er das bekommen hat, was er haben will.

Damit wären schon zwei interessierte Gruppen hinter Pakula her: Szretter und die Araber, die wahrscheinlich das gleiche von ihm haben wollten. Aber warum schlichen dann alle immer nur um ihn herum? Sie alle würden ihn sicherlich nicht mehr aus den Augen lassen. An eine Flucht war gar nicht zu denken. Ihm blieb nur ein Ausweg, ausgerechnet der unangenehmste: zurück ins Hotel zu gehen und zu warten.

Und was, zum Teufel, war in den Taschen? Allmählich hatte er ein Recht darauf, es zu erfahren! Möglicherweise war es inzwischen sogar lebenswichtig zu wissen, was er in seinem Zimmer versteckt hatte. Bis heute war er nicht besonders neugierig gewesen, eher gleichgültig. Aber jetzt, so nahm er sich vor, würde er diese verdammten Taschen auseinandernehmen, und wenn er sie kaputtschneiden müßte! Das war immerhin ein positiver Gedanke. Flucht nach vorne war immer noch besser, als feige den Kopf einzuziehen. Was er brauchte, war ein scharfes Messer, mit dem er die Kunstledertaschen zerschneiden konnte. Er würde gleich wieder in eines der Kaufhäuser gehen und sich nach einem Messer umsehen.

Der Gedanke an das zukünftige Zerstörungswerk vermittelte ihm fast so etwas wie gute Laune. Schon allein die Tatsache, daß er ein geeignetes Messer finden mußte, und somit für den Rest des Nachmittags etwas zu tun hatte, machte ihm wieder Mut.

Und Hunger. Einen Moment lang staunte er über seine Fähigkeit, sich für eine so langweilige Tätigkeit, wie dem Anstellen in der Schlange, dem Essenabholen, Bezahlen und dem anschließenden Verzehr zu begeistern.

Dieses Ablenkungsmanöver, die anschließende Suche nach einem erstklassigen, scharfen Messer und ein ausgedehnter Spaziergang mit vielen Umwegen zurück zum Hotel ließen ihn für eine Weile aufleben.

Als er dann aber am Abend mit der hereinbrechenden Dunkelheit sich dem Hotel näherte, verspürte er wieder dieses drükkende Gefühl in seinem Brustkorb. Er hatte es ganz und gar nicht eilig, in die Hotelhalle zu treten und seinen Zimmerschlüssel abzuholen. Er hatte es auch nicht sehr eilig, nach oben in sein Zimmer zu gelangen. Ebenso vermied er es, sich nach irgendwelchen Verfolgern umzusehen, schon gar nicht wollte er jetzt in der Hotelbar oder sonstwo auf irgendeine verdächtige Person treffen.

Er drehte langsam den Schlüssel im Schloß um, machte das

Licht an, trat ein und fand alles so vor, wie er es am Morgen verlassen hatte. Nur das Bett war gemacht worden.

Die beiden Reisetaschen standen immer noch in der Ecke zwischen Schrank und Bett.

KAPITEL 12

Er räumte die Taschen aus und warf seine Wäsche auf das Bett. Es waren zwei gleiche Modelle. Ihre Grundflächen waren fest verarbeitet, und dadurch, daß sie mit Pappe oder etwas Ähnlichem am Boden und den Seiten verstärkt waren, recht steif. Im Inneren waren sie mit einem dünnen, aber festen, dunklen Stoff überzogen und in drei große Fächer abgeteilt.

Er begann, das Innenfutter mit dem Messer abzutrennen und herauszureißen. Die Pappwände nahm er mit Hilfe des Messers heraus. Sie waren dicker, als er erwartet hatte – und schwerer. Überhaupt waren die Taschen selbst in leerem Zustand sehr schwer. Die Pappwände waren mit einer Art Pergamentpapier überzogen, das nur an einigen Stellen richtig festgeklebt war. Er riß es ab, und darunter kam eine Art Fliegendraht aus dünnsten weißen Plastikmaschen zum Vorschein, unter dem es grünlich glänzte. Eine Ahnung beschlich ihn. Vorsichtig zog er den dünnen Draht ab, und seine Vermutung bestätigte sich: zum Vorschein kamen lauter glatte, neue, mit dünnen Fädchen zusammengebundene Bündel mit 100-Dollar-Noten.

Das war es also! Die Sache war ganz einfach: er hatte sich soeben selbst als Devisenschmuggler enttarnt. Ein ganz herkömmliches Delikt also. Keine Mikrofilme oder andere geheime oder gefährliche Materialien. Nichts Aufregendes, sondern ganz einfach nur Geld! Ordinäre Dollar, Westdevisen, für die es hier in Polen, wie in jedem anderen Ostblockland, einen blühenden und lohnenden Schwarzmarkt gab. Nur, daß es in Polen auf diesem Gebiet etwas lockerer zuging. Reisen ins westliche Ausland waren im Prinzip jedem Polen erlaubt, wenn er ein Minimum an Devisen gespart hatte. Viele Polen hatten Verwandte im Ausland, die ihnen regelmäßig Geld zukommen ließen. Der Devisenschwarzmarkt blühte, denn so gut wie jedermann handelte illegal mit Dollar oder D-Mark, fast jeder hatte eine Devisen-Spardose zu Hause. Der Schwarzmarktkurs für westliche Währungen lag im allgemeinen vier- bis fünfmal höher als der offizielle Kurs. Ständig wurde man auf der Straße angesprochen, ob man tauschen wolle. Der Schwarzmarkt trat offener zutage als beispielsweise in der DDR oder gar in der UdSSR. Trotzdem war es verboten, Devisen auf dem freien Markt zu anderen Kursen zu handeln, als den staatlich festgelegten. Aber selbst der Staat profitierte vom Devisenhandel: die Einrichtung der Supermarkt-Kette *Pewex*, in der man nur mit westlichen Devisen einkaufen konnte, nutzte der Staat, überflüssige Kaufkraft in Westwährungen abzuschöpfen. Jedem Polen, ebenso jedem Ausländer war es erlaubt, dort einzukaufen und die teuren westlichen Güter zu erstehen. Laut dem verwirrenden, volkswirtschaftlich aber korrekten Ausdruck, der auf jedem Schaufenster der *Pewek*-Läden zu sehen war, handelte es sich hierbei um «Waren des inneren Exports».

Offensichtlich schien Ziegler endgültig die Branche gewechselt zu haben. Er handelte nicht mehr mit Informationen – wahrscheinlich war er auf diesem Gebiet erledigt –, sondern er schmuggelte Dollar. Tief gesunken, dachte Pakula mit boshafter Genugtuung.

Aber noch wußte er nicht, wieviel Geld in den beiden Taschen insgesamt versteckt worden war. Ungeduldig und rücksichtslos hantierte er mit dem Messer, riß das ganze Futter heraus, trennte die Wände und Verstärkungen ab und warf alles auf einen Haufen. Von den Taschen blieben nur die kraftlosen Kunstlederhüllen übrig. Dann riß er das Packpapier ab und zerschnitt die Drahtgitter. Überall kamen säuberlich zusammengesteckte und zusammengebundene Wände aus Dollarnoten zum Vorschein. Er nahm sie auseinander und stapelte die kleinen Geldbündel neben sich auf dem Fußboden.

Je mehr Geldbündel er herausholte, um so besser wurde seine Laune. Er hatte damit gerechnet, nichts oder etwas für ihn Wertloses zu finden. An Geld hatte er gar nicht gedacht. Er pfiff fröhlich vor sich hin. Es war eine ziemlich unvernünftige Freude, die ihn da gepackt hatte, und nach einer Weile wurde es ihm klar. Es war schließlich nicht sein Geld. Er würde gar nichts davon abbekommen. Es bestand auch nicht die kleinste Chance, es behalten zu können. Trotzdem machte es ihm Spaß, es zu ordnen, aufzuschichten und zu zählen. Lauter nagelneue, blitzblanke Dollarnoten. Es gibt wenige profane Dinge, für deren bloßen Anblick der Mensch so empfänglich ist, wie das Geld, philosophierte er unwillkürlich, es ist nicht irgendeine verklärte Aura, die dieses Papier umgibt und es begehrenswert macht, sondern der bloße praktische Wert. Die Philosophie des Geldes ist die nackte Gier.

Er schob diese wertlosen Gedanken beiseite und begann die Geldbündel zu zählen. Es waren alles in allem dreißigtausend Dollar. Damit war man in Polen zigfacher Millionär.

Zufrieden auf dem Boden sitzend, lehnte er sich gegen das Bett zurück und zündete sich in aller Gemütsruhe eine Zigarette an. Für einen Moment glaubte er Bescheid zu wissen: Devisenschmuggel in den Ostblock mußte sich lohnen, klare Sache. – Aber auch für den Bürger eines westlichen Staates? Für einen polnischen Staatsbürger wäre ein solcher Handel sehr lukrativ, er konnte die Devisen auf dem Schwarzmarkt in Złoty umtauschen und hatte schon mit ein paar hundert Dollar ein kleines Vermögen zusammen. Aber was sollte einer aus dem Westen mit Millionen von Złoty anfangen? Was versprach sich Ziegler von dem Handel? Wollte er sich in Polen niederlassen? Das wäre völliger Blödsinn, schon alleine angesichts seiner BND-Vergangenheit. Oder war er nur der Mittelsmann von Szretter? War er womöglich so tief gesunken? Und was hatte Szretter mit den Dollar vor? Und wie paßte dann der junge Mann, der überfahren worden war, in die ganze Geschichte? Warum hatte man ihn umgebracht, und warum wurde er selbst von den Arabern verfolgt? Oder hatte er sich das nur eingebildet? Es sah wirklich nicht so aus, als ob er sich ruhig zurücklehnen könnte. Nicht, solange er das Geld noch besaß. Das Geld, so schön sein Anblick auch war, nutzte ihm gar nichts, weil es nicht sein eigenes war. Früher oder später würde es ihm hoffentlich jemand abnehmen.

Aber hatte Ziegler ihm nicht einen Lohn versprochen, wenn er das Geld nach Warschau gebracht haben würde? Für all die Unannehmlichkeiten, die er gehabt hatte, konnte er sich immerhin einen kleinen Vorschuß leisten. – Er nahm ein paar Scheine und steckte sie ein. Dann reparierte er die Reisetaschen wieder notdürftig. Zwar machte er sich nicht die Mühe zu tarnen, daß er sie auseinandergenommen hatte, dachte aber, daß es auf alle

Fälle besser wäre, wenn die Taschen sich in einem unauffälligen Zustand befinden würden. Außerdem mußte er an das Hotelpersonal denken, das die Räume saubermachte. Und so stopfte er auch seine Wäsche wieder in die Taschen und stellte alles wieder in die Ecke zwischen Schrank und Bett. Sein Entschluß stand fest: Er hatte genug Unannehmlichkeiten erlebt, um ruhigen Gewissens ein paar Dollar ausgeben zu können. Wenn er das Geld immer noch hatte, war das nicht seine Schuld. Außerdem wäre es jetzt am Abend, nach alldem, was geschehen war, ganz vernünftig, sich zu entspannen und ohne Rücksicht auf das Geld einen trinken zu gehen. Zum Beispiel in der Cafeteria. Es konnte nicht schaden, wieder unter Leute zu kommen. Auf diese Weise würde er vielleicht sogar seine gute Laune über den Abend hinwegretten können. Wenn er nur nicht wieder diesen verrückten Engländer oder auf ähnliche Idioten treffen würde!

Die Cafeteria machte auf ihn den gleichen Eindruck wie am Abend zuvor. Zu groß, zu hell, zu kahl. Die plüschige gemütliche Bar wäre ihm aber zu klein gewesen. Er wollte nicht eingezwängt in irgendwelchen Ecken sitzen, sondern frei atmen und beobachten können.

Es gab genügend freie Tische, so daß er sich einen angenehmen Fensterplatz aussuchen konnte, eine Nische, von der aus der Raum gut zu überblicken war und in der er in Gesellschaft einiger gummibaumartiger Gewächse saß. Es waren wieder mehr Frauen als Männer anwesend, hauptsächlich junge, die zu zweit oder zu dritt an einem Tisch saßen, rauchten, kaum miteinander sprachen und einen Tee nach dem anderen bestellten. Pakula zog sofort die Aufmerksamkeit von einigen auf sich, die nun gelegentlich kühl oder mit einem unverbindlichen Fast-Lächeln zu ihm herüberblickten. Als er nicht reagierte, ließen sie es nach einiger Zeit bleiben.

Eine der üblichen schlechtgelaunten Kellnerinnen, an die er sich fast schon wieder gewöhnt hatte, kam träge herangeschlendert. Sie lehnte sich gegen das Tischchen, so weit wie möglich von ihm entfernt, und blickte ihn gelangweilt an. Er nahm sich vor, sich seine relativ gute Laune nicht verderben zu lassen. Nachdem die Frau es nicht für nötig befunden hatte zu fragen, ob er etwas wünsche, sagte er:

«Ich hätte gern ein Bier und einen Wodka, bitte sehr.»

Die Kellnerin blickte gelangweilt über ihn hinweg aus dem Fenster.

«Bier gibt es nicht mehr. Wodka können Sie haben.»

Er hatte diese Antwort vorausgesehen, aber auch schon bemerkt, daß zwei Männern an einem Tisch in einer anderen Ecke des Raumes gerade von einer anderen Kellnerin zwei Bierflaschen serviert wurden. Er holte eine der Dollarnoten aus der Hosentasche und fragte:

«Wären Sie so freundlich und würden einmal nachsehen, ob Sie diesen Schein vielleicht wechseln könnten? Ich habe es leider nicht kleiner.»

Das Gesicht der Kellnerin hellte sich etwas auf, aber sie blieb gleichgültig. Immerhin sah sie ihn flüchtig an.

«Ich werde einmal nachsehen», sagte sie und drehte sich um.

Nach kurzer Zeit kam sie mit einem Tablett zurück, auf dem eine Flasche *Żywiec*-Bier stand und eine ganze Flasche *Wódka Wyborowa*.

Alles vom Feinsten, dachte er, du kannst dir zwar keine Freundlichkeit kaufen, aber immerhin bekommst du, was du haben willst. Und das hatte er sich früher oft gewünscht. Wenn sie mir jetzt auch noch einschenkt, kann sie den ganzen Hundert-Dollar-Schein behalten...

Sie stellte das Tablett vor seine Nase und sagte den Preis.

«Aber ich kann es doch auch noch nachher bezahlen?» fragte er vorsichtig.

«Jetzt habe ich gerade genug Wechselgeld dabei», entgegnete sie mit gelangweilter Stimme, «wollen Sie Złoty oder Dollar zurück?»

Er nahm lieber Dollar, weil er ahnte, daß er die Riesenmenge von Złoty-Scheinen kaum würde unterbringen können, und gab ihr ein für polnische Verhältnisse sehr großzügiges Trinkgeld. Trotzdem war er erstaunt, als sie sich bedankte.

Das *Żywiec* war gekühlt und schmeckte ausgezeichnet. Es schien alles noch so zu sein wie früher, nur war er diesmal etwas besser dran. In diesem kurzen Moment jedenfalls, und mit ein bißchen Glück vielleicht noch den ganzen Abend. Er setzte das Glas ab und lehnte sich zurück.

Dank der Devisen hatte er wieder die Aufmerksamkeit einiger weiblicher Gäste auf sich gezogen. Er glaubte die Gier in ihren Blicken ablesen zu können. Solange diese Gier noch lebt, ist Polen nicht verloren, dachte er boshaft.

Als er gerade das zweite Glas *Wyborowa* ansetzte, betrat eine junge Frau den Raum, die er bisher noch nicht gesehen hatte. Sie sah gut aus, mochte etwa Anfang Dreißig sein und fiel auf, obwohl sie gar nicht aufdringlich gekleidet war. Sie trug ein schlichtes, leuchtend blaues Kostüm mit einem kleinen Pelzkragen, das ihre anscheinend perfekte Figur zur Geltung kommen ließ, ohne zu übertreiben. Das schöne Gesicht und die leicht gewellten, schulterlangen blonden Haare ließen sogar Pakula länger hinsehen, als er es sich normalerweise erlaubt hätte.

Ganz und gar kein Bauerntrampel, dachte er.

Sie ging einmal rund um den ganzen Raum und blieb wie zufällig an seinem Tisch stehen.

«Ist bei Ihnen noch ein Platz frei?» Sie sprach auch nicht wie ein Bauerntrampel.

«Natürlich», er war erstaunt, dachte dann aber, daß dies wohl zu ihrer Masche gehören mußte, «Sie können sich gern zu mir setzen.» Dann deutete er in den Raum: «Aber es sind doch noch viele andere Tische frei.»

«Aber das hier ist mein Lieblingsplatz.»

Das ist ganz klar ihre Masche, dachte er.

«Dann setzen Sie sich ruhig zu mir, wenn ich Sie nicht störe.»

«Aber nein.» Sie lächelte, setzte sich und begann stirnrunzelnd etwas in ihrer kleinen weißen Handtasche zu suchen.

«Nehmen Sie eine Zigarette?» Pakula hielt ihr die Schachtel Pall Mall hin, die er im *Pewex* in der Hotelhalle gekauft hatte.

«Oh, vielen Dank, ich glaube, ich habe meine irgendwo liegenlassen.»

Sie lächelte wieder. Pakula gefiel es, wie sie lächelte, aber er wollte nicht, daß es ihm gefällt. Zum Glück entdeckte er eine ganze Anzahl von Sommersprossen in ihrem Gesicht. Das machte die ganze Sache etwas menschlicher.

Er deutete auf die Wodka-Flasche: «Wollen Sie etwas mit mir trinken? Ich lasse Ihnen ein Glas kommen.»

«Oh, nur mit einer Cola, bitte», entgegnete sie mit einem zaghaften Lächeln.

Die Cola würde wohl auch auf seine Rechnung gehen müssen.

«Sind Sie aus Warschau?» fragte sie.

«Aber nein, dann würde ich doch wohl kaum im Hotel wohnen.»

«Ach, manche tun das, wenn sie genug Geld haben. Manche kommen auch nur her, um etwas zu trinken. Aus welchem Land stammen Sie?»

«Ich komme aus Deutschland.»

Sie sah ihn kritisch an: «West oder Ost?»

«Westdeutschland.»

Wie erwartet, hellte sich ihr Gesicht sofort wieder auf.

«Na, dann sind Sie ja zum Glück kein *Enerdowiec.*» Sie benutzte den abwertenden umgangssprachlichen Ausdruck der Polen für die DDR-Bürger.

«Nein, bin ich nicht.»

«Aber Sie sprechen sehr gut Polnisch.»

«Ich habe lange hier gelebt und gearbeitet, wissen Sie. Aber ich mache trotzdem eine Menge Fehler.» Hoffentlich, dachte er nebenbei.

«Darauf trinken wir», sagte sie.

Die Kellnerin hatte inzwischen ein weiteres Glas gebracht und Pakula hatte ihnen beiden eingeschenkt.

«Worauf?»

«Darauf, daß Sie kein *Enerdowiec* sind.»

«Was haben Sie denn gegen die?»

«Ach, die sind doch alle schrecklich!»

Sie stürzte ihren Wodka hinunter, und Pakula bemühte sich mitzuhalten. Trinken kann sie auch, dachte er. Und plötzlich durchzuckte ihn ein äußerst unangenehmer Gedanke: hatte vielleicht irgend jemand diese Frau auf ihn angesetzt?

«Sie sind bestimmt geschäftlich hier», sagte sie.

«Stimmt genau, ich bin geschäftlich hier.»

«Und Sie wollen mir bestimmt nicht sagen, in welchen Geschäften.»

«Genau.»

Sie seufzte. «Es ist doch immer das gleiche.»

«Es gibt doch interessantere Themen.»

«Zum Beispiel?»

«Zum Beispiel, wie Sie heißen.»

«Ich heiße Katarzyna. Sie können mich auch einfach Kasia nennen. Und wie heißen Sie?»

Pakula nannte wieder seinen falschen Namen.

«Sind Sie oft in Polen?» fragte sie.

«Nicht sehr oft, nur manchmal. Ich habe eine kleine Firma in Hamburg. Da bin ich froh, wenn ich nicht zu oft von dort fort muß.»

Er kam sich lächerlich vor, wenn er an seine «kleine Firma» in Hamburg dachte, aber es war ihm einfach so herausgerutscht.

«Dann sind Sie wohl ein reicher Mann», sagte sie mit einem herausfordernden Lächeln.

«Nicht sehr. Für die dortigen Verhältnisse reicht es gerade.»

«Wenn einem in Polen das Geld reicht, dann ist man schon reich. Jeder hier muß doch in mehreren Berufen gleichzeitig arbeiten, damit er leben kann. Man bekommt überall zuwenig bezahlt.»

Wirklich überall? dachte er und fragte: «Wie viele Berufe haben Sie denn?»

Sie sah ihm ins Gesicht: «Zwei. Ich arbeite in einer Bibliothek. Und ich verdiene noch etwas dazu als Gesellschafterin. Stört Sie das?»

«Nein, ganz und gar nicht. Warum denn?» Sie wirkt ganz überzeugend, dachte er, aber das kann alles nur geübt sein.

«Die Bibliothek ist momentan wegen Umbau geschlossen. Also habe ich ein bißchen mehr Freizeit.» Sie lachte. «Sie renovieren schon seit einem halben Jahr. Es wird bestimmt nie fertig. Es ist doch immer das gleiche, alles dauert furchtbar lange, und wenn es endlich fertig ist, muß es gleich wieder repariert werden. Das ist schon komisch, aber nichts klappt richtig in diesem Land. Wissen Sie vielleicht, warum das so ist? Ich verstehe das einfach nicht.»

«Ihr Wirtschaftssystem ist schlecht organisiert», sagte er und fand selbst, daß es keine gute Antwort war.

«Dabei planen sie alles. Sie planen und planen und dann wird alles doch ganz schrecklich. Planen sie in Deutschland auch so viel?»

«Dort plant jeder für sich selbst, und man hofft, daß nachher alles reibungslos zusammenpaßt. Das klappt auch nicht immer.»

«Aber man kann sich alles kaufen, was man haben möchte!» sagte sie leidenschaftlich.

Immer dieser Drang nach Besitz, dachte Pakula, wer hat das den Leuten bloß beigebracht?

«Wenn man Geld hat, kann man kaufen, bis man tot umfällt», sagte er und konnte sich eine zynische Bemerkung nicht verkneifen: «Manchmal kommt es schon vor, daß eine arme Hausfrau unter dem Warenberg erdrückt wird, den sie am Wochenende im Supermarkt mühsam zusammengekauft hat.»

Sie lächelte etwas gezwungen: «Sie wollen mir wohl von einer Auslandsreise abraten? Warum mögen Sie Ihr Land nicht? Die meisten Leute aus Westdeutschland, die ich getroffen habe, waren ganz stolz auf ihre Heimat und haben sich immer nur in einem fort über uns Polen lustig gemacht. Oder uns bemitleidet. Das finde ich nicht gerade freundlich.»

«Das ist die Arroganz der fetten Bäuche. Jedem, dem sie nicht ihr Glück aufzwingen können, den bedauern sie wie einen armen Verwandten. Aber wehe, man kritisiert ihr perfektes System oder findet einen kleinen Fehler! Dann schreien sie gleich Zeter und Mordio. So satt wie die sind, haben sie doch ununterbrochen Angst, es könnte jemand kommen und ihnen etwas wegnehmen.»

«Aber im Westen ist es doch viel schöner. Man kann alles kaufen und tun, was man will.»

Pakula war beruhigt, daß ihr Gesichtsausdruck nicht so naiv war wie die Worte, die sie eben gesagt hatte.

«Ja, ja, ich weiß, daß ist die Propaganda der Exil-Polen, die im Westen gut verdienen und dann jedes Jahr einmal nach Hause kommen und mit ihrem Geld um sich werfen, um der Verwandtschaft zu imponieren. Im Westen leben sie von der Hand in den Mund und sparen fleißig, damit sie einmal im Jahr in der Heimat ihren angeblichen Reichtum vorführen können: ein Mercedes muß es sein und so weiter. Sie gebärden sich wie die Neureichen, und im Westen leben sie in winzigen Sozialwohnungen.»

Er merkte, daß er sich in eine fragwürdige Leidenschaft hineingeredet hatte, und stockte. Vor allem sprach hier unvorsichtigerweise der Pole aus ihm.

«Aber die Menschen sind dort doch bestimmt glücklicher als hier», sagte sie vorwurfsvoll.

«Im Osten sind die Leute unglücklich, weil sie zuwenig haben, im Westen, weil sie zuviel haben», entgegnete er achselzuckend.

Sie lachte. «Sie sind ja ein komischer Heiliger! Sie sind wohl mit nichts zufrieden. So wie Sie reden, müßten Sie eigentlich auch ein Pole sein.»

Pakula stritt es energisch ab. Aber er war verunsichert. Herrgott, hoffentlich ist sie keine Polizistin, dachte er, bei ihr werde ich mich garantiert andauernd verplappern.

«Sie reden wie ein Exil-Pole, wie einer von denen, über die Sie die ganze Zeit schimpfen.»

«Ist es nicht so, daß man über die eigenen Fehler, wenn man sie bei anderen entdeckt, am meisten schimpft? Ich gebe zu, daß ich mein Geld auch im kapitalistischen Westen verdiene, aber ich bin nicht sehr erfolgreich dabei.»

«Und deswegen schimpfen Sie soviel.»

«Sind Sie nicht auch manchmal schlechtgelaunt?»

«Doch, natürlich, in Polen ist das doch fast jeder. Ihr Deutschen habt doch keinen Grund, euch zu beklagen.»

«Was ist denn der Unterschied zwischen Deutschen und Polen?»

«Ich weiß nicht», sie blickte ihn nachdenklich an, «die Deutschen sind nachdenklich, arbeiten zuviel und werden immer gleich böse, wenn etwas nicht klappt. Die Polen sind auch schwermütig, aber auch oft traurig und fröhlich zugleich.» Sie sah ihn verschämt an: «Oder rede ich jetzt wie ein Schulmädchen?»

«Nein, vielleicht ist da etwas dran. Die Polen sind ein Volk mit Seele. Die Deutschen haben ihre Seele längst verspielt.»

Er kam sich ein wenig lächerlich vor, wie er hier in aller Öffentlichkeit philosophierte. Aber als er sah, daß sie ihn aufmerksam anblickte, fuhr er fort: «Deshalb verreisen die Deutschen auch soviel. Die menschliche Seele versuchen sie bei anderen Völkern wiederzuentdecken –»

Er stockte: alles klang so entsetzlich pathetisch.

«Aber die Polen verreisen doch auch.»

«Um einzukaufen, was es daheim nicht gibt. Und aus Tatendrang. Sie wollen die Welt kennenlernen. Die Deutschen wollen die Welt immer gleich erobern. Genau wie die Amerikaner. Aber die waren erfolgreicher.»

«Die Polen werden ihre Seele bestimmt auch verspielen, wenn sie einmal Gelegenheit dazu bekommen», erwiderte sie nachdenklich. «Aber was ist denn mit den Russen?» fragte sie dann, «die wollen doch auch die Welt erobern, haben auch schon ganz viel erobert. Hier in Polen mag sie doch keiner, weil sie uns erobert haben.»

«Ich glaube, sie haben Angst. Oder Minderwertigkeitskomplexe. Oder beides.»

«Der große Junge auf dem Schulhof, den keiner mag, und der Angst vor allen hat und deshalb lieber gleich jeden schlägt, bevor er geschlagen wird.»

«Ja, und der Amerikaner ist der große Junge, der von allen geliebt werden möchte und sie deshalb schlägt, damit sie so tun, als ob sie ihn lieben würden.»

Beide lachten.

«Ist die Politik wirklich so einfach?» fragte sie.

«Manchmal glaube ich es fast.»

Sie tranken einen weiteren Wodka. Kasia bestellte noch eine Cola.

Pakula sah sie an. Eine Bibliothekarin auf Abwegen, dachte er, so etwas kann es auch nur in Warschau geben. Er mochte die Art, wie sie sich bewegte. Sie wirkte gelassen und konzentriert. Das einfache Kostüm stand ihr gut. Auch der einfache Silberschmuck, die großen Ohrringe, der Armreif und der Ring mit dem großen Bernstein, sogar die altmodische russische Uhr wirkten weniger billig, als sie wirklich waren. Zigarette und Glas hielt sie mit einer unaufdringlichen Eleganz, die aber sicher antrainiert war. Sie war nett und sympathisch, sah gut aus und war nicht blöde. Im Jargon der polnischen Kriminalisten mußte sie allerdings als «Beischlaf-Verbrecherin» bezeichnet werden.

Ich bin dabei, mich in die Edelnutte vom *Interconti* zu verlieben, dachte er. Das sollte ich unbedingt vermeiden. Für den Unsinn bin ich zu alt und außerdem in einer viel zu schwierigen Situation. Auch ohne eine idiotische Frauengeschichte ist die Lage schon kompliziert genug.

Andererseits, für eine Nacht? Geld hatte er ja...

Ein dummer Reflex veranlaßte ihn zu einer boshaften Bemerkung, als er sah, daß ihr Blick durch den Raum der Cafeteria schweifte:

«Ihre Kolleginnen scheinen heute abend nicht besonders viel Glück zu haben.»

Die meisten Frauen saßen tatsächlich noch immer ohne männliche Begleitung an ihren Tischen.

Kasia blickte ihn kritisch an, als wollte sie prüfen, ob er versuchte, sie zu beleidigen. Sie blieb gelassen.

«Sie sind ein bißchen träge, diese Mädchen, was?» sagte sie.

«Es ist nicht gerade besonders intelligent, sich mit einer Horde Freundinnen kichernd an einen Tisch zu setzen und darauf zu warten, daß ein seriöser Geschäftsmann sich vorstellt.»

Sie zündete sich eine seiner Zigaretten an, ohne ihn um Erlaubnis zu bitten.

«Alleine trauen sie sich nicht, herzukommen.»

«Und Sie sind wohl eher eine Einzelkämpferin?»

Sie lächelte. «Ich bin wohl eher eine Einzelkämpferin, ja.»

Pakula deutete auf die Wodkaflasche: «Wir können die hier mitnehmen und auf meinem Zimmer weiterkämpfen, wenn Sie mögen.»

Sie war nicht besonders erstaunt. Natürlich war es das, worauf sie die ganze Zeit hingearbeitet hatte.

«Welche Zimmernummer haben Sie denn? Gehen Sie schon vor, ich komme dann nach.»

Als sie an seine Zimmertür klopfte, hatte er gerade die Wodkaflasche in die Hand genommen.

Beim Eintreten deutete sie darauf: «Wo Wodka ist, da sind auch Sorgen. Hast du so viele Sorgen, daß du die Flasche andauernd mit dir herumtragen mußt?»

Er stellte die Flasche zurück auf den Tisch. Als er sich wieder zu ihr umdrehte, stand sie dicht vor ihm. Sie gab ihm einen kurzen Kuß. Dann setzte sie sich auf das Bett.

«Und mit Vornamen heißt du Ludwig?»

«Ja, Ludwig.»

Sie lachte. «Hört sich ein wenig altmodisch an, nicht?»

«Bist du jeden Abend hier im Hotel?»

«Ja, ziemlich oft. Wenn du willst, kann ich dich morgen auch wieder besuchen.»

Er schenkte ihnen beiden etwas Wodka in die Wassergläser, die er aus dem Badezimmer geholt hatte, und beschwerte eine Hundert-Dollar-Note, die er auf den Tisch gelegt hatte, mit der Flasche.

«Jetzt, wo ich dich bei deinem Vornamen nenne, darfst du auch Bruderschaft mit mir trinken», sagte sie und lud ihn mit einer Handbewegung dazu ein, neben ihr auf dem Bett Platz zu nehmen. Er setzte sich zu ihr.

Für den Rest des Abends sprachen sie nicht mehr sehr viel.

Er erwachte aus seinem unruhigen Schlaf, als er hörte, wie sich jemand im Zimmer bewegte und versuchte, dabei leise zu sein. Er öffnete die Augen. Im Zimmer war es völlig dunkel. Vor dem etwas helleren Fenster sah er die Silhouette ihres gebeugten Körpers. Sie zog sich an.

«Warum machst du denn kein Licht an?»

«Oh, ich dachte, du schläfst, ich wollte dich nicht wecken.»

Für einen Moment wurde er mißtrauisch und schaltete die Nachttischlampe an. Er sah nach den beiden Reisetaschen. Sie standen noch genau wie vorher an ihrem Platz.

Sie war fertig angezogen. Als letztes steckte sie den Dollarschein in ihre Handtasche. Pakula versuchte, bei diesem Anblick kein schlechtes Gewissen zu bekommen. Es gelang ihm nicht. Sie kam noch einmal zu ihm ans Bett und gab ihm einen Kuß. Dann sagte sie kurz «Gute Nacht» und ging. Als er sie nach draußen gehen sah, ertappte er sich bei dem Gedanken daran, daß er es schön gefunden hätte, wenn sie bis zum Morgen geblieben wäre.

Eine Weile noch lag er wach. Wann hast du wohl das letzte Mal mit einer hübschen jungen Frau im Bett gelegen, überlegte er. Muß verdammt lange her sein ... Er schlief wieder ein.

KAPITEL 13

Am nächsten Tag wurde Pakula noch unvorsichtiger. Er hatte sich wieder an Warschau gewöhnt. Es war unvernünftig, weiterhin fremdes Geld auszugeben, das war ihm klar, aber er tat es trotzdem. Aus kindlichem Trotz? Aus Boshaftigkeit? Aus Rechthaberei? Um seinen Mut zu beweisen oder seine Unabhängigkeit?

Jedesmal, wenn solche Gedanken auftauchten, verdrängte er sie. Man hatte ihn warten lassen, nun sollte man auf ihn warten! Nicht, daß er sich stark fühlte, aber er glaubte sich etwas herausnehmen zu können – oder sogar zu müssen. Sein kriminalistischer Instinkt war unterentwickelt, die Schwierigkeiten seiner Lage wurden ihm erst dann bewußt, wenn er sich bedroht oder verfolgt fühlte. Angst machte ihn realistischer. Ansonsten regierte ihn sein Hang zur Bequemlichkeit, den er mit seinem Alter zu entschuldigen versuchte – aber bequemer war es allemal.

An diesem Morgen war er gutgelaunt. Als er vor dem Badezimmerspiegel stand und sich rasierte, summte er irgendeine Melodie vor sich hin. Das Interesse an seinem Auftrag war merklich geschwunden. Er wollte ein ordentliches Frühstück zu sich nehmen und anschließend einen ausgiebigen Spaziergang unternehmen. Wer etwas von ihm wollte, konnte eine Nachricht hinterlassen. Ein naives, sentimentales Interesse an Warschau war in ihm erwacht. Dieses Interesse sowie seine gute Laune waren das Ergebnis der letzten Nacht. Aber was war schon dabei, dachte er gut gelaunt, was war denn so Großartiges daran, daß er mit einer jungen Frau geschlafen hatte, die er dafür bezahlen mußte? Es war überhaupt nichts Besonderes gewesen, im Gegenteil. Trotzdem fühlte er sich so gut, wie lange nicht mehr.

Er frühstückte in einer *Kawiarnia* in der Altstadt. Anschließend bummelte er ziellos umher, durch die Altstadt, an den Schaufenstern irgendwelcher Geschäftsstraßen entlang, bis ihm kalt wurde und es leicht zu regnen begann. Er hatte überlegt, ob er etwas kaufen sollte. In ihm hatte sich das seltsame Bedürfnis entwickelt, mehr von dem fremden Geld auszugeben. Und für ein paar Dollar konnte man allerhand bekommen. Vielleicht einen russischen Fotoapparat oder einen Rasierapparat oder eher etwas zum Anziehen, einen Mantel vielleicht? Oder eine von diesen altmodischen russischen Uhren? Schmuck? Wenn er diese paar Scheine ausgegeben hatte, würde er endlich aufhören, sie in seiner Manteltasche andauernd zu befühlen und zu zerknüllen. Schließlich betrat er einen etwas größeren *Pewex*-Supermarkt und besah sich die Auslagen.

Der *Pewex* bestand aus einem großen, kahlen Raum, der das Untergeschoß eines alten Geschäftshauses einnahm. Vor allen vier langen Wänden standen gläserne Ladentheken, in denen man Uhren, Schmuck und andere kleinere und teure Waren besichtigen konnte. Wenn man Geduld hatte, konnte man eine Verkäuferin bitten, einem einen Artikel vorzuführen. Auf den hohen Regalen hinter den Ladentheken lagen allerhand Waren, die zum größten Teil aus dem westlichen Ausland importiert worden waren: Textilien, Lederwaren, viele überflüssige Konsumgüter – und natürlich die verschiedensten Sorten Alkohol. Die längste Menschenschlange aber stand vor dem besonderen Stand in der Mitte des Raumes, an dem es die verschiedensten Sorten polnischen Wodkas für harte Devisen zu kaufen gab. Die Preise waren auf jeden Fall noch günstiger als im Westen.

Pakula machte einen Rundgang entlang der Ladentheken und entschied sich dann dafür, eine Flasche eines teuren schottischen Malz-Whiskys zu erstehen. Anschließend fiel ihm ein, daß Frauen gerne Sekt trinken, und er kaufte noch zwei Flaschen einer teuren deutschen Sektmarke. Es schmeichelte ihm, wenn er daran dachte, daß er Kasia am Abend damit bewirten durfte. Als er sich dann gut gelaunt, mit einer *Pewex*-Plastiktüte in der Hand, umdrehte und nach dem Ausgang sah, stieß er gegen zwei Männer in Regenmänteln und mit Hüten, die ganz dicht hinter ihm gestanden hatten. Er entschuldigte sich wortreich, aber die beiden sahen ihn nur finster an.

Inzwischen regnete es draußen in Strömen. Er beschloß, ein Taxi zurück zum Hotel zu nehmen, um die Einkaufstüte und den nassen Mantel loszuwerden und anschließend dort zu Mittag zu essen. Ein weiterer Spaziergang in diesem Wetter hätte ihm nur die gute Laune verdorben. Er suchte einen Taxenstand und wartete eine Weile vor dem Eingang eines Kinos, bis ein Taxi in Sicht kam. Im Kino lief zur Zeit «Superman 3» und es gab eine Voranzeige für «Apocalypse Now».

Auf dem Weg zum Hotel sah er ein paarmal aus dem Rückfenster des Wagens. Er war nicht direkt beunruhigt, für einen Moment hatte er sich nur gefragt, ob ihn auch heute wieder jemand verfolgen würde. Diese Araber schien er zum Glück los zu sein. Und sonst gab es niemanden, der ihm bisher angst gemacht hatte. War seine Panik nicht übertrieben gewesen? Daß dieser Krzysztof das Opfer eines Verbrechens geworden war, fand er auf einmal gar nicht mehr so einleuchtend, und wieder gelang es ihm einigermaßen erfolgreich, den Gedanken daran zu verdrängen. Es kam ihm reichlich absurd vor, daß ihn jemand auf diesem sinn- und ziellosen Umherstreifen durch die regennassen, trübsinnigen Straßen verfolgen könnte.

Wieder zurück in seinem Hotelzimmer, stellte er die drei Flaschen auf den Tisch und hängte seinen Mantel zum Trocknen auf einen Bügel. Er zündete sich eine Zigarette an und studierte das Etikett der Whisky-Flasche. Dann entschied er sich für einen kleinen, selbstgemachten Aperitif und ging ins Badezimmer, um sich ein Wasserglas auszuwaschen. Er schenkte sich einen großzügigen, doppelten Whisky ein, roch daran und hielt das Glas gegen das Fenster gerichtet ins Licht, um die helle Farbe zu begutachten.

Gerade als er den ersten Schluck genießen wollte, hörte er ein Rumpeln an seiner Zimmertür. Jemand steckte den Schlüssel ins Schloß. Irritiert blickte er zum Bett hin, dann rief er:

«Die Tür ist offen, Sie können hereinkommen, aber das Bett ist schon gemacht!» Er setzte das Glas an die Lippen, nahm noch das herb-süße, rauchige Bouquet wahr und erstarrte. – In der Tür stand keineswegs das Zimmermädchen mit einem Stapel frischer Handtücher auf dem Arm. In der Tür stand ein Mann in einem nassen Regenmantel und mit einem Hut auf dem Kopf. Er deutete auf das Glas und sagte mit gepreßter Stimme: «Trinken Sie ruhig aus, was Sie da eben auf Kosten des polnischen Volkes erstanden haben.»

Pakula setzte das Glas ab. Er war verwirrt und blieb bewegungslos sitzen. Eine passende Entgegnung fiel ihm nicht ein.

Der Mann nahm seinen Hut ab und trat ein. Der andere folgte ihm, ebenfalls im Regenmantel. Sie warfen ihre Hüte achtlos auf Pakulas Bett und bauten sich vor ihm auf. Sie waren beide etwas kleiner als er, etwa gleich groß und sahen kräftig aus. In den

Regenmänteln mit den breiten, festgezurrten Gürteln machten sie einen aggressiven Eindruck. Der eine war etwas dicker und älter und hatte eine Glatze, der andere, etwa dreißig Jahre alt, sah aus wie ein durchtrainierter Boxer. Ihre Gesichter blieben bewegungslos. Der ältere nahm die Hände aus den Taschen und ging auf Pakula zu, der jüngere blieb einige Schritte hinter ihm in der Nähe der Tür stehen und behielt die Hände in den Manteltaschen. Vielleicht hatte er dort eine Pistole. Pakula fiel auf, daß die beiden sehr derbe, feste Schuhe trugen.

Der ältere hielt Pakula nun einen Ausweis unter die Nase. Er las ihn flüchtig und fühlte sich bestätigt – kein Zweifel, er war der polnischen Kriminalpolizei auf den Leim gegangen.

«Zeigen Sie mir Ihren Paß!» verlangte der Beamte barsch.

Pakula machte eine hilflose Armbewegung: «Den habe ich an der Rezeption abgegeben.»

Der Mann nickte langsam. «Es hätte ja sein können, daß Sie vielleicht noch einen haben.»

Er sprach mit einer undeutlichen, tiefen Stimme, so daß Pakula Mühe hatte, ihn richtig zu verstehen.

«Ich habe nur einen Reisepaß. Das Visum ist ordnungsgemäß beantragt und genehmigt worden. Ich weiß nicht, was Sie von mir wollen.»

«Wir werden gleich sehen, was Sie alles noch bei sich haben.»

Der Mann griff in die Innentasche seines Mantels und holte Pakulas Reisepaß heraus.

«Ihr Name ist Ludwig Georgi?»

Pakula bejahte. Er konnte nur hoffen, daß die Fälschungsarbeit so gut war, daß dieser Polizist nicht gleich mit der Nase darauf gestoßen wurde. Aber vielleicht wußten Sie schon alles. Vielleicht hatten sie seine wahre Identität längst herausgefunden und wollten ihn nur noch ein bißchen verunsichern.

Der Beamte las die anderen Daten, die im Ausweis standen, vor. Dann sah er ihn mit zusammengekniffenen Augen an:

«Sie sind also Deutscher. Wie kommt es dann, daß Sie so gut Polnisch sprechen? Das ist doch sehr ungewöhnlich.»

Man muß lügen, so lange es geht, dachte Pakula, auch wenn es aussichtslos erscheint.

«Die Familie meiner Mutter ist aus Polen nach Deutschland ausgewandert. Ich habe schon in meiner Kindheit die Sprache gelernt. Später, als ich des öfteren geschäftlich in Warschau zu tun hatte, habe ich meine Kenntnisse verbessern können.»

Der Beamte blätterte den Paß durch: «Hier sind aber keine Vermerke über frühere Aufenthalte in Polen.»

«Weil der Paß erst vor kurzem neu ausgestellt wurde, mein alter war abgelaufen.»

«Nun gut, daß läßt sich alles noch überprüfen. Was machen Sie jetzt in Warschau? Sind Sie wieder geschäftlich hier? Ihr Visum ist auf zwei Wochen befristet und es ist ein Touristenvisum.»

«Diesmal bin ich nur privat hier», antwortete Pakula, und er spürte, wie ihm immer heißer wurde, wie sein Blut immer stärker in seinem Kopf pochte. «Ich will nur ein paar Freunde besuchen, das ist alles.»

«So, wen denn?»

«Nur ein paar Leute, die ich von früher her kenne. Die Namen möchte ich erst sagen, wenn es unbedingt nötig ist.»

«Da haben Sie ihnen sicher ein paar hübsche Geschenke mitgebracht, was?»

«Ich verstehe nicht, was Sie meinen.»

«Man bringt doch immer was Hübsches mit aus dem reichen Westen, wenn man nach Polen zu Besuch kommt.»

Pakula wußte nicht, was er darauf antworten sollte.

Der Polizist fuhr ihn an: «Reden Sie nicht lange herum, sagen Sie uns lieber gleich, wo das Geld ist, wir finden es doch!»

«Welches Geld denn?» Er wußte, daß man ihm die Lüge vom Gesicht ablesen konnte. Nur knapp widerstand er der Versuchung, auf die beiden Reisetaschen zu deuten. Am liebsten hätte er alles zugegeben und die ganze Geschichte erzählt. Wenn da nicht die Angst vor der Entdeckung seiner Vergangenheit gewesen wäre, hätte er es wahrscheinlich auch getan.

«Sie brauchen gar nicht den Ahnungslosen zu spielen. Wir werden Ihr Zimmer gründlich untersuchen, und zwar sofort! Wenn Sie uns ein wenig entgegenkommen wollen, wären wir Ihnen selbstverständlich sehr dankbar.»

Mehr und mehr schwang ein höhnischer Unterton in der Stimme des Beamten mit. Das reizte Pakula, sich zu widersetzen. Den erstbesten dummen Gedanken, der ihm in den Sinn kam, nutzte er zur Verteidigung:

«Ich weiß nicht, was Sie wollen. Ich habe nichts Unrechtes getan.»

Soweit er sich erinnern konnte, stimmte das auch fast für seinen bisherigen Aufenthalt in Warschau. Wie waren sie nur auf ihn aufmerksam geworden?

«Ich habe in einem *Pewex* mit Devisen bezahlt. Das ist doch jedem erlaubt. Ich habe gestern bei einer Kellnerin mit Dollar bezahlt, und sie hat mir auch in Dollar herausgegeben. Ist es das, was Sie meinen?»

«Spielen Sie nicht den Naiven. Natürlich ist es nicht das, was wir meinen. Sie glauben wohl, uns hier können Sie Sachen andrehen, die Sie im Westen nicht loswerden? Haben Sie wirklich gedacht, daß wir in unserer schwierigen wirtschaftlichen Situation nach Dollarscheinen verrückt sind oder daß wir Ihnen alles abkaufen, was Sie heranschleppen, wenn nur *America* daraufsteht? Halten Sie uns wirklich für solche Trottel? Dann tun Sie mir wirklich leid. So dumm sind wir nicht. Und auf Ihre imperialistischen Kinderspiele, mit denen Sie immer wieder versuchen, die Aufbauarbeit in unserem Land zu stören, fallen wir schon gar nicht herein. Wenn Sie das jetzt kapiert haben, dann packen Sie mal aus. Oder wir müssen das für Sie tun.»

«Ich verstehe kein Wort», sagte Pakula, und diesmal entsprach es der Wahrheit. Der Mann seufzte, drehte sich zu seinem Kollegen um und machte eine energische Handbewegung: «Durchsuchen!»

Der jüngere begann damit, den Schrank aufzumachen, in den Pakula so gut wie gar nichts hineingelegt hatte. Er steckte den Kopf in jedes Fach, stieg fast selbst ganz hinein. Dann warf er die Bettdecke auf den Boden, hob die Matratze hoch, riß das Betttuch ab, zog das Laken vom Federbett und brachte so alles in die größtmögliche Unordnung. Dann erst nahm er sich die beiden Reisetaschen vor. Zuerst leerte er die eine auf den Boden aus, dann warf er den Inhalt der anderen darüber. Anschließend durchsuchte er das Innere der leeren Taschen. Pakula hielt den Atem an. Er hörte das Zerreißen des Innenfutters. Der Beamte nahm die Tasche hoch, hielt sie verkehrt herum und schüttelte sie. Pakula erwartete einen Geldregen, aber es passierte nichts. Er war verblüfft. Der Polizist warf die Tasche in die Ecke und wiederholte das gleiche mit der anderen. Wieder kamen keine

Geldscheine zum Vorschein. Pakula war ratlos. Am liebsten hätte er selbst noch einmal nachgesehen. Er lehnte sich gegen die Tischkante und starrte vor sich auf den Boden. War das Geld verschwunden? Träumte er? Oder hatte er das Geld geträumt? Die Verwirrung war perfekt.

Der Polizist durchkämmte weiter das ganze Zimmer und wurde dabei immer hektischer. Auch der andere wurde unruhig und fing an, seinen Kollegen herumzukommandieren: «Sieh unter dem Teppich nach! Geh ins Bad! Unter dem Waschbecken!»

Der Erfolg stellte sich nicht ein.

Der ältere nahm Pakulas Mantel und durchsuchte die Taschen und das Futter, der jüngere tastete ihn ab.

Die letzte Hundert-Dollar-Note hatte Pakula im *Pewex* ausgegeben und hatte dafür Wechselgeld zurückbekommen.

«Zeigen Sie Ihre Brieftasche!»

Pakula zeigte sie ihm, und er warf den gesamten Inhalt auf den Tisch.

«Ziehen Sie sich aus!»

Pakula zog sich bis auf die Unterwäsche aus.

Die erfolglose Suche machte die Beamten wütend.

«Wo haben Sie den Schein her, mit dem Sie im *Pewex* bezahlt haben? Wo hatten Sie den Schein her, den Sie gestern abend der Kellnerin gegeben haben? Wo ist der Rest von diesem verdammten Falschgeld?»

Die Wahrheit schlug bei Pakula wie ein Blitz ein. Wie hatte er nur so naiv sein können! In seiner Situation davon auszugehen, daß das Geld echt sein mußte, war wirklich naiv. Bei den Leuten, mit denen er es zu tun hatte, hätte er mißtrauischer sein müssen. Er hatte zuwenig über die ganze Sache nachgedacht, und nun war er durch eigenes Verschulden in eine schwierige, wenn nicht aussichtslose Lage hineingeraten. Jetzt brauchte er seine Schwierigkeiten nicht mehr nur Ziegler anzulasten, sondern konnte gleich bei sich selbst anfangen. Er hätte selbst darauf kommen müssen, schließlich war einfacher Devisenschmuggel nach Polen noch kein gutes Geschäft. Die ganze Sache mußte einen Haken haben, das war zu offensichtlich. – Aber wo, zum Teufel, war das ganze Geld hingekommen? Wer hatte es gestohlen oder abgeholt?

Pakula brauchte nicht mehr zu lügen: er wußte tatsächlich von gar nichts.

«Ziehen Sie sich an!» kommandierte der ältere Polizist. «Sie kommen mit uns mit!»

KAPITEL 14

Die Kriminalpolizei war in einem monumentalen Gebäude untergebracht, das aus großen Steinquadern gebaut worden war. Es bestand aus drei rechtwinklig zueinander stehenden Flügeln. Der Innenhof wurde zur Straßenseite mit einer hohen Mauer abgegrenzt.

Sie fuhren durch ein großes eisernes Tor und hielten vor dem mittleren Eingang des Gebäudes. Pakula hatte mit dem einen Beamten auf der Rückbank des Wagens gesessen. Während der Fahrt hatte keiner von beiden ein Wort gesprochen. Beim Aussteigen fiel ihm auf, daß sämtliche Türen und Fenster des Gebäudes ungeheuer hoch waren. Diese überdimensionale steinerne Autorität hatte er im Ausland ganz und gar nicht vermißt. Im Grunde aber waren solche Gebäude, von denen es in Warschau viele gab, das Produkt vergangener Jahrzehnte und einer zum Glück fast gänzlich verschwundenen Geisteshaltung. Der polnische Staat konnte sich eine solche Verklärung seiner selbst ohnehin schon lange nicht mehr leisten.

Die beiden Beamten nahmen Pakula in ihre Mitte und geleiteten ihn in eine große Vorhalle, durch mehrere Kontrollschleusen hindurch, über eine breite steinerne Treppe in den ersten Stock. Dort liefen kahle, hohe Gänge endlos weit nach rechts oder links. Sie wurden von gelblichen Leuchtstoffröhren erhellt, die ohne Verkleidung an dünnen Metallstangen von der gewölbten Decke herunterhingen. Die Wände waren in einer undefinierbaren hellen Farbe gestrichen, hier und da bröckelte der Putz ab, überall waren Schmutzspuren zu sehen. Gelegentlich standen grobe hölzerne Bänke unter Fenstern, deren Simse so hoch angebracht waren, daß man nur mit Mühe hinaussehen konnte.

Nachdem sie an vielen immer gleich aussehenden Türen vorbeigegangen waren, an denen Nummern und Namensschildchen klebten, blieben sie vor der Tür mit der Nummer 149 stehen. Auf dem Schildchen unter der Nummer stand mit alten Schreibmaschinentypen geschrieben: *Major Mgr p.k. Kronstad*.

Einer der Polizisten klopfte an und ging hinein. Der andere deutete auf eine der Bänke und sagte barsch: «Setzen Sie sich da hin!»

Pakula gehorchte, und der Beamte setzte sich neben ihn. Es dauerte lange, bis sich die Tür wieder öffnete und er, gefolgt von seinen Bewachern, eintreten konnte.

Das Büro war erstaunlich groß. Dieser Umstand wurde noch dadurch betont, daß wenige Möbel in dem Raum standen, ohne ihn recht auszufüllen. An der rechten Wand standen einige uralte, recht klapprig wirkende Aktenschränke, insgesamt drei Stück, die ganz offensichtlich nicht ausreichten, denn vor und neben ihnen türmten sich Berge von Akten. An der gegenüberliegenden Wand standen drei verschiedenartige einfache Holzstühle, darüber hing ein großer aktueller Stadtplan von Warschau. Der Raum hatte drei Fenster, von denen das mittlere mit Rolläden verschlossen war. Vor dem verdunkelten Fenster stand ein mächtiger, alter Schreibtisch, darauf lagen sorgfältig geordnete Aktenstapel. Zwischen zwei Fenstern hing ein Bild von Staatschef Jaruzelski.

Hinter dem Schreibtisch saß Major Kronstad. Mit einer kurzen Handbewegung wies er auf den Stuhl, der vor dem Tisch stand.

Kronstad war ein gutaussehender, mittelgroßer Mann Mitte Fünfzig. Er hatte dichtes graues Haar und trug eine Lesebrille, die er immer dann aufsetzte, wenn er in irgendwelchen Papieren blätterte, und abnahm, sobald er mit jemandem sprach. Er trug einen schwarzen, gutsitzenden Anzug, ein weißes Hemd und eine hellgraue Krawatte. Der Anzug war offensichtlich maßgeschneidert. Seine Gesichtszüge waren glatt und gesund, und er hatte hellblaue Augen.

Mit einer ruhigen, festen Stimme sprach er Pakula auf deutsch an:

«Setzen Sie sich, Herr Georgi. Mein Kollege hat mir mitgeteilt, daß Sie sich in einer unangenehmen Situation befinden. – Für Sie unangenehm», betonte er.

Die beiden anderen Beamten hatten auf den Stühlen an der Wand Platz genommen. Kronstad sprach ein sehr gutes Deutsch, allerdings mit einem starken polnischen Akzent. Es wurde Pakula unangenehm bewußt, daß er auf der Hut sein mußte, nicht mit sprachlichen Fehlern seine deutsche Staatsangehörigkeit in Frage zu stellen. Kronstad nahm sich seinen Paß vor, und Pakula mußte zunächst wieder einige Fragen zu seiner vorgeblichen Identität über sich ergehen lassen.

«Es ist Ihnen doch hoffentlich klar, daß Sie sich eines schweren Vergehens schuldig gemacht haben?» fuhr Kronstad fort und sah ihn mit einem ernsten, unbewegten Gesicht an.

Während der Fahrt hierher, die nicht sehr lange gedauert hatte, hatte Pakula versucht, sich eine glaubhafte Geschichte zurechtzulegen, aber es war ihm nicht gelungen. Wie sollte er als Tourist den Besitz von falschen Dollarnoten erklären? An Hundert-Dollar-Scheine kam man in Polen nicht so einfach heran, schon gar nicht, wenn man erst einige Tage hier war. Es war ziemlich eindeutig, daß er sie mit ins Land gebracht haben mußte. Er war also von vornherein schuldig, es sei denn, er würde versuchen, sich mit seiner eigenen Dummheit herauszureden.

«Sie haben gegen die Devisenbestimmungen der Volksrepublik Polen verstoßen, ganz offensichtlich, um sich persönlich zu bereichern, indem Sie versucht haben, mit gefälschten westlichen Devisen zu handeln. In unserem Land herrschen diesbezüglich sehr strenge Gesetze. Haben Sie irgend etwas zu Ihrer Entlastung zu sagen?»

Pakula räusperte sich. Auf seinem Stuhl saß er sehr unbequem. Im Büro war es sehr warm, und er schwitzte in seinem Mantel, aber er wollte ihn auch nicht ausziehen.

«Ich bin mir dieses Vergehens nicht bewußt», sagte er langsam, wobei er versuchte, seine Worte genau auszuwählen und keine grammatikalischen Fehler zu machen. «Ich hatte keine Ahnung, daß ich Falschgeld besaß. Sonst hätte ich es doch niemals ausgegeben. Man muß mir die Dollar in Deutschland beim Wechseln untergeschoben haben.»

«Handeln die Banken bei Ihnen denn inzwischen schon mit Falschgeld?»

Pakula zuckte hilflos mit den Schultern: «Ich weiß nicht, wie so etwas passieren konnte.»

Kronstad nahm einen Zettel, den er aus Pakulas Reisepaß genommen hatte, in die Hand und sagte: «Wahrscheinlich wissen Sie auch nicht, wie es passieren konnte, daß Sie vergessen haben, die Dollar auf Ihrer Devisendeklaration mit einzutragen? Haben Sie dafür eine Erklärung? Und können Sie mir erklären, warum Sie neben D-Mark auch noch Dollar nach Polen einführen? Für einen Touristen aus der Bundesrepublik Deutschland ist das doch recht ungewöhnlich, finden Sie nicht? Wieviel amerikanisches Geld haben Sie denn genau mitgenommen?»

Jetzt hat er mich in der Falle, dachte Pakula, ich hätte das mit der Bank nicht sagen sollen, dann hätte ich behaupten können, daß ich die Scheine woanders her habe. Dann fiel ihm ein, daß nicht er von der Bank gesprochen hatte, sondern Kronstad. Also mußte er versuchen, sich herauszureden. Daß er in den USA gewesen war, konnte er schlecht behaupten, denn in seinem Reisepaß war kein diesbezüglicher Stempel.

«Ich habe mit einem Amerikaner etwas Geld gewechselt, dreihundert Dollar und etwas Kleingeld. Dieses Geld habe ich dann mitgenommen und einfach vergessen, es zu deklarieren. Ich weiß, daß ich es hätte tun müssen, aber ich habe es nun mal unglücklicherweise vergessen.»

Er setzte die Miene eines vollkommen Unschuldigen auf.

«Nun ja», sagte Kronstad und sah ihn genau an, «das hört sich fast glaubwürdig an. Es scheint so, als ob Sie nicht gewußt haben, was Sie tun, als Sie das Geld so naiv ausgegeben haben.» Er nickte bedächtig und notierte mit einem Bleistift etwas auf ein Stück Papier. «Es gehört schon eine Portion Dummheit dazu, mit Falschgeld im Hotel und im *Pewex* um sich zu werfen, wie Sie es getan haben. Aber wie heißt es in der deutschen Rechtsprechung? Unwissenheit schützt vor Strafe nicht. Sie haben nun einmal gegen unsere Gesetze verstoßen, und einmal muß es sogar bewußt geschehen sein, als sie die Dollar nicht deklariert haben.» Er beugte sich in seinem Lehnstuhl zurück. «So etwas wird nach polnischem Recht mit einer hohen Geldstrafe oder sogar mit Gefängnis bestraft. Es ist nicht so sehr viel Geld gewesen, und Sie haben es auch nicht auf dem Schwarzmarkt eingetauscht, also könnte man Milde walten lassen. Wir sind ja keine Unmenschen. Auch Polen ist ein Rechtsstaat, und wir bemühen uns, die Gesetze gewissenhaft einzuhalten...»

Er machte eine Pause und dachte nach.

Pakula war erleichtert. Es schien fast so, als könnte er gerade noch einmal glimpflich aus dieser Geschichte herauskommen. Wenn sie nur nicht seine falsche Identität herausbekommen würden. Dann wäre alles aus. Aber vielleicht könnte er noch mit einem blauen Auge davonkommen. Er war ungeheuer angespannt und in seinem Magen rumorte es.

Kronstad beugte sich wieder nach vorn: «Tja, man könnte Milde walten lassen», sagte er mit einem Zögern in der Stimme, «wenn da nicht etwas wäre, was die Sache doch etwas schwieriger macht für Sie.»

Der Mut, den Pakula für einige Sekunden gefaßt hatte, brach gnadenlos zusammen.

«Sie sitzen in der Tinte», fuhr Kronstad mit dem Anflug eines Lächelns fort, «so sagt man doch in Deutschland, nicht wahr? Sie sind im Besitz von falschen Dollar gewesen. Was die Sache kompliziert macht, ist, daß wir über Informationen verfügen – woher ist unwichtig –, daß irgend jemand hier in Warschau eine Lieferung von Falschgeld erwartet, und zwar Dollar aus der Bundesrepublik Deutschland. Wir haben nun guten Grund zu der Annahme, daß Sie auf irgendeine Weise Kontakt mit diesen Leuten haben oder gehabt haben. Es kann auch sein, daß Sie selbst einer dieser Schmuggler sind. Alles deutet darauf hin. Wenn Sie nur nicht so entsetzlich dumm gehandelt hätten.» Er schüttelte bedauernd den Kopf.

Pakula befand sich in einer Zwickmühle und wußte keinen Ausweg. Die wirkliche Geschichte, seine Erpressung, konnte er nicht erzählen, denn jeder Hinweis auf seine tatsächliche Identität war extrem gefährlich für ihn. Niemand hier in Polen durfte von seiner Vergangenheit erfahren, sonst würde er als Staatsfeind für immer hinter den Mauern der polnischen Gefängnisse verschwinden. Erzählte er auch nur die halbe Wahrheit, würde er sich unter Garantie in Widersprüche verwickeln, und die ganze Geschichte käme früher oder später doch ans Tageslicht. Also blieb ihm nichts anderes übrig, als den Idioten zu spielen. Und das dürfte mir nicht schwerfallen, dachte er grimmig. Aber es war ganz und gar nicht einfach.

«Ich kann nur zugeben, daß ich die Dollar aus Versehen illegal nach Polen eingeführt habe und daß ich bereit bin, dafür einzustehen. Aber ich hatte keine Ahnung, daß es Falschgeld war. Das ist die Wahrheit, mehr kann ich nicht dazu sagen.»

«Ja, ja», Kronstad nickte, «es sieht ganz so aus, als müßte ich Ihnen das zunächst einmal glauben, denn wir haben nicht viele Beweise gegen Sie. Oder genauer gesagt, wir können keine Verbindung ziehen zwischen Ihnen und den Leuten, denen wir auf der Spur sind – noch nicht.» Unvermittelt wechselte er ins Polnische: «Haben Sie etwas davon gehört, daß ein junger Mann überfahren worden ist? Das muß vorgestern gewesen sein, in der Nähe des Hauptbahnhofs.» Er blickte Pakula scharf an.

Einen Moment lang stockte sein Atem. Dann antwortete er ebenfalls auf polnisch: «Nein, davon weiß ich gar nichts, warum?» Er versuchte, die Worte holprig auszusprechen. Es fiel ihm ungeheuer schwer.

Kronstad sprach in seiner Muttersprache weiter:

«Ich frage nur so. Es war ein armer Kerl, rauschgiftsüchtig. Von den Tätern fehlt leider jede Spur. Es ist eine Schande, mit welchen Methoden manche Leute versuchen, Geschäfte zu machen.» Er lehnte sich zurück und seufzte. «Wir haben eine Menge Probleme, die wir gerade zu bereinigen versuchen. Dabei führen wir einen ziemlich harten Kampf, und ich rate Ihnen, uns nicht in die Quere zu kommen oder uns irgend etwas zu verschweigen. Das kann sehr schlimme Folgen für Sie haben. – Dies nur als Warnung. Und glauben Sie nicht, daß ich Witze mache! – Warum sind Sie eigentlich nach Polen gekommen, Herr Georgi?»

«Ich war früher schon öfter hier und wollte ein paar Freunde besuchen, ein paar ruhige Tage verbringen.»

«Wen wollten Sie denn besuchen? Oder wollen Sie mir gegenüber auch keine Namen nennen?»

Pakula gab einige Phantasienamen an und verlegte deren Adressen in die Altstadt. Mit Unbehagen nahm er zur Kenntnis, daß Kronstad mitschrieb.

«Haben Sie Ihre Freunde angetroffen?»

«Ich habe es bei zweien von ihnen versucht, aber es scheint so, als ob sie aus Warschau weggezogen sind.»

Auf keinen Fall wollte er Anna Lipinska mit in diese Geschichte hineinziehen.

«Warschau ist nicht gerade eine ideale Urlaubsstadt, finden Sie nicht?»

«Ich wollte ein paar Freunde besuchen, wie gesagt. Außerdem ist eine Reise nach Polen nicht so teuer, wie etwa auf die Kanarischen Inseln.» Er versuchte ein Lächeln, was einigermaßen mißglückte. «Ich bin nicht sehr wohlhabend, wissen Sie.»

«Nun, im Grunde genommen haben wir ja nichts gegen Touristen. Aber wie kommt es eigentlich, daß Sie so gut unsere Sprache sprechen?»

«Ich sagte Ihrem Kollegen bereits, meine Familie mütterlicherseits ist aus Polen ausgewandert, und meine Mutter hat mir die Sprache schon seit meiner Kindheit beigebracht. Später war ich einige Zeit hier in Warschau tätig und konnte meine Sprachkenntnisse weiter verbessern.»

«Welche Geschäfte sind das denn gewesen?»

«Für eine kleine Handelsfirma in Hamburg. Nichts Besonderes.»

«Hm, hm», Kronstad wurde nachdenklich. «Und wo, sagten Sie, sind Sie geboren? In Heidelberg? Ich bin einmal in Deutschland gewesen. Nicht in Heidelberg, aber ich bin sonst ein wenig herumgekommen. Ich erinnere mich, daß man dort sehr viele verschiedene Dialekte spricht, in jedem Landstrich einen anderen, manchmal versteht man als Ausländer die Menschen gar nicht mehr...» Er machte eine vage Handbewegung. «Ich meine nur wegen Ihrer Aussprache. Ich nehme an, daß man so ähnlich spricht in Heidelberg?»

Pakula saß auf heißen Kohlen. «Man gewöhnt sich so etwas unwillkürlich an», brachte er mühsam hervor. In ihm wuchs immer mehr die Überzeugung, daß Kronstad ihn längst durchschaut hatte.

«Ja, natürlich», murmelte Kronstad gedankenverloren. Dann hob er den Kopf und sah sein Gegenüber mit ernstem Gesicht an: «Ich weiß nicht, was ich jetzt mit Ihnen anfangen soll. Sie können erst einmal wieder gehen. Ihren Paß behalte ich hier. Sie wohnen bis auf weiteres im *Intercontinental*. Versuchen Sie nicht, zu fliehen, wir haben gute Leute, die immer auf Ihrer Spur bleiben können, wenn es darauf ankommt.» Er warf noch einmal einen kurzen Blick auf Pakulas Devisendeklaration: «Geld zum Leben haben Sie ja noch genug. Die D-Mark können Sie überall umwechseln, das wissen Sie selbst. Aber zum offiziellen Kurs!» Er lächelte boshaft. «Wenn ich etwas von Ihnen will, werde ich Sie benachrichtigen. Genießen Sie die restlichen Tage Ihres Urlaubs in Ruhe und machen Sie keine weiteren Dummheiten. Auf Wiedersehen.»

Damit war Pakula entlassen.

Als er schon fast die Tür erreicht hatte, fragte Kronstad noch einmal:

«Welchen Beruf üben Sie aus?»

«Buchhändler.»

«Ach ja, Buchhändler.»

Pakula lief hastig durch die Straßen zurück zum Hotel. Eine nervöse Unruhe hatte sich in ihm breitgemacht, nachdem er das Polizeigebäude verlassen hatte. Sein Schicksal war in der Hand von Kronstad. Viel Gutes hatte er von ihm nicht zu erwarten. Es war wohl nur eine Frage der Zeit, bis die Polizei seine wahre Identität herausgefunden hatte. Sinnlos, sich dagegen zu wehren, es schien keinen Ausweg zu geben. Er brauchte sich nur noch treiben zu lassen, bis die ganze Geschichte ihr ruhmloses Ende gefunden hatte, dachte er, aber gleichzeitig stemmte sich ein erwachender Überlebenswille diesem Gefühl von Resignation entgegen.

KAPITEL 15

Er öffnete die Tür zu seinem Hotelzimmer, schloß hinter sich ab, blickte auf – und...

Eine laute, bekannte Stimme schallte ihm entgegen:

«Jerzy, altes Haus, da bist du ja endlich! Wo treibst du dich denn herum?»

Auf einem Stuhl an dem Tisch in der Mitte des Zimmers saß Ziegler. Vor ihm stand eines der Wassergläser, zwei Fingerbreit gefüllt mit seinem teuren Whisky. Ein flüchtiger Blick auf die Flasche, die danebenstand, genügte, um festzustellen, daß Ziegler sich schon ausgiebig bedient hatte. «Du lebst ja in Saus und Braus, mein Lieber», sagte Ziegler fröhlich und deutete auf die Flaschen, die auf dem Tisch standen. «Das ist der reale Sozialismus, was? Champagner für alle! Und Whisky, natürlich. – Hast du noch ein Glas? Komm, setz dich zu mir und laß uns auf unser Wiedersehen anstoßen!» Er trug einen schwarzen teuren Mantel mit Pelzkragen. Sein Gesicht war krebsrot angelaufen, aber es schien ihm ziemlich gutzugehen.

Pakula sah sich im Zimmer um. Es schien niemand sonst da zu sein.

«Bist du allein?»

«Na, bitte! Und ich dachte schon, du hättest die Sprache verloren. Steht da wie ein Ölgötze und glotzt mich an! Natürlich bin ich allein. Wenn ich einem alten Freund guten Tag sagen will, muß ich doch nicht gleich einen ganzen Anhang mitbringen.» Er beugte sich schwerfällig nach vorn. «Willst du dir nicht endlich ein Glas holen und dich zu mir setzen?»

Einen Schnaps konnte er jetzt in der Tat gebrauchen. Pakula zog seinen Mantel aus, hängte ihn über die Stuhllehne und ging ins Badezimmer. Während er das Glas ausspülte, betrachtete er kurz und widerwillig sein verkniffenes Gesicht im Toilettenspiegel. Als er zurück ins Zimmer trat und sich an den Tisch setzte, hatte Ziegler seine überschwengliche gute Laune schon wieder abgelegt. Er blickte mürrisch zu, wie Pakula sich etwas in sein Glas eingoß.

«Wie bist du überhaupt hier hereingekommen?» fragte Pakula in möglichst ruhigem Ton.

Ziegler grinste schief. «Ich habe nur die moralische Verworfenheit des Personals ausgenutzt.» Und gedankenverloren, mit einem müden Blick vor sich auf den Boden, fügte er hinzu: «Man muß sich eben den Gegebenheiten anpassen...» Dann hob er wieder ruckartig den Kopf: «Aber hör mal, freust du dich denn nicht, mich zu sehen? Mitten hier in Warschau, auf feindlichem Terrain! Wir zwei Kämpfer! Laß uns doch anstoßen darauf!»

Widerwillig stieß Pakula mit ihm an. Mit einer gewissen Verachtung nahm er Zieglers labilen Gemütszustand zur Kenntnis.

«Bist du nicht froh, daß du mal wieder in Warschau sein kannst?» sagte Ziegler im Plauderton. «Du kannst mir dankbar sein, immerhin habe ich dir eine hübsche Reise in deine Heimat ermöglicht. Ohne diese nette Idee deines Freundes Ziegler würdest du doch in Hamburg in deinem Buchladen versauern.»

Er versuchte es auf die freundliche Tour, aber mit jedem Wort aus seinem Mund verdüsterte sich Pakulas Laune. Was wollte er eigentlich noch von ihm?

«Warum bist du überhaupt nach Warschau gekommen? Ich denke, es war dir zu riskant, die Reise selbst zu machen. Und wo hast du deine Gorillas gelassen? Traust du dich neuerdings auch alleine auszugehen?»

Ziegler kicherte.

«Immer noch der boshafte Jerzy», sagte er amüsiert. «Meine Gorillas! Mit diesen finsteren Gesellen kann ich doch keine Geschäftsreise nach Warschau unternehmen.»

«Welche Geschäfte gibt es hier denn noch für dich zu erledigen? Ich denke, ich sollte das alles für dich machen. Es war keine Rede davon, daß wir uns hier in Warschau treffen würden. Was willst du denn jetzt noch von mir? Die Reisetaschen sollte ich doch nicht dir übergeben...»

«Aber, aber», Ziegler tat entrüstet, «habe ich denn irgend etwas von dir verlangt? Da schaut man einmal bei einem alten Freund vorbei, der sich zufällig in der gleichen Stadt befindet, und wird gleich mit irgendwelchen Problemen empfangen. Ist das eine Art?»

«Du hast mir nichts davon gesagt, daß ich noch mehr unternehmen muß, wenn ich das Geld nach Warschau gebracht habe.»

«Und soweit ich das sehe, bist du noch nicht dazu gekommen. Die Täschchen stehen noch brav dort in der Ecke.»

Er deutete mit großer Geste auf die beiden unseligen Reisetaschen, die wieder zwischen Schrank und Bett standen, wo die Polizisten sie achtlos hingeworfen hatten. Pakulas Wäsche lag noch unordentlich auf dem Boden herum.

«Du scheinst nicht gerade ein ordnungsliebender Mensch zu sein», bemerkte Ziegler bissig. Er schien die Taschen noch nicht genauer untersucht zu haben.

Pakulas extreme Abneigung gegenüber Ziegler machte einem wachsenden Unbehagen Platz. Die Durchführung seines Auftrags war völlig schiefgelaufen, er hatte ihn ganz und gar nicht korrekt ausgeführt. Das Geld war weg, und die Polizei war ihm auf den Fersen. Andererseits war die Polizei in gewissem Sinn auch hinter Ziegler her. Pakula brannte darauf, seinen Widersacher am gleichen Haken zappeln zu sehen.

«Du kommst zu spät, Ziegler», sagte er mit ruhiger Stimme.

«Na so was! Gerade warst du gar nicht so froh über mein Erscheinen, und nun wirfst du mir vor, daß ich zu spät gekommen bin. Wie soll ich das verstehen?»

«Da gibt's gar nicht viel zu verstehen. Das Geld ist weg, und die Polizei ist hinter mir her.»

Er lehnte sich zurück und trank mit einem großen Schluck sein Glas leer.

Die Bombe war explodiert.

Ziegler beugte sich schwerfällig nach vorn. Sein Gesicht war mit einemmal wie versteinert. Die Röte verfärbte sich ins Violette. Er blickte Pakula von unten herauf über den Tisch hinweg an. Seine Stimme klang gepreßt, beinahe tonlos: «Wo ist das Geld, wer hat es?»

Pakula zuckte gleichgültig mit den Schultern: «Keine Ahnung.»

«Was heißt keine Ahnung? War Szretter hier?»

«Nicht, als ich hiergewesen bin. Ich glaube nicht, daß er das Geld mitgenommen hat. Er hat angerufen, wir haben einen Treffpunkt vereinbart, aber dann ist wohl etwas schiefgelaufen.»

Ziegler wurde nervös. Er stellte sein Glas zurück auf den Tisch. Abwechselnd wischte er sich mit einer Hand über das Gesicht und kratzte sich über den Handrücken.

«Was ist schiefgelaufen?»

«Irgend so ein verlotterter Hungerleider sollte den Verbindungsmann spielen. Als er mich zu Szretter bringen wollte, wurde er von einem Auto überfahren. Danach hat sich niemand mehr bei mir gemeldet. Sieht so aus, als wäre die Sache geplatzt. Ist nicht meine Schuld. Es war eben schlecht organisiert.»

«Ist überfahren worden? War das ein Unfall?»

«Es kann auch Absicht gewesen sein.»

Ziegler stierte vor sich hin. Dann hob er wieder ruckartig den Kopf:

«Woher weißt du, daß Geld in den Taschen war?»

«Als sich niemand gemeldet hat, hab ich nachgesehen.»

«Was hast du damit gemacht?»

«Ich habe ein paar Scheine ausgegeben, der Rest ist verschwunden. Ich habe keine Ahnung, was damit passiert ist.»

«Du bist ein Trottel!» sagte Ziegler scharf. «Wie konntest du das Geld ausgeben!»

«Daß es Falschgeld war, habe ich gerade erst erfahren.»

«Von der Polizei?» Pakula nickte. «Das darf doch nicht wahr sein», stöhnte Ziegler. Ein Ausdruck von Panik oder Angst tauchte in seinem Gesicht auf.

«Haben sie dich verhört?»

«Was sonst, glaubst du, sie haben mir Witze erzählt?»

«Was hast du ihnen gesagt?»

«Nichts, was dir Sorgen bereiten müßte. Ich sagte ihnen, daß ich das Geld mit ins Land gebracht hätte, ein paar Scheine eben, daß ich nicht gewußt hätte, daß sie falsch waren, weil ich sie bei einem Bekannten eingetauscht hatte, und daß ich vergessen hätte, sie zu deklarieren.»

«Und das haben sie dir abgenommen?»

«Nein, aber sie hatten keine Beweise gegen mich. Ein weiteres kleines Devisenvergehen scheint sie nicht besonders zu interessieren. Sie sind auf der Suche nach größeren Fischen. Und das Geld ist tatsächlich spurlos verschwunden.»

«Sie haben dich als Lockvogel wieder laufenlassen.»

«Es scheint so, als ob sie hinter deinem Freund Szretter her sind. Es soll eine größere Menge Falschgeld nach Warschau geschmuggelt werden. Sie verfügen wohl über ziemlich genaue Informationen.» Und mit Genugtuung fügte er hinzu: «Sieht so aus, als wäre deine hübsche Transaktion fehlgeschlagen.»

Ziegler blickte ihn überlegen an. «Mach dir keine Hoffnungen, ich bin noch lange nicht erledigt. Selbst wenn die Bullen jetzt schon vor der Tür stehen, haben sie nichts, womit sie mich festnageln können.»

Das stimmte wohl. Pakula war der einzige, der momentan verdächtigt wurde.

«Ich könnte dich doch verpfeifen», sagte er.

«Das wirst du vorerst nicht tun, wenn du nicht für immer und ewig hinter Gittern verschwinden willst.»

«Ich brauche nur noch abzuwarten, bis es soweit ist und sie mich abholen. Meinen Paß haben sie bereits einkassiert. Es ist bloß eine Frage der Zeit, bis sie herausgefunden haben, daß er nur zweite Wahl ist. Oder hast du mir eine besonders solide Existenz verpaßt?»

Ziegler hörte nicht mehr zu. Er schenkte sich noch ein Glas ein, stützte sich mit den Armen auf die Tischkante und überlegte. «Wann ist das Geld verschwunden?» fragte er.

«Nachdem ich heute mittag ins Hotel zurückgekommen bin, war es weg. Ich hatte es gar nicht bemerkt, bis die Polizisten auftauchten und das ganze Zimmer durchsuchten. Ich hatte das Geld wieder zurück in die Taschen gepackt. Als einer der Beamten sie auseinandernahm, war nichts mehr da. Also muß jemand morgens in mein Zimmer eingebrochen sein. Oder es war jemand vom Personal.»

«Du hast sie einfach so offen herumstehen lassen?» Ziegler deutete in die Ecke, wo die zerfledderten Taschen zusammengefallen herumlagen.

«Meine ganzen Klamotten lagen doch darin, es sah alles ganz normal und unauffällig aus.»

Ziegler blickte ihn böse an. «Du bist ein Rindvieh, Pakula.»

«Ich habe mich um diesen Job nicht gerissen.»

«War sonst jemand hier im Zimmer?»

«Nein, wer denn? Ich kenne doch niemanden mehr hier.»

Kasia, dachte er. Sie war der einzige Mensch gewesen, der außer dem Personal im Zimmer gewesen war. Und sie ist mitten in der Nacht gegangen. Er war nur durch Zufall aufgewacht. Als er geschlafen hatte, wäre genug Zeit für sie gewesen, seine Taschen zu durchsuchen und das Geld mitzunehmen. Aber er war aufgewacht! Er hatte sie weggehen sehen. Außer ihrer Handtasche hatte sie nichts bei sich gehabt, das wußte er genau. Und die wäre viel zu klein gewesen. Woanders hätte sie unmöglich die vielen Scheine unterbringen können. Es sei denn, sie wäre noch einmal wiedergekommen... aber wie und wann? Sie hatten sich für heute abend verabredet. Wenn sie nicht kommen würde, wüßte er Bescheid. – Er wollte es nicht glauben. Was sollte sie denn mit dem ganzen Falschgeld anfangen? Aber sie hatte nicht gewußt, daß es gefälscht war, genau wie er. Vielleicht war sie auch schon verhaftet worden. Wenn man das ganze Geld bei ihr gefunden hatte, war es um sie geschehen. Der Gedanke daran, daß sie verhaftet worden sein könnte, war ihm unangenehmer als der, daß sie ihn bestohlen hatte. Auch wenn sie eine Diebin sein sollte, wäre sie ihm noch sympathisch gewesen...

«Verschweigst du mir etwas, Jerzy?»

«Nein, warum?» sagte Pakula gleichgültig. «Du brauchst mir gar nicht die ganze Schuld für dieses Durcheinander zu geben. Wenn dein Freund Szretter rechtzeitig auf der Bildfläche erschienen wäre, hätte alles geklappt und ich wäre schon wieder in Hamburg.»

«Ja, Szretter, Szretter, was ist mit dem Burschen bloß passiert? Wir müssen unbedingt etwas unternehmen.»

«Wir müssen gar nichts unternehmen, du vielleicht, aber für mich ist die ganze Sache erledigt. Drohen kannst du mir nicht mehr, meine Lage ist sowieso schon hoffnungslos, also gib dir keine Mühe. Pack deine Sachen, verschwinde gefälligst auf Nimmerwiedersehen und laß mich in Ruhe. Meine Reise ist zu Ende.»

«Sei nicht so kurzsichtig, mein Freund», sagte Ziegler bedächtig, «ich brauche den Bullen nur einen Wink zu geben, und du bist weg vom Fenster. Und noch bevor du etwas über mich ausgeplaudert hast, mache ich mich unsichtbar. Wenn du aber weiterhin mit mir zusammenarbeitest, hast du bessere Karten. Denk daran, ich bin der einzige, der dich hier vielleicht noch heil herausholen kann.»

«Wie soll das denn vonstatten gehen?»

«Ich habe hier auch einige Verbindungen, du mußt nur Vertrauen zu mir haben.»

Pakula lachte höhnisch. «Das Vertrauen zu dir hat mir bisher außer Problemen nichts eingebracht.»

«Du hast gar keine andere Wahl, das ist dir doch klar», erklärte Ziegler bissig.

Pakula schwieg. Natürlich hatte Ziegler recht. Auch wenn es der reine Wahnsinn war, sich diesem Menschen anzuvertrauen, so konnte sich seine Situation dadurch auch nicht mehr verschlechtern. Er saß so tief in der Tinte, daß es schlimmer nicht mehr werden konnte. Aber er wollte wenigstens wissen, was eigentlich vor sich ging.

«Was sollte mit dem Geld passieren?» fragte er.

Ziegler machte eine Handbewegung, als wollte er die ganze Angelegenheit vom Tisch wischen.

«Nicht viel. Szretter kann damit gute Geschäfte machen. Und er konnte mir einen guten Preis dafür bieten.»

«Sonst nichts?»

«Sonst nichts.»

«Ich glaube dir nicht.»

«Warum willst du mir nicht glauben? Es gibt doch keinen Grund, dir etwas zu verschweigen. Und ich helfe dir aus der Patsche. Ist das kein Angebot?»

«Warum ist dieser Mann überfahren worden, und von wem?»

«Ich weiß es nicht. Um das zu erfahren, müssen wir erst einmal Szretter ausfindig machen.»

«Und wo ist er?»

«Er wird sich melden. Wir müssen nur Geduld haben. Er weiß, daß ich hier bin.»

«Hat Szretter Verbindungen zu irgendwelchen Arabern?»

Ziegler sah ihn erstaunt an. «Araber? Nicht, daß ich wüßte. Gibt es hier denn welche?»

Pakula gab es auf. Entweder ist er so unwissend oder er stellt sich so. Auf jeden Fall hat es keinen Zweck weiterzufragen.

«Warum bestellst du uns nicht etwas zu essen? Dann können wir in aller Ruhe warten, ob etwas passiert.» Ziegler stand auf, zog seinen Mantel aus und warf ihn auf das Bett. Dann entledigte er sich noch seines Jacketts. In Hemdsärmeln, mit gelokkerter Krawatte und Hosenträgern setzte er sich wieder an den Tisch. Er holte eine Packung Zigaretten aus der Brusttasche und bot Pakula eine an: «Möchtest du mal probieren? Das sind echte polnische Zigaretten. Heißen *Ekstra Mocne*, das bedeutet extra stark, stimmt's? Schmecken garantiert scheußlich.»

Pakula verzichtete darauf und bestellte sich beim Zimmerservice etwas zu essen. Ziegler verlangte jugoslawischen Rotwein, bekam aber nur rumänischen. Es dauerte lange, bis der Zimmerkellner endlich an die Tür klopfte und ein reichhaltiges warmes Abendessen für zwei Personen brachte.

Gemeinsam mit Ziegler zu essen, war Pakula schon immer sehr unangenehm gewesen. Ziegler schnaufte, schmatzte und schwitzte dabei, und es war ekelhaft anzusehen, wie sein fettes Gesicht sich immer mehr ins Rötliche verfärbte. Ziegler trank mehr als die Hälfte des Weines. Als er mit allem fertig war, lehnte er sich schwer atmend zurück und rülpste laut. Für einen Moment hoffte Pakula, er werde in dieser Sekunde an einem Herzinfarkt zugrunde gehen.

Nach dem Essen saßen sie beide am Tisch und schwiegen. Ziegler rauchte eine seiner übelriechenden Zigaretten und sah aus dem Fenster. Pakula hatte sich erschöpft zurückgelehnt, rauchte ebenfalls eine Zigarette nach der anderen und studierte immer wieder erneut die Schriftzüge auf den Etiketten der drei Flaschen, die auf dem Tisch standen. Seine Gedanken kreisten vage um die Frage nach der Bedeutung von Zieglers Anwesenheit in Warschau und den ominösen Geschäften, die er hier angeblich durchführen wollte. Aber er konnte auf all diese Fragen keine präzise Antwort finden, dafür war er viel zu müde, geistig wie körperlich.

Ein unangenehmer Gedanke tauchte in ihm auf: was ist, wenn Kasia jetzt plötzlich vor der Tür steht? Ziegler durfte nichts von ihr erfahren. Ihm graute davor, daß er ihr auf seine unangenehme Art Fragen stellen würde. Was gingen diesen Gangster seine Bekanntschaften an! Aber würde er sie überhaupt noch einmal wiedersehen? Wahrscheinlich hatte sich diese eine Nacht für sie schon ausgezahlt. Aber hatte sie es nicht fast versprochen? Sicherlich würde sie ihn in der Cafeteria suchen und, wenn sie ihn dort nicht fand, hierherkommen. Er mußte sich eine gute Ausrede einfallen lassen, womit er sie, ohne daß Ziegler Verdacht schöpfte, wieder fortschicken konnte. Schon der Gedanke, sie abweisen zu müssen, war ihm äußerst zuwider. Möglicherweise aber kam sie gar nicht, weil sie die Dollar gestohlen hatte. Aber war sie zu so etwas fähig? Was für eine naive Frage! Natürlich konnte sie so etwas tun.

Das Telefon klingelte.

Ziegler rührte sich nicht, also mußte Pakula aufstehen.

«Hallo, ich bin es wieder», sagte eine Stimme ohne Umschweife. Es war die gleiche, die Pakula schon einmal gehört hatte. Also wahrscheinlich Szretter.

«Nett, daß Sie auch einmal wieder anrufen», sagte Pakula müde. «Ein Freund von Ihnen sitzt hier schon seit Stunden herum und wartet sehnsüchtig auf ein Lebenszeichen von Ihnen.»

Er gab das Telefon Ziegler, und der begann in seinem schlechten, undeutlichen Englisch etwas in den Hörer zu nuscheln. Es war schwer, überhaupt irgend etwas davon zu verstehen. Die beiden kannten sich offensichtlich. Vorstellungen, Höflichkeiten, Einleitungssätze gab es nicht. Offenbar wurde ein Treffpunkt ausgemacht. Schließlich gab Ziegler den Hörer an Pakula zurück und sagte:

«Schreib dir die Adresse auf, wo wir hinfahren müssen, ich kann mit diesen verrückten Straßennamen nichts anfangen.»

Pakula nahm ein Stück Papier und schrieb darauf die Anschrift, die ihm genannt wurde. Der Straßenname war ihm völlig unbekannt. Nachdem er ihn sich hatte wiederholen lassen, legte der Mann am anderen Ende der Leitung auf.

Ziegler erhob sich mühsam von seinem Stuhl: «Wir müssen sofort los. Es wird eine Weile dauern, bis wir dort sind. Es soll irgendwo am Stadtrand sein.»

«Ist es nicht ein bißchen leichtsinnig, einfach dorthin zu fahren? Es ist gut möglich, daß die Polizei mich überwacht. Wir führen sie dann ja genau zu Szretters Wohnung hin.»

«Soviel ich weiß, hat Szretter viele Wohnungen hier in Warschau, manche in alten, großen Gebäuden mit unzähligen Gängen, andere in Hochhäusern in irgendwelchen Neubaugebieten am Stadtrand. Alle von anderen Personen gemietet und für die verschiedensten Zwecke zu gebrauchen.» Ziegler zwinkerte mit einem Auge: «Er hat verschiedene Pferde am Laufen, der gute Szretter, da braucht man schon einige Ausweichquartiere.»

«Aber wenn die Polizei hinter uns herspioniert, verraten wir ihnen eines davon.»

«Es soll irgendein Hochhaus sein. Wenn wir da reinmarschieren, werden sie so schnell nicht herausbekommen, in welche Wohnung wir eigentlich gehen. Da sie nichts Konkretes gegen uns in der Hand haben, werden sie wohl auch kaum das ganze Haus durchsuchen wollen und die Bewohner verschrecken. Also warten sie geduldig, bis wir wieder herauskommen. Wenn es ihnen dann Spaß macht, können sie uns ja durchsuchen, aber nützen wird ihnen das auch nichts. Dank deiner Blödheit haben wir ohnehin das Geschäft nicht abwickeln können.»

Dieser ungerechte Vorwurf machte Pakula wütend:

«Wieso das denn? Szretter war doch derjenige, der bisher zu keiner Verabredung erschienen ist. Mit mir hat das überhaupt nichts zu tun. Im übrigen könnt ihr froh sein, daß das Geld verschwunden ist, bevor die Polizei hier aufgetaucht ist.»

«Du vergißt, mein lieber Jerzy, daß du durch deine Dummheit die Polizei erst auf dich aufmerksam gemacht hast», erklärte Ziegler höhnisch, während er sich schwerfällig seinen Mantel anzog. «Wenn hier irgendeiner etwas vermasselt hat, dann bist du das gewesen, merk dir das. Jetzt hör auf mit dem Jammern und laß uns endlich losgehen. Ich möchte nicht durch deine Schuld noch mehr Zeit verlieren.»

«Geh doch alleine. Mich interessiert das alles nicht», entgegnete Pakula wenig überzeugend.

«Oh, nein, du kommst mit mir mit. Dich möchte ich jetzt nicht gerne aus den Augen lassen. Du kommst noch auf dumme Gedanken und versuchst mich zu hintergehen. Außerdem wird Szretter dir noch einige Fragen stellen wollen. Mit seiner Hilfe möchten wir doch das ganze schöne Geld wiederfinden, nicht wahr? Du hast alles vermasselt, jetzt kannst du sehen, wie du das wiedergutmachst, indem du fleißig bei der Suche mithilfst. Szretter hat gute Verbindungen, und so einen großen Batzen wird er sich nur ungern entgehen lassen wollen. Außerdem möchtest du doch, daß ich dich wohlbehalten aus diesem schrecklichen Land wieder herausgeleite. Wenn ich dein Schutzengel sein soll, dann mußt du mir ein wenig unter die Flügel greifen. Auf, auf, Jerzy, komm schon!»

Also ging er mit. Auch wenn er Zieglers Versprechungen nicht traute.

Kasia würde er heute dann wohl nicht sehen. Aber seine Stimmung war ohnehin rapide gesunken. Was soll's auch, dachte er bitter, die Nutte ist mit dem Geld über alle Berge, ich habe mich eben einwickeln lassen. Wie kann man in meinem Alter überhaupt noch solche sentimentalen Gefühle entwickeln? Das ist doch alles zu albern!

«Willst du dort einpennen?» rief Ziegler ihm von der Zimmertür aus zu. «Komm endlich!»

Pakula nahm seinen Mantel und ging hinter ihm her.

KAPITEL 16

Ziegler hatte sich einen Leihwagen besorgt. Im Handschuhfach lag ein Stadtplan von Warschau, und Pakula sollte ihm den Weg erklären. Es dauerte eine Weile, bis er die Straße gefunden hatte, die Szretter angegeben hatte. Sie befand sich am äußersten Südrand der Stadt.

Jetzt am Abend waren die Straßen nicht mehr so stark befahren, und sie kamen zügig voran. Vereinzelt strahlten kunstvolle, bunte Neonreklamen an hohen Gebäuden in die schwarze Nacht. Es gab hier wesentlich weniger Straßenlampen und Leuchtreklamen als etwa in Hamburg. Trotzdem bewahrte Warschau das Flair einer Großstadt, besonders nachts.

Nach dem Verlassen der Innenstadt ließen sie die großen, langgestreckten Gebäude hinter sich, die sich entlang der breiten Straßen zogen. Die Straßen wurden enger, die Häuser kleiner, die Beleuchtung noch dürftiger. Je weiter sie fuhren, um so mehr erschien es Pakula, als würden sie ein oder zwei Jahrzehnte zurückreisen, in eine Zeit, in der man mit dem Licht noch etwas sparsamer umgegangen war. Schließlich fuhren sie durch ein Gebiet, wo sich brachliegende Flächen mit Hochhaussiedlungen abwechselten. Die gelblichen Lichter der Wohnungsfenster und der kleinen Straßenlaternen vor den Gebäuden schimmerten schwach im aufkommenden Nebel.

Pakula hatte sich mehrmals umgesehen, aber nicht erkennen können, ob ihnen ein Wagen gefolgt war. Ziegler fuhr konzentriert und schweigend. Als sein Beifahrer sich zum wiederholten Mal umblickte, lachte er:

«Gib dir nicht so viel Mühe, man kann uns nichts anhaben. Bei mir bist du gut aufgehoben. Selbst die polnische Polizei wird sich an deinem Freund Ziegler nicht so gerne die Finger verbrennen wollen», verkündete er großspurig.

«Szretter wird sich doch sicherlich nicht freuen, wenn wir ihm die Polizei mit ins Haus bringen.»

«Der ist ganz anderes gewohnt. Er ist eine Institution. Ein Geschäftsmann wie er hat die besten Verbindungen. Keiner wird ihm so mir nichts, dir nichts auf den Pelz rücken wollen.»

«Was macht ihn denn so wertvoll?»

«Es ist das gleiche wie überall: das Geld natürlich, was sonst.

In einem Land, in dem sich das Bruttosozialprodukt auf zwei verschiedene Wirtschaftssysteme verteilt, dem offiziellen und dem illegalen, ist derjenige am besten dran, der für beide Lager arbeitet. Wer immer die richtigen Leute kennt, kann eine Menge erreichen. Hier in Polen, wo der kapitalistische Schwarzmarkt genauso groß ist wie die sozialistische Planwirtschaft, fällt es einem guten Geschäftsmann leicht, ein solides Netz aus Verbindungen und Verbindlichkeiten zu knüpfen, das um so stabiler ist, je mehr Persönlichkeiten des öffentlichen oder staatlichen Lebens an ihm beteiligt sind. Nicht direkt natürlich, aber es gibt eine Menge Leute, die gut und gerne davon leben, daß sie die Kurierdienste erledigen. Die wahren Nutznießer eines doppelbödigen Wirtschaftssystems verstehen es, sich gegenseitig abzusichern und ihre Verbindungen zu verschleiern. Szretter ist ein cleverer Bursche, dem wird man so leicht nicht das Wasser abgraben.»

«Woher weißt du denn so genau über ihn Bescheid?»

«Über seine Geschäftspartner muß man genaue Informationen einholen. Das gilt in jeder Branche. Ich habe auch hier in Warschau meine Kanäle, die ich nutzen kann.»

Pakula hielt das alles für pure Prahlerei. Er blickte auf den fett und selbstgefällig dasitzenden Ziegler und wünschte ihm alles Schlechte.

«Mit was macht er denn seine Geschäfte?»

«Aber Jerzy! Daß du mich so etwas fragst. Das mußt du doch besser wissen als ich, du bist doch der Pole. Ich nehme an, er handelt mit allem, was man nicht so ohne weiteres zu jeder Zeit und in jeder Menge im Laden kaufen kann. Und das ist doch so gut wie alles, nicht wahr –»

«Das ist doch nur ein dummes, kapitalistisches Vorurteil!» unterbrach ihn Pakula. «Von vielen Sachen gibt es durchaus genug zu kaufen.»

«Oho!» rief Ziegler entzückt. «Du ergreifst Partei, und dann mit solchen Worten! Aber Jerzy, gib es auf, kein Mensch ist noch daran interessiert, einen Kommunisten aus dir zu machen. Ein kapitalistisches Vorurteil!» Ziegler lachte vor sich hin, und Pakula bereute, überhaupt ein Wort gesagt zu haben. «Dieser Kapitalismus», sagte Ziegler kopfschüttelnd, «ist doch ein penetrantes, widerstandsfähiges Unkraut, was? So viele Gärtner hegen und pflegen das zarte Pflänzchen Sozialismus, aber immer wieder wird dieser hübsche Garten vom bösen Samen, der über die Mauer geflogen kommt, verunstaltet. Es ist doch ein Jammer für euch arme Kommunisten!»

Pakula ließ sich nicht provozieren und schwieg.

«Aber damit nicht genug», fuhr Ziegler fort, «solche bösen Individuen wie dieser Szretter handeln auch noch mit verwerflicheren Dingen.»

«Zum Beispiel mit Falschgeld.»

«Das kann schon sein.»

«Was wollte er dir dafür denn verkaufen? Oder wolltest du ihn reinlegen? Wußte er, daß es Falschgeld ist, das er bekommen sollte?»

«Ich will doch keinen Selbstmord begehen, natürlich wußte er das. Auch Falschgeld kann er in seiner Branche gelegentlich nutzbringend einsetzen.»

«Was solltest du dafür bekommen?» fragte Pakula noch einmal.

Ziegler machte eine abwehrende Geste. «Sieh lieber auf deinem Plan nach, wo wir jetzt sind.»

Sie bogen in eine kleine Straße ein, die zwischen kahlen Feldern hindurch auf einen Hochhauskomplex hinführte. Es dauerte lange, bis sie die richtige Hausnummer gefunden hatten, weil sämtliche Lampen neben den Eingangstüren nicht funktionierten. Ziegler klingelte, und die Tür wurde sofort geöffnet. Das Treppenhaus war sehr eng, Wände und Stufen aus rohem Beton, ein Geländer fehlte. Trotzdem schien das Haus schon länger bewohnt zu sein. Vor einer grauen schmalen Wohnungstür standen Kinderschuhe und ein Dreirad, bei dem das rechte Hinterrad fehlte. Der Fahrstuhl war außer Betrieb. Sie mußten bis in den sechsten Stock laufen. – Das sind nun die begehrtesten Wohnungen in diesem Land, dachte Pakula.

Ziegler ging voran durch eine Wohnungstür, die nur angelehnt war. Die Wohnung war sehr klein. Ein schmaler Gang führte geradeaus auf ein winziges Badezimmer zu, dessen Tür geöffnet war, man sah die Badewanne, die unverkleidet im Raum stand. Eine linke Tür führte in die Küche, auf der rechten Seite gab es noch zwei Zimmer. Sie traten in das zweite ein, Ziegler zuerst. Eine Seite des Raumes wurde von einer billigen

Schrankwand eingenommen, in deren Regalen einige Bücher und etwas Nippes lagen sowie ein altertümliches Kofferradio. Davor stand ein Bett mit Kissen an jedem Ende, so daß man darauf sitzen konnte. Momentan saßen darauf, säuberlich angeordnet, einige Stofftiere und zwei Puppen in weißen Kleidchen. Am Fenster, neben der schmalen Balkontür, stand ein niedriges eckiges Sofa, davor ein Wohnzimmertisch und nicht dazu passende Sessel. An der freien Wand hingen einige große und kleine Bilder mit nackten Frauen, manche davon eindeutig pornographisch. Auf dem Boden lag ein kleiner, abgenutzter, braunroter Teppich.

Ausgestreckt auf dem Sofa, mit geschlossenen Augen und schwer atmend, lag ein Mann. Seine Füße mitsamt den Schuhen lagen auf einem sorgfältig bestickten Sofakissen. Er war groß und kräftig, mit einem breiten, unrasierten Gesicht und wirren fettigen Haaren. Als die beiden Männer eintraten, öffnete er die Augen, drehte ein wenig den Kopf und blickte stumpfsinnig zu ihnen hin.

Ein anderer Mann stand von einem der Sessel auf und drehte sich zu ihnen herum. Er war sehr groß und dünn. Nicht nur sein knochiges Gesicht hatte etwas Geierhaftes an sich. Er trug einen schwarzen Anzug, der wie ein Lappen an ihm herunterhing, ein weißes Hemd und eine geschmacklose schwarze Lederkrawatte. Außerdem eine teure goldene Uhr am Handgelenk und einen schweren Siegelring an einem langen dünnen Finger. Seine Hände wirkten ungeheuer stark behaart. Er mochte etwa Anfang Vierzig sein. Der Mann auf dem Sofa war jünger.

Ziegler grüßte mit erhobener Hand auf englisch: «Hello, Szretter.»

Der Angesprochene sah die beiden Eintretenden unbeweglich aus kalten grauen Augen an.

«How are you, Mr. Szretter?» fragte Ziegler mit einem Lächeln.

«Setzen Sie sich», sagte dieser mit einer kratzigen Stimme und deutete auf die beiden Sessel. Er selbst zog sich aus einer Zimmerecke einen Stuhl heran. Sie saßen in ihren Sesseln sehr tief und mußten zu dem langen Szretter auf seinem Stuhl hinaufblikken.

«Setz dich hin, Jurek, wir haben Besuch!» befahl Szretter dem

Mann auf dem Sofa, der sich daraufhin aufsetzte und mit einem stumpfen, müden Blick vor sich auf den Boden stierte.

Dann sprach Szretter wieder Englisch:

«Ich habe die Mädchen weggeschickt. Wir haben also genug Zeit, uns über alles zu unterhalten.»

«Haben Sie nicht etwas zu trinken? Wir hatten einen weiten Weg hierher», sagte Ziegler, und Pakula glaubte einen unterwürfigen Tonfall in seiner Stimme wahrzunehmen.

Szretter sagte etwas zu Jurek, und der stapfte mit schweren Schritten in die Küche und kam mit einem Armvoll Bierdosen zurück, die er auf den Tisch stellte. Ziegler grapschte sich sofort eine der Dosen und riß den Verschluß auf. Pakula beschloß, mit dem Trinken lieber noch etwas zu warten.

Szretter blickte seine beiden Gäste prüfend an und fragte dann:

«Sie haben das Geld nicht dabei?»

Pakula sah, wie Ziegler sich mit dem Ärmel die Biertropfen vom Kinn wischte, die aus seinem Mundwinkel geflossen waren.

«Nein», sagte Ziegler, «wir haben nichts dabei. Ich dachte mir, es sei klüger, noch damit zu warten.»

Szretter lächelte finster. «Dann sind Sie ganz umsonst gekommen.»

«Unser Freund Pakula ist schon einmal in eine schwierige Lage geraten, als er sich mit Ihnen verabredet hatte. Das wollten wir diesmal vermeiden.»

Pakula verspürte den Drang, Ziegler zu unterbrechen und sofort zu sagen, daß das Geld verschwunden sei. Aber warum sollte er sich jetzt auch noch diesem unbekannten Szretter in die Hände spielen?

«Daß es nicht geklappt hat, ist nicht meine Schuld. Jemand hat uns ins Handwerk gepfuscht. Keiner konnte das voraussehen. Es sind plötzliche Komplikationen aufgetreten.»

«War es ein Unfall, oder ist dieser Junge vor dem *Metropol* absichtlich überfahren worden?»

«Es war Mord», sagte Szretter gleichgültig.

«Wer war denn der Junge?» fragte Pakula weiter.

«Das ist nicht weiter interessant.» Szretter machte eine geringschätzige Handbewegung. «Irgend so ein schwächlicher, nichtsnutziger Makiwara-Fresser. Machen Sie sich um den keine Sorgen, es ist sowieso besser für ihn, daß er draufgegangen ist.»

«Was ist denn *Makiwara*?»

Szretter sah Ziegler an, und der sagte: «Ich habe ihm nichts erzählt.»

«Dann braucht er auch jetzt noch nichts zu erfahren.»

«Der arme Pakula war so lange von seiner Heimat entfernt, daß er sich von seiner eigenen Kultur entfremdet hat», sagte Ziegler. «Die neuesten Sprachschöpfungen hat er noch gar nicht mitbekommen, und auch gar nicht die neueren Warenentwicklungen auf dem Schwarzmarkt.»

Er ging Pakula immer mehr auf die Nerven.

«Er findet sich ja gar nicht mehr zurecht in seinem Heimatland, der Arme», stichelte Ziegler, «wenn ich nicht gewesen wäre, hätte er Warschau nie mehr wiedergesehen. Ein Pole ohne Heimat versumpft in der westlichen Dekadenz! Wäre das nicht furchtbar gewesen?»

Diese miese, kleine Ratte, dachte Pakula, warum kann ihm nicht mal einer das Maul stopfen? Und zu Szretter gewandt, fragte er:

«Wer kann denn ein Interesse daran haben, diesen Krzysztof über den Haufen zu fahren?»

«Wir haben da einige geschäftliche Differenzen hier in Warschau mit gewissen orientalischen Händlern, die versuchen Fuß zu fassen. Sie sind hier nicht erwünscht, und das führt zu einer Art Kleinkrieg. Aber es wirbelt nicht sehr viel Staub auf. Wir verschaffen ihnen ein bißchen Kanonenfutter, und sie sind damit zufrieden. In ein paar Tagen werden wir sie ausräuchern, und dann herrscht wieder Ruhe.»

«Mit solchen Mafia-Methoden arbeitet man in Warschau?» fragte Pakula ungläubig.

«Die Methoden sind überall auf der Welt die gleichen, nennen Sie es wie Sie wollen.»

«Und nur weil es Ihnen gerade in den Kram gepaßt hat, haben Sie diesen Jungen überfahren lassen?»

«Ich habe ihn nicht überfahren lassen. Ich habe nur geahnt, daß irgend etwas passieren würde. Auf diese Weise haben wir unsere Gegner beschäftigt. Und in der Zeit, wo sie versuchen müssen, ihre Spuren vor der Polizei zu vertuschen, haben wir freie Bahn.»

«Das ist ja zum Kotzen!»

«Ah!» mischte sich Ziegler wieder ein, der gerade die zweite Dose Bier geöffnet hatte. «Nun hör sich das einer an! Der gute Jerzy führt sich als Moralist auf. Fein, fein, nur weiter so. Wie wär's, wenn du mal wieder in die Kirche gingst? Du kannst gleich für mich mitbeichten...»

«Ach, halt endlich die Schnauze!» fuhr Pakula ihn an, und während dieser noch kindisch vor sich hin kicherte, wandte er sich an Szretter: «Warum beschäftigen Sie sich überhaupt noch mit diesem Blindgänger? Der kann Ihnen doch gar nichts mehr bieten. Das Geld ist längst weg. Ich habe es nicht, er hat es auch nicht. Kein Mensch weiß, wo es hingekommen ist.»

Über Zieglers Kinn lief ein Schwall Bier.

Szretter sah ihn scharf an: «Stimmt das?»

Ziegler stellte die leere Bierdose zurück auf den Tisch.

«Na ja», brabbelte er, «was heißt längst weg, man müßte nur ein wenig danach suchen. Sie haben doch Verbindungen. Und Warschau ist doch nicht so groß.»

«Sie gottverdammter Amateur», schrie Szretter.

Ziegler richtete sich auf und sah ihn böse an:

«Das muß ich mir nicht bieten lassen!» brüllte er, und seine Stimme klang plötzlich viel höher. Sein Gesicht lief knallrot an und er schnaufte. «Wären Sie nicht so lahmärschig gewesen, hätten wir das Geschäft schon längst über die Bühne gebracht.» Er deutete auf Pakula. «Warum haben Sie ihn denn so lange nichtsnutzig im Hotel rumsitzen lassen?»

Szretter sah ihn kalt an und rührte sich nicht. Dann sagte er mit eisiger Stimme: «Meine Entscheidungen müssen Sie schon mir überlassen. Es hat einige Komplikationen gegeben. Sie haben mir da nicht reinzureden. Und vor allem schreien Sie nicht so herum. Wenn Sie mit mir Geschäfte machen wollen, müssen Sie sich meinen Gepflogenheiten anpassen. Und das heißt, daß Sie sich ruhig verhalten, oder ich lasse Sie rausschmeißen.»

Es fehlte nicht viel und Ziegler wäre Schaum vor den Mund getreten. Pakula genoß diesen Moment. Er sah, wie Zieglers Patschhändchen zitterten und wie er schluckte und schwitzte. Aber er schaffte es, seinen Zorn zu unterdrücken.

«Wir müssen das Geld wiederbekommen», stieß er mühsam hervor.

Szretter nickte: «Genau.» Und an Pakula gewandt: «Was ist mit dem Geld passiert?»

Pakula erzählte ihm die gleiche Geschichte wie vorher Ziegler. «In welchen Schwierigkeiten stecken Sie denn?» fragte er dann. «Wenn Sie mir nichts sagen, kann ich Ihnen auch nicht behilflich sein.» Je mehr er über die Situation hier in Warschau erfahren konnte, um so besser war es für ihn. «Diese orientalischen Händler, von denen Sie gesprochen haben, sind das Araber?»

«Es sind Syrer», sagte Szretter, «es gibt eine Menge syrischer Geschäftsleute hier. Sie sind alle an irgendwelchen offiziellen Geschäften beteiligt. Polen unterhält gute Beziehungen zu den arabischen Ländern, und Araber haben zur Zeit keine Probleme, hier ein- und auszureisen. Nun hat sich aber in der letzten Zeit allerhand Gesindel eingeschlichen. Sie versuchen auch auf dem Schwarzmarkt mitzumischen. Zum Beispiel gibt es Schmuck, den man hier in Polen sehr billig kaufen und im Ausland einen sehr guten Gewinn damit erzielen kann. Das ist aber für uns uninteressant. Aber inzwischen sind auch ein paar Verrückte aufgetaucht, die versuchen, den Jugendlichen das Geld aus der Tasche zu ziehen, indem sie Opium und Heroin importieren – und gegen Devisen verkaufen, wohlgemerkt. Das wird kaum funktionieren, denn kein Mensch kann über längere Zeit hinweg solche Mengen von Westdevisen aufbringen, aber momentan bringen sie unseren ganzen Markt durcheinander. Mit welchen Methoden sie arbeiten, haben Sie selbst gesehen. Der Junge ist nicht der erste gewesen, den sie fertiggemacht haben. Und das alles nur, um uns einzuschüchtern.»

«Und Sie sind auch im Rauschgifthandel tätig?»

«Wir haben hier unseren speziellen polnischen Markt. Der ist billiger, und wir erzeugen unsere Ware im Land.»

«Dieser Junge, der überfahren wurde, war also ein Rauschgiftsüchtiger.»

«Das ist schon möglich.»

«Ein doppeltes Opfer Ihrer Machenschaften.»

Szretter blickte Pakula aus seinen kalten Vogelaugen an: «Hätte er kein Rauschgift genommen, hätte er getrunken. Ich habe den Staat um einige Einnahmen aus dem Alkoholhandel gebracht, das ist alles. Jeder ist sein eigener Herr, jeder sucht sich seine Gifte selbst aus. Dafür bin ich nicht verantwortlich.»

Das war die übliche billige Ausrede jedes gewissenlosen Geschäftemachers.

«Und dieses *Makiwara* ist das Rauschgift, mit dem Sie handeln?»

Szretter zuckte mit den Schultern.

«Nun hat er es endlich kapiert», meldete sich Ziegler wieder zu Wort.

«Irgendwelche Araber haben mich eine Zeitlang verfolgt», sagte Pakula.

«Sie müssen gewußt haben, daß wir jemand erwarteten», sagte Szretter.

Eine kleine Hoffnung tauchte in Pakulas Gedanken auf. Dieser Szretter schien wirklich sehr gute Verbindungen zu haben. Und er, der keine Chance mehr besaß, wieder aus diesem Land herauszukommen und sich schon fast hinter den Gittern der polnischen Zuchthäuser sah, griff gerne nach jeder auch noch so unsicheren Rettungsmöglichkeit, die sich ihm bot.

«Nehmen wir einmal an», sagte er zu Szretter, «ich helfe Ihnen, das Geld wiederzubekommen, könnten Sie mir dann helfen, aus dem Land hier wieder zu verschwinden?»

Szretter nickte langsam: «Ich würde mich erkenntlich zeigen.»

Ich muß Kasia wiederfinden, dachte Pakula. Es schien die einzige Möglichkeit zu sein, seinen Kopf aus der Schlinge zu ziehen. Auch wenn er nicht glauben wollte, daß sie ihn bestohlen hatte, klammerte er sich doch an diese kleine Hoffnung. Aber würde er sie jemals wiederfinden? Mußte sie dann nicht längst verschwunden sein, wenn sie vernünftig war? Hatte er überhaupt noch eine Chance, etwas zu unternehmen?

Szretter wandte sich nun an Ziegler: «Mr. Ziegler, es sieht ganz so aus, als ob unsere geschäftliche Vereinbarung inzwischen hinfällig geworden ist.»

«Was meinen Sie damit?» Ziegler sah ihn schief an.

«Sie haben kein Geld, also bekommen Sie von mir keine Waren geliefert.»

Ziegler war irritiert. «Ich werde Ihnen das Geld wiederbeschaffen.»

«Wenn Sie nicht noch mehr davon bei sich haben, können Sie das vergessen.» Das Vogelgesicht verzog sich zu einem höhnischen Grinsen: «Das Geld, das Sie verloren haben, kann ich mir selbst wiederbeschaffen. Ich glaube kaum, daß Sie sich hier in Warschau so gut zurechtfinden, daß Sie schneller sind als ich.»

«Das ist Betrug!» rief Ziegler.

Szretter lachte lautlos. «Haben Sie etwas anderes von mir erwartet? Wenn Sie mit leeren Händen zu mir kommen, sind Sie selbst schuld. Ich leite keinen Wohltätigkeitsverein. Das kann ich mir nicht leisten. Für mich sind Sie nicht mehr interessant, Mr. Ziegler.»

Ziegler war blaß geworden. Seine Hände verkrampften sich auf den Lehnen des Sessels.

«Das ist ein Witz!» stieß er hervor.

«Nein, das ist kein Witz», sagte Szretter und stand auf, «das Geschäft ist geplatzt. Falls Sie mir wieder einmal ein Angebot zu machen haben, wissen Sie, wie Sie mich erreichen können. Und jetzt ist es besser, wenn Sie gehen.» Er streckte seinen langen, dünnen Arm aus und deutete in Richtung Tür.

Ziegler blickte einen Moment lang dumpf vor sich hin.

«Das können Sie mit mir nicht machen», murmelte er.

Dann sprang er von seinem Sessel auf und schrie noch einmal: «Das können Sie mit mir nicht machen!» Und plötzlich hatte er eine kleine Pistole in der Hand. Den rechten zitternden Arm weit von sich gestreckt, richtete er sie auf Szretter. Mit seiner freien Hand deutete er auf dessen Stuhl: «Setzen Sie sich wieder da hin. Los!» Seine Stimme bebte und wieder sprach er unnatürlich hoch: «Hinsetzen!»

Szretter hatte die Arme lässig gehoben und grinste immer noch.

Pakula saß zwischen den beiden. Er war erstaunt über Zieglers plötzliche Schnelligkeit.

Aber Ziegler hatte nicht mit Szretters Leibwächter gerechnet. Noch bevor er die Übersicht über die von ihm heraufbeschworene Situation gewonnen hatte, stürzte Jurek über den niedrigen Tisch, der vor ihm stand, auf Ziegler und riß diesen über seinen Sessel hinweg auf den Boden. Zieglers Waffe flog in hohem Bogen durch das Zimmer. Szretter sprang hinter ihr her und hob sie auf. Die beiden massigen Männer rangen einen Moment lang keuchend auf dem Boden miteinander. Dann blieb Ziegler regungslos unter dem anderen liegen. Nach Atem ringend stand Jurek wieder auf. Ziegler lag auf dem Bauch, verkrümmt, das Gesicht zur Seite gedreht, die Augen geschlossen. Sein Gesicht war blau angelaufen. Seine Jacke hatte am Ärmel einen tiefen Riß.

Auf eine Kopfbewegung von Szretter hin knipste Jurek Zieglers Hosenträger ab und band ihm damit die Hände auf den Rükken. Dann ging er in die Küche und kam mit einem schmutzigen Geschirrhandtuch wieder zurück. Er holte ein Taschentuch aus Zieglers Hosentasche und stopfte es ihm in den Mund, dann band er das Handtuch darüber. Als er fertig war, begann Ziegler sich wieder zu regen. Noch mit geschlossenen Augen wand er sich und versuchte zu schreien. Dann öffnete er die Augen, wälzte sich über den Boden und blieb in einer nicht weniger unbequemen Haltung liegen.

«Nimm ihn, fahr irgendwohin und laß ihn laufen. Ich kann ihn nicht mehr gebrauchen», sagte Szretter zu Jurek.

Der riß Ziegler unsanft vom Boden hoch und stieß ihn rücksichtslos aus dem Zimmer hinaus.

Szretter setzte sich auf das Sofa und schlug die Beine übereinander.

«Tja, mit solchen Burschen sollte man am besten überhaupt keine Geschäfte machen», sagte er nun auf polnisch. «Aber ich denke, den sind wir los, der wird sicherlich froh sein, wenn er heil aus dem Land kommt.»

«Unterschätzen Sie ihn nicht», sagte Pakula, «Ziegler ist kein so kleiner Fisch, wie Sie vielleicht glauben. Das ist nicht das erste Mal, daß er sich hier in Polen herumtreibt.»

Szretter lachte trocken: «Ich kenne den Kerl. Das ist ein Angeber, es steckt nichts dahinter. Der wird sich bei mir nicht mehr blicken lassen.»

«Da wäre ich mir nicht so sicher.»

«Ach was! Das ist ein halber Irrer. Wissen Sie, was er mir für ein Geschäft vorgeschlagen hat? Das ist zum Lachen!»

«Ich habe keine Ahnung. Ich weiß nur, daß es Falschgeld war, das ich hierhergeschmuggelt habe.»

«Ja, ja, aber wissen Sie auch, was er damit vorhatte?»

«Nein, ich frage mich, wie er mit falschen Dollar hier Geschäfte machen wollte. Sie gegen Złoty einzutauschen, wäre doch ziemlich sinnlos gewesen.»

«Eben», sagte Szretter und beugte sich nach vorne. «Nehmen Sie jetzt ein Bier? Sie sehen ein bißchen durstig aus, nach all diesem Trubel.»

«Danke.» Jeder öffnete eine Dose, und sie lehnten sich zurück. Szretter bot Pakula eine Players an.

«Dieser Schlaumeier Ziegler», sagte Szretter, «hat sich etwas ganz Raffiniertes ausgedacht. Für die falschen Dollar wollte er Rauschgift einkaufen. Aber nicht Heroin oder Opium oder sonstwas – das hätte er im Westen günstiger bekommen. Das gibt es ohnehin so gut wie gar nicht hier bei uns. Nein, er wollte uns unser Selbstproduziertes abkaufen.»

«*Makiwara* – diesen Mohnsud?»

«Genau das. Er hat sich wohl ausgerechnet, daß er damit zu Dumpingpreisen auf dem westdeutschen Markt einen guten Profit machen kann. Das Zeug ist ja wesentlich billiger als richtiges Heroin, aber fast genauso wirksam. Als er mir anbot, ihm eine größere Ladung gegen falsche Dollar zu verkaufen, habe ich natürlich eingewilligt. Mit echtem Geld bezahlt, hätte er gar keinen Gewinn machen können. Mich kostet das Zeug kaum etwas, und die falschen Dollar hätte ich bei Gelegenheit sicherlich gut gebrauchen können. – Wie er *Makiwara* außer Landes bringen wollte, ist mir schleierhaft. Na ja, das Geschäft ist geplatzt, und der arme Ziegler sitzt auf dem trocknen. Mir kann das ganz gleich sein.»

Pakula hatte einen Verdacht. «Haben Sie das Geld aus meinem Hotelzimmer stehlen lassen?»

Szretter breitete die Arme aus: «Oh, nein, ich bin ganz unschuldig. Ich habe wirklich keine Ahnung, wer das gewesen sein könnte. Und mein Angebot gilt selbstverständlich noch: Wenn Sie mir das Geld beschaffen können, werde ich mich gern erkenntlich zeigen. Es gibt viele Wege, die mir offenstehen. Haben Sie einen Verdacht?»

«Ich bin mir nicht sicher. Aber ich werde wohl alles versuchen müssen. Ich habe gar keine andere Wahl.»

«Da haben Sie recht. Aber vergessen Sie nicht: Auch ich werde meine Männer losschicken. Und früher oder später werden sie auf die richtige Spur treffen.»

Pakula nickte. Das waren ja keine rosigen Aussichten.

Szretter stand auf.

«Es ist spät geworden. Ich werde Ihnen ein Taxi kommen lassen.»

KAPITEL 17

Es war schon sehr spät, als Pakula vor seinem Hotel aus dem Taxi stieg. Die Fahrt durch die schwach erleuchteten Straßen und durch den sehr dichten Nebel war seltsam lautlos gewesen. Der Taxifahrer war sehr langsam gefahren, und er wäre beinahe auf dem Beifahrersitz eingeschlafen. Die mächtigen Häuserfassaden waren nur schemenhaft zu erkennen, die ganze Stadt schien sich hinter einem immer dicker werdenden Schleier verstecken zu wollen.

Selbst als er nun dicht davorstand, waren von dem großen Hotelgebäude nur undeutliche Lichtstreifen zu erkennen. Nur in der Nähe des Eingangs leuchteten einige hellere weiße Lampen.

Pakula ging darauf zu und stolperte über die Bordsteinkante.

Aus dem hellen Dunst in der Nähe des Eingangs lösten sich zwei dunkelgraue Gestalten. Sie wurden von hinten angestrahlt, und er konnte nur ihre Umrisse erkennen. Aus der schwarzen Nacht rechts und links neben ihm schoben sich zwei weitere Figuren. Noch ehe er bemerkt hatte, daß sie geradewegs auf ihn zu kamen, hatten sie ihn schon umringt. Und noch bevor er eine Frage stellen konnte, spürte er feste Griffe an Oberarmen und Schultern und hörte eine Stimme sagen:

«W imieniu prawa Polskiej Rzeczypospolitej Ludowej jesteście panie Pakula aresztowani!»

Er war im Namen der Volksrepublik Polen verhaftet.

Sie zogen ihn aus dem Licht zur Seite, schoben ihn um die Ecke des Hotelgebäudes und über den Parkplatz hinweg auf die Rückbank eines Wagens. Je ein Mann setzte sich rechts und links neben ihn, so daß er in dem kleinen Fiat in der Mitte eingezwängt saß. Die Männer trugen feuchte Regenmäntel, die einen unangenehm modrigen Geruch verströmten. Der Wagen fuhr mit quietschenden Reifen los.

Pakula schloß die Augen. Das war also das Ende. Sie wußten seinen richtigen Namen, er war verloren. –

Man brachte ihn in einen kahlen Raum ohne Fenster. Außer einem eisernen Schreibtisch, auf dem nur eine Lampe stand, und ein paar Stühlen gab es kein Mobiliar. Sie setzten ihn auf einen Stuhl und stellten eine Stehlampe so zurecht, daß sie ihm ins Gesicht leuchtete – genauso, wie er es sich in seinen Angstträumen immer vorgestellt hatte. Zwei Beamte blieben bei ihm sitzen und warteten wortlos. Als er beinahe vor Erschöpfung und Resignation eingenickt war, öffnete sich die schwere Eisentür und Kronstad trat herein. Er sah genauso aus wie bei ihrem ersten Zusammentreffen. Trotz der fortgeschrittenen Stunde wirkte er frisch und ausgeruht. Er setzte sich hinter den Schreibtisch, schlug eine graue Aktenmappe auf, die er mitgebracht hatte, und blickte Pakula interessiert an.

«Guten Abend», sagte er, aber Pakula fand es sinnlos, irgend etwas darauf zu antworten.

«Ihre exzellenten polnischen Sprachkenntnisse haben mich mißtrauisch gemacht», fuhr Kronstad fort, «es gibt kaum Deutsche, die unsere Sprache so gut beherrschen. Selbst wenn Ihre Mutter es Ihnen beigebracht hätte, würden Sie kaum eine so korrekte Aussprache haben können, auch wenn Sie sich noch so rührend bemüht haben, ein paar Fehler zu machen. Ihr Akzent bei der Aussprache des Deutschen wiederum kam mir doch sehr bekannt vor. Ich versuchte mich zu erinnern, bis ich entdeckte, daß ich selbst eine ähnliche Aussprache habe. Es dauert sehr lange, bis wir Polen uns der deutschen Sprachmelodie angepaßt haben, falls wir es überhaupt jemals schaffen. – Bis unsere Fachleute festgestellt hatten, daß Ihr Paß eine Fälschung ist, hat recht lange gedauert, denn wir sind nicht gerade mit den modernsten Geräten ausgerüstet. Man hat mir versichert, daß es eine erstklassige Arbeit sei, Sie können also zufrieden sein mit dem Herrn, der ihn Ihnen angefertigt hat.» Kronstad lächelte ein wenig, aber nicht höhnisch, eher mitleidig. «Natürlich mußte ich mich dann fragen, warum ein Pole in Polen kein Pole sein will. Daß es viele Leute gibt, die auf unser Land nicht besonders stolz sind, weiß ich auch, obwohl ich deren Meinung nicht teilen kann. Aber meines Wissens geht diese Abneigung im allgemeinen nicht so weit, daß man sich falsche Pässe mit fremden

Staatsangehörigkeiten ausstellen läßt, obwohl ich denke, daß dies einmal eine interessante neue Protestform für unsere Oppositionellen wäre. Und Sie wirkten auch gar nicht wie ein Verschwörer auf mich. – Also konnte da nur etwas Kriminelles dahinterstecken. Ich habe in unseren Archiven nachgesehen und tatsächlich ein Bild von Ihnen entdeckt, und ich mußte feststellen, daß eine umfangreiche Akte über Sie existiert. Nun ja, ich hoffe, Sie nehmen es mir nicht übel, daß ich Ihnen so etwas gar nicht zugetraut hätte: Ich hielt Sie für einen simplen Wirtschaftskriminellen, der sich mit Schmuggelgeschäften über Wasser hält. Hier bei uns blüht ja dieser ‹inoffizielle Handel› mit den kapitalistischen Ländern. Aber daß ich einen Spion vor mir habe, hat mich dann doch sehr überrascht. Noch dazu, wo Sie sich dermaßen amateurhaft benommen haben.

In meinen Unterlagen steht, daß Sie 1980 in Bonn als BND-Agent enttarnt wurden, daß Sie sich einer Bestrafung entzogen haben, indem Sie dort im Ausland geblieben sind und anschließend ausgebürgert wurden. Bei einer Wiedereinreise in Ihr Heimatland mußten Sie damit rechnen, verhaftet und verurteilt zu werden. Ich frage mich also, warum Sie wieder hierhergekommen sind. Ein falscher Paß ist ein fragwürdiger Schutz. Um nur Ihr Heimweh zu kurieren, wären Sie ein enormes Risiko eingegangen. Also muß mehr dahinterstecken. Aber als Spion, wenn Sie noch als solcher arbeiten sollten, taugen Sie hier im Land nicht mehr viel, denn Sie haben alle Verbindungen zu den interessanteren Institutionen verloren. Was also ist der Grund Ihres Aufenthaltes in Warschau, frage ich mich? Und was haben Sie mit diesem Falschgeld zu tun, und mit wem arbeiten Sie zusammen?

Damit Sie kein allzu schlechtes Gewissen bekommen bei der Beantwortung meiner Fragen, möchte ich Ihnen noch folgendes ans Herz legen: Die Sonderabteilung, deren Leiter ich bin, befaßt sich zu einem großen Teil mit der Aufdeckung von Wirtschaftsverbrechen in Zusammenhang mit den kapitalistischen Ländern. Mit Spionage haben wir dabei weniger zu tun. Wir haben einen kleinen Handlungsspielraum. Falls erforderlich, können wir gewisse Prioritäten setzen. Sollten Sie wichtige und nützliche Informationen für uns haben, sind auch wir bereit, Ihnen etwas entgegenzukommen. Aber auch wir sind keine Samariter, bedenken Sie das!»

Die Fronten waren nun klar abgesteckt. Pakula nahm das dankbar zur Kenntnis. Kronstad machte einen recht anständigen Eindruck. Das mochte täuschen, war aber der einzige Hoffnungsschimmer. Noch war er nicht in den Händen der polnischen Geheimpolizei. Vielleicht war Kronstads Angebot eine Finte, vielleicht würde er ihn sofort nach seiner Aussage an den Geheimdienst weiterreichen. Aber was machte es dann schon für einen Unterschied, wenn er alles erzählt hatte? Solange er redete, konnte ihm das nur noch nützen.

Also redete er.

Er erzählte die ganze Geschichte, vom Anfang bis zum Ende. Kronstad hörte ihm schweigend zu und machte sich Notizen. Am Ende von Pakulas Bericht ließ er sich die beteiligten Personen noch einmal genauer beschreiben.

«Und dieser Ziegler wollte also für die falschen Dollar *Makiwara* einkaufen?» fragte er kopfschüttelnd.

«Ja, so habe ich das verstanden.»

«Das ist die verrückteste Idee, die ich jemals gehört habe. Wie will er das Zeug denn in den Westen transportieren?»

«Darüber weiß ich nichts. Ich weiß immer noch nicht genau, was das ist: *Makiwara*. Als ich das letzte Mal in Polen gewesen bin, gab es dieses Wort überhaupt noch nicht.»

«Dieses Problem existiert hier auch erst seit einigen Jahren», sagte Kronstad mit einem Seufzen. «Wir haben hier in Polen ein selbstgefertigtes Rauschgiftproblem und wissen nicht, wie wir es beseitigen sollen. Und nun kommen noch diese verrückten Ausländer ins Land und komplizieren die ganze Situation. Dieser junge Mann, der vor Ihren Augen überfahren wurde, war offenbar ein *Makiwara*-Süchtiger. Er ist ein unschuldiges Opfer dieses Rauschgift-Krieges geworden, mit dem wir uns neuerdings auch noch in Warschau herumschlagen müssen. Das Peinliche für unsere politische Führung daran ist, daß das ganze Problem zunächst einmal ein hausgemachtes ist. Dieses Rauschgift, das die Jugend demoralisiert, oder vielmehr die demoralisierte Jugend endgültig kaputtmacht, wird in Polen hergestellt. Es wächst auf unseren eigenen Feldern! Das ist unglaublich, aber wahr. Und es gibt zunächst einmal überhaupt keine ordentlichen Gesetze, die man konsequent anwenden könnte.

Es existiert eine etwa 20000 Hektar große Anbaufläche für

Mohn. So lauten zumindest die offiziellen Zahlen. Da der private Mohnanbau bis zu 20 Quadratmetern gar nicht anmeldepflichtig ist, wird die Anbaufläche wohl wesentlich größer sein, wie soll man das auch alles kontrollieren. Daran ist zunächst auch gar nichts Gefährliches, denn es handelt sich bei diesen Pflanzen um Blaumohn, und den finden Sie in jeder polnischen Küche. Er dient als Gewürz für Kuchen und andere Backwaren, das wissen Sie ja selbst. Das Problem ist nun, daß dieser Blaumohn, wie der Schlafmohn, Opium enthält. Nicht in den Samenkörnern, aber wohl in der ganzen Pflanze. Dieser Opiumgehalt ist zwar wesentlich geringer als der des Schlafmohns, aber trotzdem muß irgend jemand einmal darauf gekommen sein, das bißchen Opium aus dem Mohnstroh, das überall bei den Bauern herumliegt, herauszukochen, es zu konzentrieren und auszuprobieren. Der so entstandene Mohnsud – das *Makiwara* – enthält genug Opium, daß man daraus eine schlechte, aber immerhin noch sehr wirksame Droge bereiten kann. Bestimmte Leute haben da natürlich sofort das große Geschäft gewittert und einen organisierten Rauschgifthandel aufgebaut. Sie kaufen große Mengen von Mohnstroh von den Bauern ab, verarbeiten es zu *Makiwara* und anschließend zu Heroin. Der Erfolg ist, daß wir innerhalb weniger Jahre zwischen zehn- und zwanzigtausend Rauschgiftsüchtige bekommen haben. Und mit ihnen einen Haufen weiterer Probleme: ein Ansteigen von Kriminalität und Prostitution. Und auch schon ein paar Tote und Verletzte. Manche dieser Süchtigen sind so verrückt, daß sie *Makiwara* trinken, ohne die Verarbeitung zu Heroin abzuwarten. Ihr gesamter Organismus wird geschädigt, sie bekommen Geschwüre, Magendurchbruch und so weiter, wenn sie nicht gleich daran sterben. Vom Verfall der Sitten möchte ich gar nicht erst zu reden. Erst letzte Woche hat die Polizei in der Wohnung eines Drogensüchtigen die Leiche eines anderen entdeckt: sie war in Zement eingegossen und unter einem Fenstersims eingemauert. Er war das Opfer einer dieser Rauschgiftparties – nicht das erste und nicht das letzte.

Sie sehen also, wir haben mit einem großen gesellschaftlichen Problem zu kämpfen. Und nun kommen noch diese Ausländer und wollen mitmischen. Inzwischen ist auch schon importiertes Rauschgift aufgetaucht. Ich weiß nicht, wie das überhaupt jemand bezahlen kann, aber eine bestimmte Gruppe von Händlern scheint zu versuchen, auf dem Markt hier in Warschau Fuß zu fassen. Die wollen natürlich in Devisen bezahlt werden, und das wird die Jugendkriminalität nur noch weiter erhöhen. Das *Makiwara* gab es bisher nur gegen Złoty zu kaufen. – Aber daß nun auch noch ein wahnsinniger Westdeutscher das *Makiwara* oder das Heroin in den Westen schmuggeln will, ist ja komplett verrückt. Wenn das Schule machen sollte, gerät hier bald alles aus den Fugen.»

Kronstad schüttelte den Kopf.

«Dann nehmen Sie Ziegler doch einfach fest. Und diesen Szretter gleich mit», schlug Pakula vor.

«Wir haben nichts gegen sie in der Hand. Szretter hat Verbindungen zu einflußreichen Kreisen. Wenn wir ihn verhaften wollen, müssen wir hieb- und stichfeste Beweise gegen ihn haben. Das wird nicht einfach sein. Diesen Ziegler könnten wir natürlich jederzeit ausweisen lassen, aber ich ziehe es vor, ihn noch etwas in unserem Sinne arbeiten zu lassen. Wer weiß, welche gierigen Kröten er noch aufscheucht, wenn er irgendwelche Steine anhebt. Solange er hier in Warschau bleibt, wird Szretter beunruhigt sein. Und wenn er nervös ist, wird er vielleicht einen Fehler machen.»

Die Müdigkeit in Pakulas Kopf war einem Erschöpfungszustand des ganzen Körpers gewichen. Sein Kopf hingegen war wieder hellwach. Er war gespannt. Sein Schicksal lag in Kronstads Hand. Er erwartete seinen Urteilsspruch.

Kronstad schwieg, schrieb etwas auf ein Blatt Papier, blätterte in der Aktenmappe. Eine Weile verharrte er bewegungslos, dann sah er zu Pakula herüber; und im Schein der Schreibtischlampe konnte man erkennen, daß auch er sehr müde war. Inzwischen mußte es schon früher Morgen sein.

«Ich weiß nicht, warum Sie Ihr Land verraten haben», sagte Kronstad, und in seiner Stimme schwang ein Ton des Bedauerns mit, «ich weiß auch nicht, wie Sie jetzt zu ihm stehen. Möglicherweise haben Sie ehrlicher gehandelt als manche sogenannten Patrioten, die sich gerne so bezeichnen, weil das Wort ihnen schmeichelt und sie damit jede noch so billige Unzufriedenheit mit dem Zustand der Politik begründen können. Wer gerne unzufrieden ist, findet immer jemanden, den er der Unterdrükkung bezichtigen kann. Ich glaube nicht, daß Sie auch einer von denen sind, die es sich so einfach machen. Vielleicht sind Sie auch nicht besser, vielleicht schlechter, aber wahrscheinlich nicht ganz so verlogen. Es scheint jedenfalls so, als ob Sie auch für die Fehler einstehen wollen, die Sie begangen haben. Der Schaden, den Sie bisher angerichtet haben, ist minimal. Ich habe kein Interesse daran, im Namen des polnischen Staates darüber zu richten, daß Sie im Laufe Ihres Lebens einige haarsträubende Dummheiten begangen haben. Deshalb, aber vor allem, weil Sie mir noch nützlich sein können, lasse ich Sie wieder frei. Aber Sie arbeiten von nun an mit mir zusammen! Das wird ganz unkompliziert sein: Suchen Sie das Geld! Wenn Sie es gefunden haben, werden wir zur Stelle sein.» Kronstads Gesichtsausdruck wurde härter: «Denken Sie nicht, daß ich Ihnen so ohne weiteres alles glaube, was Sie mir erzählt haben. Wenn irgend etwas an der Geschichte nicht stimmt, werden wir es herausbekommen. Falls Sie versuchen sollten, uns zu hintergehen oder das Geld doch noch in Ihrem Besitz ist, brauchen Sie sich keine Hoffnung auf ein Entkommen zu machen. Ohne meinen ausdrücklichen Willen werden Sie aus diesem Land nicht mehr herauskommen. Und wahrscheinlich aus keinem Gefängnis. Das sage ich Ihnen, damit wir uns klar verstehen! Ich schicke Sie als Lockvogel nach draußen, um Unruhe zu schüren. Sie können sich frei bewegen, aber Sie werden gut überwacht. Tun Sie alles, um das Geld wieder herbeizuschaffen. Danach werden wir sehen, ob wir uns vielleicht erkenntlich zeigen können. Haben Sie das soweit verstanden?»

Pakula nickte müde. Was das bedeutete, war klar: er würde so lange am Haken zappeln, bis ein dicker Fisch anbiß. Wenn er dann Glück hatte, würde er es vielleicht lebend überstehen.

«Gut», sagte Kronstad und stand auf, «ein Beamter von mir wird Sie zurück zum Hotel fahren.»

Damit verließ er den Raum.

Ein junger, eifrig lächelnder Mann trat auf Pakula zu: «Ich werde Sie zurückbringen.» Er schien der einzige im Raum zu sein, der hellwach war.

Als sie beide im Auto saßen, begann er lebhaft zu reden.

«Wissen Sie, unser Chef ist ein wahrer Patriot. Deswegen ist er so streng. Wenn es um das Wohl seines Landes geht, versteht er keinen Spaß. Ich sehe das ja alles etwas anders...»

Pakula seufzte. Jetzt am frühen Morgen, nach einer anstrengenden, schlaflosen Nacht, mußte er an einen Schwätzer geraten.

«... zum Beispiel Spionage», plapperte der Schlaumeier weiter, «es heißt doch, Spione seien die Kundschafter des Friedens. Da ist doch was dran, finden Sie nicht?»

«Das kommt wohl immer darauf an, woher sie stammen.»

«Eben nicht!» sagte der junge Mann mit begeisterter Stimme. «Genauer betrachtet tragen Spione doch tatsächlich zur Sicherung des Friedens bei. Nichts gefährdet den Frieden mehr als Geheimnisse, die der Gegner nicht kennt. Wenn feindliche Staaten über die Handlungen und Intentionen ihrer Gegner genau unterrichtet sind, befinden sie sich in einer starken Verhandlungsposition. Warum sollte man dann noch einen Krieg führen, das käme doch viel zu teuer? Spionage ist eine relativ unblutige Kriegsführung, die verhindern hilft, daß es in internationalen Konflikten zu Eskalationen kommt. Für Sie als ehemaligen Spion muß das doch ein interessanter Gedanke sein.»

Pakula blies den Rauch einer soeben angezündeten Zigarette gegen die beschlagene Windschutzscheibe und sagte:

«Sie wollen mir doch nicht erzählen, daß alle Agenten, egal ob sie aus Überzeugung oder für Geld handeln, einen gemeinnützigen Beruf ausüben?»

«Natürlich! Das hätte ich nicht besser formulieren können. Sehen Sie, Informationen sind heutzutage doch viel wichtiger geworden als Aktionen. Die Welt ist unter den Supermächten aufgeteilt. Gekämpft wird nur noch um das Entdecken und Tarnen von Geheimnissen. Der dritte Weltkrieg findet sozusagen auf leisen Sohlen statt.»

«Wenn Sie solche interessanten Theorien über den Geheimdienst haben, warum bewerben Sie sich dann nicht mal dort? Leute mit verrückten Ideen können die immer gebrauchen.»

«Ich möchte lieber zur Universität gehen», sagte der junge Mann mit einem bescheidenen Ton in der Stimme.

«So sehen Sie auch aus», sagte Pakula mit einem verächtlichen Seitenblick auf seinen Fahrer, «wie ein Politologe, der noch keinen Krieg mitgemacht hat.»

Der junge Mann blickte ihn irritiert an und schwieg.

Nach ein paar Minuten bogen sie ein zur Auffahrt des Hotels, und Pakula stieg aus.

KAPITEL 18

Pakula schlief lange. Gelegentlich wachte er auf, aber der Widerwille dagegen, die Augen zu öffnen, ließ ihn sich immer wieder im Bett herumwälzen und weiterdösen. Er hatte keine Lust, sich dem Tag zu stellen. Er war feige. Probleme hatte er genug, die konnten auf ihn warten. Er zog sich die Bettdecke über den Kopf, um dem Tageslicht zu entgehen, das unbarmherzig durch die Fenster in sein Zimmer eindrang, weil er vergessen hatte, die Vorhänge zuzuziehen.

Irgendwann aber, nach zwei Uhr, halfen keine Tricks mehr. Er war hellwach. Das Herumliegen wurde unbequem, ihm wurde zu warm unter der Decke, und er wollte endlich wieder frei atmen. Er gab den Kampf gegen seinen wachen Körper auf, setzte sich hin, lehnte den Rücken gegen die Zimmerwand und blinzelte in das lichtdurchflutete Zimmer. Soweit er es erkennen konnte, war der Himmel strahlend blau und klar. Er hätte sich lieber düsteres Regenwetter gewünscht. Es graute ihm davor, dieses Zimmer verlassen zu müssen.

Er blieb im Bett sitzen und zündete sich eine Zigarette an.

Beinahe war er soweit, sich für seine Feigheit zu verachten, aber dann dachte er: na und, warum soll ich mich zwingen? Ich bin nun mal keine Kämpfernatur. Warum soll man keine Angst haben um sein bißchen Leben? Warum soll man nicht feige sein? Große Töne zu spucken, konnte ich mir noch nie leisten. Und handeln muß man doch, wenn man nicht mehr anders kann. Immerhin gab es zwei Möglichkeiten, ihn aus dieser vertrackten Situation herauszubringen. Wenn er das Geld wieder aufgetrieben hatte, würde er sich aussuchen können, wem er es zukommen lassen wollte, dem Polizisten oder dem Gangster. Mit der Hilfe eines der beiden würde er möglicherweise dann aus dieser entsetzlichen Sackgasse herauskommen können, in die er geraten war. Wenn er das Geld wieder aufgetrieben hatte... Dieses

Wenn machte alle seine Hoffnungen zunichte. Er hatte nicht die leiseste Ahnung, wo er mit der Suche anfangen sollte. Es gab keine gesicherte Spur. Er durfte sich ein wenig abmühen, umhersuchen nach einer Stecknadel im Heuhaufen, und wenn er dann am Ende seiner Weisheit angekommen war, war er auch am Ende seines Lebens angekommen... und am Ende seiner Weisheit befand er sich eigentlich schon jetzt.

Während er unwillig die abgefallene Asche seiner Zigarette mit der Hand von der Bettdecke herunterfegte, weil er den Aschenbecher völlig vergessen hatte, klingelte das Telefon. Ein schrilles Krächzen, das seine gerade beginnende Apathie kaum zu stören vermochte. Träge griff er zum Hörer und meldete sich mit brummiger, mißmutiger Stimme.

«Gott sei Dank, Ludwig!» hörte er eine aufgeregte Frauenstimme sprechen. «Hier ist Kasia. Ich muß sofort mit dir sprechen! In einer halben Stunde bin ich bei dir.»

Und noch während Pakula «Was ist denn los?» murmelte, klickte es im Hörer, und sie hatte aufgelegt.

Er stand auf und ging ins Badezimmer. Seine Apathie begann zu schwinden. Er war gespannt. Wie war Kasia nun wirklich in diese Geschichte verwickelt? Hatte sie das Geld gestohlen? Warum meldete sie sich jetzt bei ihm?

Nachdem er aus dem Badezimmer zurückgekommen war und Kaffee auf sein Zimmer bestellt hatte, klopfte es an der Tür, und Kasia trat ein. Sie wirkte anders auf ihn, wie irgendeine hübsche junge Frau, die man überall zu sehen bekam. Sie trug Jeans und eine braune Wildlederjacke. Das berechnende Äußere, das sie bei ihrer ersten Begegnung zur Schau gestellt hatte, war verschwunden, ebenso ihre kühle Arroganz. Sie sah atemlos und abgehetzt aus, ihre Wangen waren leicht gerötet.

Sie warf ihre Handtasche mit Schwung auf den Tisch und fiel stöhnend auf einen Stuhl, lehnte sich zurück, ließ die Arme herabfallen und atmete ein paarmal tief durch. Pakula setzte sich ihr gegenüber.

Ohne ihn anzusehen, sagte sie hastig: «Ich habe einen furchtbaren Fehler begangen. Jetzt weiß ich nicht, was ich tun soll und an wen ich mich wenden kann.»

Pakula sagte gar nichts. Sie sah ihn flüchtig an, wich seinem Blick aus und starrte wieder vor sich hin auf die Tischplatte. Sie nahm ihre Handtasche, wühlte darin herum, brachte eine Packung *«Klubowe»*-Zigaretten zum Vorschein und steckte sich eine an. Dann lachte sie verlegen.

«Also, das ist doch wirklich zu blöde», sagte sie und nahm ein paar hastige Züge von ihrer Zigarette, «ich bin tatsächlich hergekommen, um Ihnen zu beichten – ich meine, um dir zu beichten – oder wie soll ich das sagen?»

«Du kannst ruhig beim Du bleiben», sagte Pakula bissig und bereute es sogleich wieder, «wir kennen uns ja ganz gut.»

Sie strich sich die Haare aus dem Gesicht und sagte:

«Wir haben dich bestohlen.»

«Was heißt denn wir?»

In diesem Moment klopfte es, und der Zimmerkellner brachte den Kaffee. Er stellte das Tablett auf den Tisch und ging. Pakula schenkte ein.

«Ich habe doch nicht geahnt, daß so viel Geld in den Taschen ist», fuhr Kasia kopfschüttelnd fort, «so etwas Verrücktes ist mir noch nie passiert. Wer rechnet denn auch damit, daß jemand Tausende von Dollar in seinem Hotelzimmer aufbewahrt. Im Futter der Reisetaschen! Das ist doch nicht normal. Und legal ist das bestimmt auch nicht.»

«Jemandem die Reisetaschen aus dem Hotelzimmer zu stehlen, ist auch nicht legal», entgegnete Pakula. «Und nun erklär mir erst einmal, was du mit dem Diebstahl zu tun hast und wen du mit wir meinst.»

«Na ja, ich habe eigentlich gar nichts gestohlen. Ich bin ja nur die Kundschafterin, wenn du so willst.» Sie blickte flüchtig zu ihm hin und holte sich eine neue Zigarette aus der Packung. «Wir sind so eine Art Team. Ich sehe nach, wo es was zu holen gibt, und die beiden anderen passen eine günstige Gelegenheit ab, um die Sachen aus den Zimmern zu holen.»

«Hoteldiebe! Während ich geschlafen habe, hast du mein Zimmer durchsucht, das Geld entdeckt und deine Freunde verständigt. Ein feiner Liebesbeweis!» Die letzte Bemerkung war ihm einfach herausgerutscht.

«Mit Liebe hat das alles überhaupt nichts zu tun», erwiderte sie böse.

«Nein, natürlich nicht.» Er senkte den Kopf.

«Bilde dir doch nicht ein, daß ich zu dir gekommen wäre,

wenn ich nicht sicher wäre, daß du selber ein Krimineller bist! Was wolltest du denn mit dem Geld hier anfangen? Schmuggelware kaufen? Meinst du denn, ich wäre hier erschienen, wenn ich nicht sicher wäre, daß du nicht zur Polizei gehen kannst?»

«Ich könnte immerhin ein Spitzel sein.»

«Nein, das glaube ich nicht. Außerdem glaube ich nicht, daß du ein Deutscher bist. Vielleicht lebst du dort, aber du bist hier geboren, nicht wahr?»

«Woher willst du das denn wissen?»

«Das ist so ein ganz sicheres Gefühl. Ich kannte einmal einen Mann, der dir ähnlich war. Und das war kein Deutscher!»

«Was habt ihr denn mit dem Geld gemacht? Habt ihr etwas davon ausgegeben?»

«Nein, mein Bruder hat es bei sich zu Hause versteckt.»

Das scheint ein Familienbetrieb zu sein, dachte Pakula.

«Da habt ihr aber noch Glück gehabt. Hättet ihr versucht, es auszugeben, wärt ihr längst im Gefängnis verschwunden. Es ist nämlich Falschgeld.»

Kasia nickte. «Ich dachte mir doch, daß da irgend etwas faul sein mußte.»

«Warum kommst du jetzt auf einmal zu mir? Hast du ein schlechtes Gewissen bekommen und willst mir das Geld zurückbringen? Oder möchtest du es gegen etwas Echtes eintauschen?»

«So schnell bekomme ich kein schlechtes Gewissen», sagte sie barsch.

«Was dann?»

«Ich wußte nicht, an wen ich mich sonst wenden sollte. Mein Bruder und sein Freund sind in Gefahr! Aber sie wollen das nicht begreifen. Sie glauben, sie haben in einer Lotterie gewonnen und können sich jetzt ohne Sorgen ein schönes Leben machen. Sie lachen darüber, wenn ich ihnen erzähle, daß ich Angst habe. Sie sind so dumm.»

«Was ist passiert?»

«Andrzej, mein Bruder, und Sławek, sein Freund, haben mich ausgelacht, als ich ihnen erzählt habe, daß jemand hinter uns herspioniert hat. Aber ich war mir ganz sicher, daß uns jemand verfolgt.»

«Wer?»

«Das weiß ich nicht. Gestern abend ist es mir aufgefallen. Ich glaubte zunächst, daß du jemanden hinter uns hergeschickt hast. Aber dann dachte ich mir, daß du, wenn du unseren Aufenthaltsort gewußt hättest, bestimmt aktiv geworden wärst. Also muß es jemand anderes gewesen sein. Den ersten Verdacht hatte ich, als wir mit dem Auto durch die Stadt fuhren. Ein ganz bestimmter Wagen fuhr immer hinter uns her, aber Andrzej wollte es mir nicht glauben. Er meinte nur, daß es in Warschau so wenige verschiedene Automarken gäbe, daß es kein Wunder ist, wenn immer die gleiche Sorte hinter einem her fährt. Sie waren auch nie so dicht hinter uns, daß ich jemanden hätte erkennen können. Aber am Abend, als ich aus dem Fenster unserer Wohnung sah – mein Bruder und ich wohnen zusammen, und Sławek ist bei uns Gast –, sah ich wieder den gleichen Wagen. Ich sagte mir, daß es ein Zufall sein mußte, war aber so unruhig, daß ich immer wieder zum Fenster gehen mußte, um nachzusehen. Die ganze Zeit saßen zwei Männer im Auto. Manchmal ging die Innenbeleuchtung an, und man konnte ihre Umrisse erkennen. Ab und zu zündeten sie sich Zigaretten an, und man sah die Feuerzeuge aufleuchten. Das war mir sehr unheimlich, aber Andrzej und Sławek haben nicht auf mich hören wollen. Ich bin dann irgendwann nach draußen gegangen und vorsichtig an dem Auto vorbeigeschlichen. Ich glaube nicht, daß die Männer, die darin saßen, Polen gewesen sind. Sie sahen eher so aus, als kämen sie aus einem südlichen Land. Das Auto aber war ein *Wolga* und hatte ein Warschauer Kennzeichen.»

«Das können die gleichen gewesen sein, die auch schon hinter mir her gewesen sind. Araber aus Syrien wahrscheinlich. Ich habe beobachtet, wie sie einen Mann überfahren haben. Auch mit einem *Wolga*, danach war er tot.»

Kasia sah ihn erschreckt an. «Dann sind Andrzej und Sławek also wirklich in Gefahr?»

«Es deutet alles darauf hin.»

«Aber wo kommen diese Männer plötzlich her, und was wollen sie von uns?»

«Ganz offensichtlich wollen sie das Geld haben, etwas anderes ist bei deinen Freunden ja wohl nicht zu holen, oder?» Kasia schüttelte den Kopf. «Die Frage ist allerdings, woher sie wissen, daß sie es haben. Ich kann mir das nur so erklären, daß sie beobachtet haben, wie deine Freunde mein Zimmer ausgeräumt haben. Wahrscheinlich haben sie mich doch länger beschattet, als ich es bemerkt habe. Oder sie verfügen über irgendwelche anderen Informationsquellen, wer weiß.»

«Was wolltest du überhaupt mit dem Geld anfangen? Warum bist du hier in Warschau?»

«Ich bin ein Opfer meiner eigenen Blödheit», sagte Pakula mit einer unsicheren Handbewegung.

«Wieso?» Zum erstenmal an diesem Tag sah sie ihm offen und freundlich ins Gesicht.

«Es ist eine lange Geschichte, ich kann dir jetzt nur eine Kurzfassung davon anbieten.»

Er erzählte ihr ungefähr die Hälfte von dem, was passiert war, und hatte das Gefühl, daß er im Laufe der Schilderung der Ereignisse ihre Sympathie gewann.

«Also mußt du unbedingt das Geld zurückbekommen», sagte sie.

«Ja, ich habe keine andere Wahl.»

«Dann mußt du mit mir mitkommen. Wir erzählen Andrzej und Sławek die ganze Sache, und wenn sie erfahren, daß es Falschgeld ist, werden sie es sowieso nicht mehr haben wollen. Sie haben doch keine Ahnung, wie sie es loswerden können. Mit so etwas hatten sie doch noch nie zu tun. Außerdem haben sie vor der Polizei eine Heidenangst. Im Grunde genommen wissen sie gar nicht, wie man mit so viel Geld umgeht, ich meine, selbst wenn es echt wäre.»

«Ich glaube nicht, daß das so einfach sein wird.»

«Aber was sollen wir sonst tun? Ich werde dich zu ihnen bringen.»

Sie nahm ihre Handtasche und stand abrupt auf.

«Na gut», sagte Pakula.

«Ein Glück nur, daß ich die hundert Dollar, die du mir gegeben hast, noch nicht ausgegeben habe, sonst säße ich vielleicht auch schon hinter Gittern. Du bist mir ja ein feiner Kavalier, mich mit Falschgeld zu bezahlen!»

KAPITEL 19

Das Haus, in dem Kasia wohnte, war ein kleines, graues Wohnhaus inmitten vieler anderer kleiner, grauer Wohnhäuser. Durch einen kleinen, grauen Vorgarten führte ein kurzer Weg zur Eingangstür.

Es war eine spärlich möblierte Zwei-Zimmer-Wohnung. In der Küche, in der sich das schmutzige Geschirr stapelte, hatte noch ein Sofa Platz gefunden. Die zerwühlten Decken, die darauf lagen, deuteten darauf hin, daß ein Gast hier übernachtet hatte.

«Wenn Sławek bei uns zu Besuch ist, schläft er immer in der Küche», sagte Kasia.

Die Wohnung war verlassen.

«Es ist ja alles so furchtbar unordentlich hier», rief sie verzweifelt aus, «als ich fortgegangen bin, hat alles noch ganz anders ausgesehen.»

In der Tat sah es so aus, als ob die beiden Zimmer hastig durchwühlt worden waren. Das eine Zimmer, offenbar das von Andrzej, in dem nur Bett, Schrank, Tisch und Stühle standen sowie eine recht neue Stereo-Anlage und viele Schallplatten, war völlig auf den Kopf gestellt worden. Die Schranktüren waren offen, Kleidungsstücke lagen auf dem Boden, ebenso Zeitungen und verschiedene Papiere, Schallplatten waren aus ihren Hüllen gerissen und achtlos auf den Boden geworfen worden. Einen Karton mit allem möglichen Kleinkram, vom Kugelschreiber bis zur Sicherheitsnadel, hatte man auf dem Tisch ausgeleert.

Die Matratze des Bettes lag halb auf dem Boden, über das Bettzeug war jemand mit schmutzigen Schuhen gelaufen.

Kasia begann mit einem Seufzen die Platten in ihre Hüllen zurückzustecken. Pakula sah sich Kasias Zimmer an, wo es auch nicht besser aussah. Nur, daß hier offenbar jemand besonderen Spaß daran gefunden hatte, ihre Unterwäsche über das ganze Zimmer zu verstreuen.

Während er dastand und darüber nachdachte, wer diese Unordnung verursacht haben könnte, hörte er Kasias überraschten Ausruf aus der Küche. Er ging zu ihr hin und sah, daß sie einen Zettel in der Hand hielt, der aussah wie ein Einkaufszettel.

«Der gute Andrzej ist doch nicht so dumm, wie ich immer gedacht habe. Hier, sieh mal.»

Sie reichte ihm den Zettel. In zwei Reihen standen Worte darauf, mit verschiedenen Zahlenangaben davor. Beides hatte miteinander aber wenig zu tun. Brachte man die Worte in eine Reihenfolge entsprechend den ansteigenden Zahlenwerten, konnte man folgende Botschaft lesen:

«Irgendwelche Ausländer wollen etwas von uns. Wir hauen ab. Frage bei Karol.»

Kasia lächelte. «Sie sind geflüchtet. Andrzej ist bestimmt sehr stolz auf seine geheimen Botschaften.»

«Was machen wir nun? Wo können wir sie finden? Bei diesem Karol?»

«Das wird nicht so einfach sein. Karol ist ein Freund meines Bruders. Sie machen Geschäfte miteinander. Ich kenne ihn nur flüchtig. Ich weiß nicht, wo er wohnt und auch nicht seine Telefonnummer. Ich weiß nur, daß er in bestimmten Lokalen verkehrt, dort, wo auch Andrzej immer hingeht. Aber noch nicht um diese Zeit. Wenn wir nach Karol suchen wollen, müssen wir noch ein paar Stunden warten.»

«Gibt es niemanden, den du kennst, der uns weiterhelfen kann?»

«Nein. – Das beste wird sein, wir warten hier die Zeit ab. Ich werde ein wenig aufräumen, es sieht ja so scheußlich aus. Und du kannst in die Küche gehen und uns einen Kaffee machen. Die nötigen Sachen stehen dort irgendwo herum.»

Es ließ sich nicht vermeiden, daß er auch ein paar Tassen abwusch.

Nachdem sie viel Kaffee getrunken, geraucht und eine lange Zeit geschwiegen hatten, und nachdem Kasia es geschafft hatte, die Wohnung wieder halbwegs in Ordnung zu bringen, begann sie damit, etwas Essen in einem großen Topf, der auf dem Herd stand, warm zu machen.

«Es ist nur *Barszcz*», sagte sie entschuldigend, «das einzige, was ich wirklich gut kochen kann. Wir machen nicht sehr oft Essen. Und Andrzej hat sich schon wieder die ganzen Fleischstückchen herausgefischt.»

Sie saßen sich am Küchentisch gegenüber und aßen schweigend. Pakula fand die Suppe ausgezeichnet. Vielleicht kam ihm das nur so vor, weil er lange keinen *Barszcz* mehr gegessen hatte. Oder auch bloß deshalb, weil sie ihn gemacht hatte. Er murmelte eine Art Kompliment.

Sie sah ihn über den Suppenlöffel hinweg an, nickte dankend und brach plötzlich in ein leises Lachen aus.

«Was ist, habe ich irgend etwas Komisches gesagt?» fragte er.

«Aber nein, mir ist nur gerade eine etwas indiskrete Frage in den Sinn gekommen.»

«Und?»

«Wir sitzen hier gerade so familiär zusammen – warst du einmal verheiratet?»

«Ja, aber das ist lange her», gab Pakula verunsichert zu.

«Geschieden?»

«Sie hat sich davongemacht.»

Kaum war ihm der Satz über die Lippen gekommen, bereute er auch schon seine Offenheit.

«Und seitdem bist du von den Frauen tief enttäuscht?»

«Wie kommst du denn darauf?»

«Man sieht es dir an, hat es dich sehr aus der Bahn geworfen?»

«Mein ganzes Leben hat sich dadurch verändert. Man sagt sich immer, daß man auch alleine gut zurechtkommt, aber wenn es dann soweit ist...»

Er zögerte – warum sollte er so viel von sich preisgeben? Aber sie führte seinen Satz zu Ende:

«...merkt man plötzlich, wie trostlos es ist, ganz alleine in den Tag hineinzuleben.»

«Ja.»

«Man weiß gar nicht, wozu man sich überhaupt aus dem Bett quälen soll.»

«So ähnlich ist es wohl.»

«Aber es geht wieder vorbei. Es geht immer vorbei. Und dann merkt man auf einmal, wie großartig das Leben sein kann, wenn man völlig unabhängig ist.»

Sie lächelte, aber Pakula war gar nicht so großartig zumute.

«Da muß mir wohl etwas entgangen sein.»

«Es hängt immer von einem selbst ab, würde ich sagen. Na ja, vielleicht nicht immer.»

«Das hört sich ganz so an, als wolltest du mich zu einem Psychiater schicken.»

Sie lachte: «Nur wenn der Psychiater eine Frau ist.»

Pakula schaffte es, sich ein halbherziges Lächeln abzuringen.

«Ich glaube, wir wechseln besser das Thema», sagte Kasia. «Möchtest du noch etwas essen?»

«Nein, danke.»

«Dann sollten wir aufbrechen! Wir werden kreuz und quer durch Warschau fahren müssen. Kannst du ein Auto fahren?»

«Ja, natürlich, haben wir denn eins?»

«Die beiden sind mit Sławeks Wagen weggefahren. Der von Andrzej steht noch draußen vor dem Haus.» Und mit einem bedauernden Lächeln fügte sie hinzu: «Aber es ist leider nur ein *Syrenka*.»

Pakula mußte ebenfalls lächeln: «Da werden wir ja unseren Spaß haben.»

Der *Syrenka* ist ein polnischer Kleinstwagen mit einem Zweitaktmotor. Größe und Aussehen liegen etwa zwischen einem Goggomobil und einem VW-Käfer. Pakula glaubte nicht, daß sie noch gebaut wurden, aber auf den Straßen Warschaus hatte er noch einige herumfahren sehen.

Jetzt am Abend war es draußen eiskalt geworden. Der Himmel war klar, und es war zu befürchten, daß es in dieser Nacht Frost geben würde. Pakula schob sich mühsam auf den niedrigen Sitz hinter dem Steuerrad des *Syrenka*. Es war so eng, daß er in einer unbequemen gebeugten Haltung sitzen mußte. Der Sitz war so weit nach vorne geschoben, daß seine Knie an das Lenkrad stießen. Er öffnete die quietschende Beifahrertür für Kasia und versuchte dann, seinen Sitz nach hinten zu verstellen.

«Das geht nicht», sagte sie, «es ist eingerostet.»

Es dauerte mehrere Minuten, bis er es geschafft hatte, den keuchenden Motor zu starten. Er lief bedenklich unregelmäßig. Pakula sah Kasia zweifelnd an.

«Wenn er erst einmal an ist», sagte sie, «ist alles in Ordnung. Bei diesem kalten Wetter braucht er nur etwas lange.»

Die Scheiben beschlugen sehr schnell. Die Heizung war defekt.

«Ich werde mit diesem Tuch immer die Scheiben sauber wischen», sagte sie.

Aber Pakula hatte die Lust am Autofahren bereits verloren. Er hatte ohnehin seit Jahren hinter keinem Lenkrad mehr gesessen.

Aber das konnte er ihr natürlich nicht sagen. Mißmutig und voller böser Vorahnungen gab er Gas, ließ die Kupplung kommen und wunderte sich, wie der Wagen träge nach vorn zuckelte. Bei dieser rasanten Beschleunigung kann nicht viel passieren, dachte er. Und nach einiger Zeit hatte er sich an das wackelige Gefährt gewöhnt.

«Ich bin ein neugieriger Mensch», sagte Kasia, während Pakula auf eine der größeren Straßen einbog, die in Richtung Zentrum führte. «Darf ich noch eine Frage stellen?»

«Was für eine Frage?» Pakula plagte sich mit der Gangschaltung ab.

«Lebt deine Ex-Frau in Polen oder im Ausland?»

«In Krakau.» Er gab wieder Gas.

«Du hast sie besucht?»

«Nur ihre Mutter. Sie hat mir ein Bild gezeigt, von ihr und dem Kleinen.»

«Ist es dein Sohn?»

«Nein.»

«Dann hast du dort nichts mehr verloren.»

«Das habe ich mir auch gedacht.»

«Wir müssen nach rechts in die kleine Straße dort.»

«Ja.» Diesmal klappte das Zurückschalten besser.

In der ersten Bar, in die sie eintraten, herrschte gähnende Leere. Sie war winzig klein, mit weißen Tischchen und Stühlen und ansonsten ganz in Rosa und Hellblau gehalten. Kasia sprach mit einem Kellner, der nur mit dem Kopf schüttelte, und sie gingen wieder.

Die nächste war ebenso klein, aber ganz und gar mit dunkelrotem Plüsch verkleidet. In ihr saßen ältere Männer und auch nicht mehr ganz so junge Damen, an getrennten Tischen zumeist – der Abend schien auch hier noch nicht so recht begonnen zu haben. Es war ebenfalls nichts zu erfahren.

Der *Klub Panna Wodna* war größer und total überfüllt. Vielen jungen Damen wurden Cognacs bestellt. Es herrschte eine großartige Stimmung. Die romantische Musik, die im Hintergrund lief, wurde von den Gesprächen völlig übertönt. An den Decken und Wänden hingen allerlei Seefahrts- und Schiffsutensilien, in den Netzen, die in den Ecken hingen, waren Figuren hübscher Meerjungfrauen gefangen.

Kasia wurde gleich nach dem Eintreten mehrfach aufgefordert, sich an irgendeinen Tisch zu setzen. Sie hörte nicht darauf, sondern zog Pakula mit sich an die kleine Bar. Dort bestellte sie zwei *Wódka Klubowa*. Dann sah sie sich im Lokal um.

Pakula fiel plötzlich ein, daß er in seinem Hotelzimmer noch zwei Flaschen Sekt stehen hatte. Wie naiv er doch gewesen war.

«Ich werde ein paar Leute nach Karol fragen», sagte Kasia.

Sie mußte sich nahe zu ihm hin beugen, damit er in dem Lärm verstehen konnte, was sie sagte. Ihre Nähe war angenehm.

Sie ging durch den Raum, blieb an einigen Tischen stehen und sprach mit den verschiedensten Leuten, zum größten Teil mit Männern, wie Pakula feststellte. Nachdem sie hinter einer Ecke verschwunden war, wanderte sein Blick ziellos durch das Lokal. Überall war es eng und verqualmt, laut und unruhig. Seine Augen fanden nichts, woran sie sich festhalten konnten. Er trank seinen Wodka aus. Dann sah er mißmutig, wie Kasia sich in einer Ecke angeregt mit einem Mann unterhielt, der ihr den Arm um die Hüfte gelegt hatte.

An einem Tisch fingen mehrere junge Männer an zu singen. Es klang kläglich, und sie hörten wieder damit auf. Pakula bewunderte eine üppige Dame in einer Pelzjacke, der ihre Tischgesellschaft, bestehend aus zwei schläfrigen Betrunkenen, nicht zu gefallen schien. Einer der beiden starrte unentwegt auf ihre Beine, und sie versuchte immer wieder vergeblich, ihren Rock über das Knie zu ziehen. Als sie bemerkte, daß Pakula ihr dabei zusah, ließ sie es bleiben und sah ihn provozierend an.

Als er sich eine Zigarette anzünden wollte, kam ihm jemand zuvor und hielt ihm ein Feuerzeug vor das Gesicht. Als er aufblickte, um sich zu bedanken, blickte er in das grinsende Gesicht eines Arabers. Es war wieder einer der beiden lästigen jungen Kerle mit ihren höhnischen Gesichtern. Diesmal war es der schmierigere der beiden, der mit Schnurrbart und Anzug.

Hier, inmitten so vieler Menschen, konnte ihn diese Begegnung nicht übermäßig beunruhigen. Der Mann nickte höflich mit dem Kopf, aber es schien nicht besonders ehrlich gemeint zu sein.

«Ich bin Ihnen seit einiger Zeit gefolgt. Sie scheinen schlechte Augen zu haben.» Er sprach englisch.

«Machen Sie sich über meine Augen keine Sorgen», erwiderte

Pakula, «erzählen Sie mir lieber, ob es irgendeinen Grund dafür gibt, daß Sie die ganze Zeit hinter mir herlaufen.»

«Sie brauchen keine Angst zu haben», erklärte der Mann hochnäsig, «ich soll Ihnen nur eine Einladung übermitteln.»

«Eine Einladung, von wem? Und warum?»

«Mein Boss möchte sich sehr gerne mit Ihnen unterhalten, weil er der Meinung ist, daß Sie etwas besitzen, für das er sich interessiert.» Er machte eine Pause und sah Pakula aufmunternd an.

«Wo und wann?»

«Nun, das beste wäre, wenn Sie noch heute etwas Zeit hätten und in das *Grand Hotel* kommen könnten. Dort ist heute eine interessante Show in der Cafeteria», er zwinkerte mit dem Auge, «und Sie können sich ganz ungezwungen mit meinem Boss unterhalten. Wenn Ihnen sein Angebot nicht gefällt, können Sie jederzeit wieder von dort weggehen.»

Pakula nickte. «Ich werde darüber nachdenken.»

«Tun Sie das. Und vergessen Sie nicht, daß es sich vielleicht lohnen könnte.»
Damit drehte er ihm den Rücken zu und verschwand nach draußen.

Pakula sah, wie Kasia wieder zu ihm zurückkam.

«Ich weiß, wo wir Karol heute abend vielleicht noch finden können. Er soll später in einer *Kawiarnia* in der Innenstadt sein. Aber es ist noch etwas Zeit. Wir können solange hierbleiben, wenn es dir nichts ausmacht. Möchtest du noch etwas trinken?»

Er nickte. Da das Bier ausgegangen war, bestellten sie zwei Gläser rumänischen Rotweins. Dann erzählte er ihr von der Einladung des Arabers.

«Glaubst du, es wird irgendeinen Sinn haben, dort hinzugehen?» fragte sie.

«In unserer Situation sollte man jede Möglichkeit nutzen.»

«Das wird wohl richtig sein», stimmte sie ihm zu, «außerdem kann es nicht sehr gefährlich sein, sich heute abend im *Grand Hotel* blicken zu lassen. – Höchstens für die Moral», fügte sie spöttisch hinzu.

«Was ist es denn für eine Show, die heute abend dort gegeben wird?»

Sie lachte: «Einmal im Monat findet dort eine sogenannte

Sexy Show statt. Das ist nichts weiter als ein bißchen Musik und billiger Striptease. Aber dann ist es immer sehr voll.»

«Gehen wir also mal hin.»

«Du hast dir diese Verabredung doch nicht bloß ausgedacht, weil du unbedingt diese Show sehen willst, oder?» fragte sie lächelnd.

«Nein!» erwiderte er unwirsch.

«Ach Gott, du hast aber gar keinen Humor!»

Sie zahlten und gingen.

Pakula parkte den *Syrenka* vor dem *Grand Hotel*, einem alten, traditionsreichen Gebäude, neben zwei großen, schwarzen amerikanischen Straßenkreuzern mit syrischen Kennzeichen.

Vor dem Hoteleingang war ein Schild aufgestellt worden, auf dem die Veranstaltung des Abends in der Cafeteria als *exklusiv* und *einmalig* beschrieben wurde. In großen, bunten Buchstaben stand darüber: *SEXY SHOW International*.

Die Cafeteria war hoffnungslos überfüllt. Sie bestand aus einem großen, rechteckigen Raum mit einer daran angrenzenden geräumigen Nische. Der große Raum war mit vielen Tischen vollgestellt, die Nische war leergeräumt worden und diente als Bühne. Der große Raum, der sonst vor allem als Restaurant diente, war zu einem rauchigen Nachtklub umfunktioniert worden. Um die weißgedeckten Tische drängte sich das eng beieinandersitzende Publikum. Es war bunt gemischt, Einheimische, Touristen und Geschäftsleute schienen gleichermaßen von der Show begeistert zu sein. Alle blickten zur Bühne, lachten, lärmten, pfiffen, spendeten Beifall und kommentierten das Gesehene.

Die Bühne wurde mit bunten Strahlern angeleuchtet. Plastikpflanzen, Girlanden und ein Gemälde, das einen Urwald mit Schlangen, Affen und Raubtieren darstellen sollte, gaben eine exotische Kulisse ab. Zwei Mädchen in Hawaii-Kostümen tanzten zu einer Art Samba-Musik, die vom Tonband lief. Neben der Bühne hatte ein Diskjockey seine Apparate aufgebaut. In den Pausen zwischen den einzelnen Musikstücken versuchte er sich als Conférencier und erzählte Witze.

Als Kasia und Pakula eintraten, zupften sich gerade die beiden

Mädchen auf der Bühne ihre Bikini-Oberteile von den Brüsten und ernteten dafür rauschenden Beifall und ermunternde Zurufe. Sie lächelten verschämt und verschwanden hinter der Dekoration. Als nächstes betrat eine verschleierte Haremsdame die Bühne, und die Musik wechselte über zu einer schlampig arrangierten Arabic-Disco-Nummer.

Kasia und Pakula suchten sich zunächst einen Platz zwischen den Leuten, die an den Saalwänden lehnten. Auf diese Weise konnten sie den gesamten Raum überblicken. Es dauerte eine Weile, bis Pakula in dem schummrigen Licht den Tisch ausmachen konnte, an dem die Araber saßen. Es waren fünf. Zwei von ihnen kannte Pakula schon, die beiden, die er schon bei den verschiedensten Gelegenheiten vor sich, neben sich oder hinter sich gehabt hatte. Ein dritter war groß und massig, sah aus wie ein Boxer und schien Wert darauf zu legen, daß man seine schwarzbehaarte Brust unter seinem Rüschenhemd bewundern konnte. Sein schwarzer Anzug war ihm viel zu eng. Die beiden anderen Männer schienen die wichtigeren zu sein. Sie sahen aus wie seriöse arabische Geschäftsmänner. Beide mochten etwa Ende Fünfzig sein. Der eine hatte dichte graue Haare, strenge Gesichtszüge und eine Hakennase, der andere war ein bißchen zu dick, mit einem breiten, müden Gesicht und Tränensäcken unter den Augen. Sie schienen sich intensiv miteinander zu unterhalten. Die drei anderen saßen sprach- und regungslos dabei und sahen gleichgültig zur Bühne hin oder ließen ihren Blick durch den Raum schweifen.

Der Schmierige, der Pakula im *Klub Panna Wodna* angesprochen hatte, entdeckte ihn und machte die beiden älteren Männer darauf aufmerksam. Sie sprachen kurz miteinander, und anschließend stand er auf und zwängte sich zwischen den Tischen und Stühlen hindurch. Höflich lächelnd lud er Pakula und Kasia ein, an ihren Tisch zu kommen. Die anderen beiden Männer hatten ihre Stühle bereits frei gemacht. Nachdem der dritte einen Stuhl für Kasia zurechtgerückt hatte, verschwand auch er.

Die beiden älteren Herren erhoben sich schwerfällig und streckten ihren neuen Gästen die Hände entgegen. Der dickere lächelte ein wenig, der mit der Hakennase blieb bei seinem unbeweglichen Gesicht. Sie hielten es nicht für nötig, sich vorzustellen.

Nachdem sie sich wieder hingesetzt hatten und Kasia und Pakula ihnen gegenüber Platz genommen hatten, fragte der mit der Hakennase:

«Sie sprechen englisch, Mr. Georgi?»

Und als Pakula bejahte, fuhr er fort:

«Möchten Sie etwas trinken? Sie sind selbstverständlich eingeladen.»

Sie lehnten beide das Angebot dankend ab.

«Sie haben sicherlich schon gemerkt», fuhr der Mann mit der Hakennase fort, «daß wir uns für Sie interessieren.»

«Sie haben ein paar Leute auf mich angesetzt», sagte Pakula desinteressiert. «Wenn es Ihnen jetzt Spaß macht, könnten Sie mir mal erklären, warum Sie so einen Wirbel um meine Person betreiben?»

Der Mann ließ sich von dem provokanten Ton in Pakulas Stimme nicht beeindrucken und sprach unbeirrt weiter:

«Ihre Person, Mr. Georgi, interessiert uns nicht im geringsten. Das müssen Sie sich doch denken können. Wir interessieren uns ausschließlich für unsere Geschäfte und für die Dinge, die damit zusammenhängen.» Er hatte sich jetzt nach vorn zu seinem Gesprächspartner gebeugt und sprach mit gedämpfter Stimme, soweit der Lärm das überhaupt zuließ. Auch der andere Mann beugte sich nach vorn.

«Es gibt gewisse Leute, die etwas dagegen haben, daß wir hier in Warschau Geschäfte tätigen. Sie haben mit diesen Leuten etwas zu tun, Sie können uns helfen. Wenn wir mit Ihrer Hilfe unsere Position verbessern können, würde sich das für Sie sicherlich auszahlen. Wenn Sie uns ein wenig entgegenkommen, ist Ihnen unser Dank gewiß.»

Pakula schüttelte den Kopf. «Ich verstehe kein Wort. Ich habe keine Ahnung, was das für eine Position sein soll, die Sie verbessern wollen. Und ich wüßte nicht, wie ich Ihnen eine Hilfe sein könnte. Ich glaube, Sie verschwenden Ihre Zeit mit mir.»

Nun mischte sich der andere mit ein. Er hatte eben noch intensiv Kasia gemustert, und mit der ruckartigen Kopfbewegung, mit der er sich nun an Pakula wandte, strömte ihm der Geruch eines scheußlichen süßen Parfums entgegen.

«Aber Mr. Georgi», sagte er, um einen freundlichen Tonfall

bemüht, «Sie sollten sich nicht angegriffen fühlen. Wir wollen Ihnen doch entgegenkommen. Für ein paar nützliche Informationen, die Sie uns geben können, würden wir uns selbstverständlich erkenntlich zeigen. Wir benötigen nur einige Auskünfte über gewisse Leute, mit denen Sie in der letzten Zeit zu tun gehabt haben. Und darüber, was Sie mit ihnen zu tun hatten.» Er lächelte gezwungen, aber mit den dicken Tränensäcken unter den Augen sah er eher aus wie ein trauriger Clown.

«Sie brauchen gar nicht so um den heißen Brei herumzureden», sagte Pakula, «ich bin niemandem gegenüber zum Schweigen verpflichtet. Aber das wird Ihnen auch nicht viel nützen. Sagen Sie mir, was Sie wissen wollen, und wenn ich Lust habe, Ihnen zu antworten, werde ich es vielleicht tun. Aber auf irgend etwas Interessantes brauchen Sie erst gar nicht zu hoffen.»

«Nun gut», sagte der mit der Hakennase, «ohne Umschweife, was war das, was Sie nach Warschau gebracht haben? Und in wessen Auftrag haben Sie es an wen geliefert?»

«Falschgeld», sagte Pakula gleichgültig.

Die beiden Araber schienen erstaunt zu sein.

«Wie bitte?»

«Falsche Dollar, wertloses Papier. Ich habe es auch erst zu spät entdeckt. Sind Sie jetzt zufrieden? Was dachten Sie denn, was in den Taschen drin gewesen ist? Rauschgift?»

Die beiden begannen auf arabisch miteinander zu debattieren. Pakula sah Kasia erstaunt an: «Die scheinen auf etwas ganz anderes spekuliert zu haben. Vielleicht sind sie jetzt traurig, daß sie ein paar Leute umsonst umgebracht haben.»

Kasia schien Pakulas plötzliche gute Laune nicht zu teilen.

«Laß uns bald hier verschwinden», sagte sie, während ihr Blick unruhig durch den Raum schweifte.

«An wen haben Sie das Geld geliefert?» fragte der Dicke.

«An gar niemanden. Bevor sich irgend jemand gemeldet hat, war das Geld verschwunden. Man hat es aus meinem Hotelzimmer gestohlen. Wer es gewesen ist, weiß ich nicht. Inzwischen ist es mir auch egal, ich will damit nichts mehr zu tun haben.»

«Aber wem hätten Sie das Geld liefern sollen, wenn alles geklappt hätte?»

«An einen gewissen Szretter.»

Pakula nahm mit Genugtuung zur Kenntnis, daß die beiden Araber einigermaßen beunruhigt waren.

«Szretter», sagte der mit der Hakennase, «ein großer, dünner Mann?»

Pakula nickte. «Ja, er sieht aus wie ein Geier ohne Federn.»

«Wieviel Geld war das?»

«Dreißigtausend, glaube ich, aber wie gesagt, leider Falschgeld.»

Das arabische Palaver begann von neuem.

«Habe ich Ihnen denn tatsächlich irgendwelche Neuigkeiten vermitteln können? Ich dachte, das hätte sich allmählich herumgesprochen. – Ich glaube übrigens nicht, daß Sie sich Sorgen machen sollten um diesen Szretter. Es kann Ihnen doch so ziemlich egal sein, ob man ihn mit falschem oder echtem Geld beliefert, oder ob das Zeug auf dem Weg zu ihm irgendwo verlorengeht.»

«Das ist nicht egal», sagte der Dicke aufgebracht, «wir glauben, daß dieser Mann uns mit dem Falschgeld betrügen wollte. Wir sollten mit Dollar von ihm bezahlt werden. Das wird er uns büßen!»

«Jetzt, wo er das Geld nicht bekommen hat, fällt das wohl ins Wasser. Da würde ich mir an Ihrer Stelle keine Gedanken mehr darüber machen. Warum regen Sie sich denn da noch auf?»

«Warum wir uns aufregen? Wir sollten betrogen werden! Ist das etwa kein Grund?»

Wieder entwickelte sich ein heftiges Streitgespräch zwischen den beiden beinahe hereingelegten arabischen Geschäftsleuten.

Kasia legte eine Hand auf Pakulas Arm und flüsterte: «Laß uns von hier fortgehen. Es sind so komische Leute hier. Ich möchte nicht mit diesen Männern gesehen werden, und auch für dich ist das besser.»

Pakula nickte: «Na gut, denen ist sowieso nicht mehr zu helfen.»

Sie verabschiedeten sich knapp und standen auf. Die beiden Männer nahmen sie kaum noch zur Kenntnis.

Mühsam schoben sie sich durch den überfüllten Saal dem Ausgang entgegen. Die Menge begann zu johlen.

Die Haremsdame auf der Bühne hatte die ganze Zeit gebraucht, um sich ihrer verschiedenen Kleidungsstücke zu entledigen. Die Begeisterung der Gäste galt nun dem Bauchtanz, den sie, nur noch mit einem Lendenschurz bekleidet, zu einigen schrecklich schrägen orientalischen Klängen vollführte. Pakula hielt es für recht unwahrscheinlich, daß der Lendenschurz auch noch fallen würde.

Nachdem sie das Hotel verlassen hatten, fragte Kasia:

«Ich habe nicht alles verstanden, was geredet wurde. Warum waren diese Männer plötzlich so aufgeregt?»

«Anscheinend hatte Szretter sich schon eine Verwendung für das Falschgeld ausgedacht. Er wollte dem Trottel Ziegler das minderwertige Rauschgift dafür verkaufen und dann diese beiden Burschen damit bei einem anderen Geschäft übers Ohr hauen. Es hat zwar alles nicht geklappt, aber ich möchte jetzt trotzdem nicht in seiner Haut stecken. Die beiden da drinnen werden ihren verletzten Stolz bestimmt rächen wollen.»

«Glaubst du, daß Szretter immer noch das Geld sucht?»

«Sicher. Und Ziegler garantiert auch. Und wer weiß, ob sich die beiden arabischen Helden nicht auch noch an dem Suchspiel beteiligen wollen, jetzt, nachdem man sie so beschämt hat.»

«Dann sind Andrzej und Sławek immer noch in Gefahr. Es wird Zeit, daß wir sie finden.»

Sie zwängten sich wieder in den *Syrenka* und fuhren los.

KAPITEL 20

Karol war ein kleiner, schmächtiger alter Mann mit langen, wirren grauen Haaren und wachen hellen Augen, der ständig eine lange dünne Zigarre im Mund hatte. Er ging ein wenig gebeugt und trug einen schäbigen dunkelblauen Anzug, der ihm einige Nummern zu groß war, aber er wirkte sehr beweglich und schien ständig auf dem Sprung zu sein.

Sie trafen ihn in einer *Kawiarnia*, die Pakula wie eine Mischung aus einem Wiener Kaffeehaus und einer Hamburger Eckkneipe vorkam. Die Einrichtung war sehr alt, Tische und Stühle aus dunklem Holz, an den holzvertäfelten Wänden hingen einige große Spiegel. Die dunkelgelben Lampen verbreiteten eine dämmrige Atmosphäre. Offenbar gab es zwei Gruppen von Besuchern: verkrachte Existenzen, die über ihren Wodka-Gläsern träumten, und diskussionsfreudige Intellektuelle, die nie eine Gesprächspause fanden.

Als Kasia und Pakula auf Karol zutraten, stand er gerade zwischen zwei Tischen und war an zwei Gesprächen zugleich beteiligt.

«Wieso», fragte ein junger, wehleidig aussehender Mann den Alten, «wieso hat Andrzej nur einen solchen Erfolg bei den Frauen? Er sieht doch gar nicht so großartig aus.»

«Ja», sagte Karol, «wahrscheinlich, weil er ohne rot zu werden stundenlang über die Bedeutung von Sternzeichen reden kann.» Er blies einen Schwall Zigarrenqualm in die Luft.

«Ach», sagte der Wehleidige mit einem bedauernden Kopfschütteln und beugte sich tiefer über sein Glas, «warum bin ich nur nicht so begabt? Ich bin doch sonst so ein netter Kerl.»

«He, Karol», rief einer vom anderen Tisch, «leih mir doch etwas Geld, du bekommst es morgen wieder.»

«Wie kannst du einen armen Rentner um Geld anbetteln? Ich habe noch nie jemandem irgend etwas geliehen, und heute abend fange ich damit auch nicht an.»

«Ach Karol...»

Kasia tippte dem alten Mann auf die Schulter. Er drehte sich blitzschnell um und sah zu ihr auf. Als er sie erkannte, hellte sich sein mürrisches Gesicht auf:

«Sieh da, sieh da, das Engelchen fliegt mal wieder bei uns vorbei. Das ist aber eine angenehme Überraschung.»

Er beugte sich nach vorne und küßte ihr höflich die Hand.

Kasia stellte Pakula als «Freund Jerzy» vor und erklärte, daß sie auf der Suche nach Andrzej und Sławek seien.

«Ach, die beiden Witzbolde», sagte Karol, «die sind den halben Tag hinter mir hergelaufen und haben gejammert. Schienen ein bißchen ängstlich zu sein. Ich war ja schon immer der Meinung, daß sie zu nichts zu gebrauchen sind. Ich habe versucht, sie loszuwerden, aber sie haben mir die Ohren vollgeheult. Als sie mir dann sogar Geld angeboten haben – sie wollten mir ein paar Dollar in die Westentasche stopfen –, haben sie mir doch leid getan, und ich habe ihnen eine Adresse gegeben, wo sie sich ein wenig ausruhen können.» Er lächelte Kasia freundlich an:

«Keine Angst, ich habe kein Geld von ihnen genommen. Sie waren doch immer arme Schlucker, nicht wahr? Aber was ist denn eigentlich passiert, daß sie so aufgeregt sind?»

«Sie haben sich übernommen», erwiderte Kasia, «und wir müssen sie finden, bevor sie noch weitere Dummheiten anstellen.»

Karol schüttelte den Kopf. «Ich habe ja immer gesagt, die beiden sollen sich einen anständigen Beruf suchen. Die haben keine Nerven. Sie werden immer Amateure bleiben. – Na, komm mal mit», er nahm Kasia am Arm und zog sie in eine Ecke an der Theke, «ich schreibe dir die Adresse auf, damit du hinfahren kannst, um ihnen die Leviten zu lesen.»

Pakula sah, wie Karol ihr gewissenhaft eine Adresse auf ein Blatt Papier schrieb, und wie sie noch aufgeregt miteinander sprachen und Karol ihn mit einem kritischen Seitenblick musterte. Dann kamen sie zurück.

«Wenn ich das richtig verstehe», sagte Karol zu Pakula, «sind Sie an allem Schuld.»

Pakula war sehr erstaunt. «Wieso...?»

«Man soll die Jugend nicht in Versuchung führen», sagte Karol mit erhobenem Zeigefinger.

Damit wandte er sich ab und setzte sich an einen Tisch, an dem zwei Männer mit Würfeln spielten.

Kasia lachte. «Komm, laß uns jetzt gehen, wir sollten uns beeilen.» Und beim Hinausgehen sagte sie: «Karol meinte, so dumm sei noch nicht einmal er gewesen, als er jünger war, daß er mit zwei Taschen voller falscher Dollar nach Polen eingereist wäre.»

Pakula war verstimmt. «Warum hast du ihm das überhaupt erzählt?»

«Mach dir darüber keine Sorgen, ihm kann man alles anvertrauen. Es ist besser, er weiß zuviel als zuwenig. Er hilft jedem seiner Freunde, wenn er kann.»

Aber Pakulas mühsam aufgebautes kleines Selbstbewußtsein hatte wieder einen Knacks bekommen.

«Übrigens scheinen auch andere Leute auf der Suche nach Andrzej und Sławek zu sein. Karol erzählte, daß man sich nach jemandem erkundigt hat, der plötzlich zu besonders vielen Dollar gekommen sei oder nach Personen, die sich im *Interconti* auskennen. Und später hat man Karol sogar direkt nach zwei Männern gefragt, die der Beschreibung nach die beiden gewesen sein könnten. Irgend jemand hat eine Menge Leute auf die Suche geschickt.»

«Weiß Karol, wer hinter alldem steckt?»

«Er meinte nur, es seien immer die gleichen, die in Warschau ein Durcheinander verursachen. ‹Immer diese Leute, die das Geschäft und die guten Sitten verderben›, hat er gesagt.»

Wieder im Wagen, dirigierte Kasia sie aus der Innenstadt heraus. Sie fuhren viele Umwege, wechselten von großen Straßen auf kleine und umgekehrt, bis sie sicher waren, daß ihnen niemand folgte.

«Karol hat die beiden in irgendeinem leerstehenden Lagerhaus am Stadtrand untergebracht. Es wird nicht einfach sein, es zu finden. Den Straßennamen habe ich, und die Hausnummer soll ganz groß auf ein Tor gemalt sein, aber es wird dort furchtbar dunkel sein.»

Nachdem sie schon ein ganzes Stück aus der Stadt hinausgefahren waren und kaum noch Wohnhäuser auftauchten, nur gelegentlich Wiesen und Felder zwischen den bebauten Flächen, bat Kasia Pakula um sein Feuerzeug. Im Schein der Flamme studierte sie gewissenhaft die Zeichnung, die Karol ihr auf das Blatt Papier gemalt hatte.

«Fahr etwas langsamer.»

Die Gegend, durch die sie jetzt fuhren, war hauptsächlich mit Lagerhallen und Schuppen bebaut. Sie bogen in kleinere, verwinkelte Straßen ein und suchten nach Straßenschildern.

Nach einigen Irrwegen und vielem Fluchen, als Pakula den Rückwärtsgang nicht finden konnte, hatten sie, dank Kasias Geduld, den richtigen Weg gefunden. Es war eine schmale Straße, die einen weiten Bogen nach links beschrieb. Sie wurde rechts und links von Zäunen und Mauern begrenzt. Wegen der vielen mit Wasser gefüllten tiefen Schlaglöcher mußten sie langsamer fahren, als zum Suchen nötig gewesen wäre. Eine der wenigen Straßenlaternen leuchtete in einen verwilderten Obstgarten. Etwas weiter streiften die Scheinwerfer des *Syrenka* den zerrissenen Metallzaun eines Schuttabladeplatzes. Dann gelangten sie zu dem Lagerhaus, über dessen verrosteten Flügeltüren eine Lampe mit einer Glühbirne hing und die großen Ziffern dürftig beleuchtete, die auf die Türen mit schwarzer Farbe gemalt worden waren. Die Ziffern ergaben zusammen die Zahl 23.

Kasia deutete darauf: «Dort muß es sein.»

Pakula parkte den Wagen auf einer Grasfläche im Schatten an der rechten Seite des Gebäudes. Der Boden war aufgeweicht, und er nahm Kasia in den Arm, damit sie nicht ausrutschte.

Über das Eingangstor an der Vorderseite des Gebäudes, direkt unter der Lampe, waren große Blockbuchstaben direkt auf den rohen Putz gemalt worden: *PAPIER HIGIENICZNY – POLEKSPORT*. Die kleine Tür im rechten Torflügel ließ sich nicht öffnen. Sie mußten anklopfen. Es dauerte sehr lange, bis jemand sich bemerkbar machte. Pakula drehte sich noch einmal um und musterte die Umgebung. Weit und breit war keine Menschenseele zu sehen.

«Wer ist da?» fragte endlich jemand hinter der Tür.

«Ich bin es, Kasia. Mach doch auf, Andrzej!»

«Bist du allein?»

«Ein Freund ist mit mir gekommen, der mit euch sprechen möchte.»

Eine Weile war es still, dann wurde ein Schlüssel geräuschvoll im Schloß umgedreht. Andrzej blickte kurz durch den Türspalt und schob sie dann ganz auf. Sie traten in eine dunkle Lagerhalle, in der es nach Staub roch. Es war sehr dunkel. Weit hinten im Raum sah man den Schein einer Lampe, die hinter irgendwelchen Warenstapeln leuchtete. Andrzej hielt eine Taschenlampe in der Hand, die er zuerst kurz auf Kasia richtete und dann länger auf das Gesicht ihres Begleiters.

«Das ist Jerzy», sagte Kasia, «du kannst ihm vertrauen. Er steckt genauso in Schwierigkeiten wir ihr beide. – Teilweise durch unsere Schuld», fügte sie hinzu.

Der Schein der Taschenlampe wanderte in Andrzejs Gesicht, und Pakula sah einen verlegen grinsenden jungen Mann vor sich, der etwa fünfundzwanzig Jahre alt sein mußte. Er verbeugte sich linkisch und sagte:

«Andrzej Krasicki – zu Ihren Diensten.»

In seinem Gesicht klebte vertrocknetes Blut.

Kasia trat mit einem erschreckten Aufschrei auf ihn zu und

faßte ihn am Arm: «Um Gottes willen, Andrzej, was ist mit dir passiert?»

Andrzej strich sich mit der einen Hand über das Gesicht und sah plötzlich sehr müde aus. Dann nahm er die Taschenlampe herunter und leuchtete auf den Boden.

«Mir ist gar nichts passiert», sagte er, «aber Sławek geht es sehr schlecht.»

«Wo ist er?»

Er deutete mit der Lampe nach hinten in den Raum.

«Er braucht einen Arzt. Aber wir können nicht ins Krankenhaus, das ist zu gefährlich für uns. Dort würden sie doch sofort die Polizei alarmieren.»

Andrzej ging voran und führte sie in den hinteren Teil der Lagerhalle, von wo das Licht leuchtete.

An den Wänden standen hohe, eiserne Regale, auf denen viele große Kartons gestapelt waren. Die gleichen Regale standen im Raum, dazwischen waren Gänge, ein sehr breiter in der Mitte. Gelegentlich lagen in irgendwelchen Ecken unordentliche Stapel von Papiersäcken und Kartons. Auf einem solchen Stapel in der hintersten Ecke eines Ganges zwischen zwei hohen Regalen hatte Andrzej seinen Freund Sławek gebettet. Über ihm brannte eine nackte, trübe Glühbirne.

Er lag regungslos da und atmete schwer. Anscheinend war er bewußtlos. Er war nicht groß, aber kräftig, seine Jeans und der Pullover, den er trug, waren voller Blut. Auch sein Gesicht war mit Blut beschmiert, stark angeschwollen und hatte teilweise eine dunkelblaue Farbe.

«Oh, mein Gott», flüsterte Kasia, «was ist denn mit ihm passiert?»

Sie ging zu ihm hin, fühlte seinen Puls und untersuchte sein Gesicht.

«Als wir unterwegs zu unserem Auto waren», sagte Andrzej, «haben uns ein paar Burschen überfallen. Vier oder fünf müssen es gewesen sein. Ich konnte weglaufen, aber der arme Sławek war nicht schnell genug. Sie haben ihn schlimm verprügelt. Ich glaube, sie wollten irgend etwas von ihm erfahren. Er hat nichts gesagt, da haben sie ihn auf der Straße liegenlassen. Ich habe ihn dann ins Auto getragen und hierhergefahren. Ich weiß nicht, was ich jetzt mit ihm machen soll...»

«Er muß unbedingt in ein Krankenhaus», sagte Kasia.

«Kannst du denn nichts machen?» fragte Andrzej verzweifelt.

«Nein, vielleicht hat er innere Verletzungen, das kann lebensgefährlich sein. Er muß unbedingt von einem Arzt untersucht werden.»

«Dann müßt ihr ihn mitnehmen.»

«Laßt uns das lieber mal genau überdenken», sagte Pakula und fragte Andrzej: «Was ist mit dem Geld? Hast du es noch?»

Andrzej blickte hilfesuchend zu seiner Schwester.

«Es ist sein Geld. Nicht direkt, aber wir haben es aus seinem Hotelzimmer gestohlen. Es hat sich übrigens nicht gelohnt, es ist nämlich Falschgeld.»

«Falschgeld, aber wieso das...?»

«Die Geschichte erzählen wir dir später», schaltete Pakula sich ein. «Du mußt nur wissen, daß eine ganze Horde von Gangstern zur Zeit auf der Suche nach dem Geld ist, und damit auch nach euch. Und die können noch unangenehmer werden.»

Andrzej setzte sich auf einen Karton und vergrub das Gesicht in den Händen.

«O Gott, was ist das für ein Durcheinander», murmelte er.

«Was machen wir denn jetzt?» fragte Kasia.

Pakula wandte sich an Andrzej: «Wo ist das Geld?»

Der deutete in eine Ecke: «Dort hinten, es ist noch alles da.»

«Du mußt Sławek in ein Krankenhaus bringen», sagte Pakula zu Kasia. «Erzähl ihnen, daß er dir geholfen hätte, als ein Unbekannter dich angefallen hat, oder etwas Ähnliches. Und wir bringen uns und das Geld in Sicherheit.»

«Wie soll ich ihn denn ins Krankenhaus bringen? Ich kann doch gar nicht Auto fahren.»

«Das habe ich ganz vergessen. Dann müssen wir es anders machen. Du bleibst bei Sławek, und wir fahren los und rufen unterwegs einen Krankenwagen hierher. Anschließend fahren wir in mein Hotel und überlegen uns in aller Ruhe, was als nächstes zu tun ist.»

«Ja, ich glaube, anders geht es gar nicht. Oder hast du eine bessere Idee, Andrzej?»

Andrzej starrte noch immer auf den Boden. «Nein, ich weiß nicht», sagte er.

«Also dann los!» drängte Pakula.

Andrzej stand schwerfällig auf. Hinter einem Karton holte er eine große, zugebundene Plastiktüte hervor: «Hier ist das Geld.» Im Vorbeigehen warf er einen kurzen, ängstlichen Blick auf seinen bewußtlosen Freund: «Paß gut auf ihn auf, Kasia.»

Draußen im Schein der Laterne konnte Pakula Andrzej zum erstenmal richtig ansehen. Er war etwa so groß wie er selbst, von mittlerer Statur und trug eine Windjacke, Jeans und Turnschuhe, seine blonden Haare waren mittellang und sehr struppig. Er hatte den Tonfall, die Gesten und die Gangart eines aufmüpfigen Jugendlichen. Pakula gefiel er nicht besonders.

Am Auto angelangt, bat Andrzej um die Schlüssel.

«Warum fahren wir nicht mit dem anderen Wagen, der ist doch schneller?» fragte Pakula und deutete auf den Fiat, der ein paar Meter entfernt stand.

«Das Benzin ist so gut wie alle», sagte der Junge. «Außerdem ist das hier mein Auto.» Er klopfte auf das Dach des *Syrenka*. Darauf schien er Wert zu legen.

Nachdem sie losgefahren waren, sagte Andrzej:

«Wissen Sie, was das für ein Lager gewesen ist?»

«Ich habe nicht darauf geachtet.»

«Toilettenpapier!» Andrzej lachte boshaft. «In ganz Polen gibt es kein Toilettenpapier zu kaufen. Und da bei einer Exportfirma liegt es herum. Wahrscheinlich schon seit Jahren. Sicherlich gibt es die Firma schon gar nicht mehr. Aber auf die Idee, es auf den Markt zu bringen, kommt niemand, die haben das Klopapier einfach vergessen. Ich möchte überhaupt mal wissen, welcher Beamte mit der Planung der Klopapierproduktion beschäftigt ist. Dem sollte man in den Hintern treten! Mit dem, was da herumgelegen hat, könnte man ein gutes Geschäft machen.»

Es dauerte lange, bis sie endlich eine Telefonzelle gefunden hatten und einen Krankenwagen rufen konnten. Dann fuhren sie weiter zum *Interconti*.

Im Hotelzimmer setzte Pakula Andrzej die wichtigsten Einzelheiten der ganzen Geschichte auseinander.

Der war begeistert: «Das ist ja eine tolle Sache! Die werden jetzt bestimmt gegenseitig aufeinander losgehen. Und wir sitzen hier und drehen Däumchen. – Nur um Sławek tut es mir leid, er hat ganz schön was abbekommen. Aber er ist hart im Nehmen, in ein paar Tagen ist er sicher wieder auf den Beinen.»

«Ich denke, wir sollten nicht so voreilig davon ausgehen, daß wir aus der Geschichte heraus sind.»

«Was heißt wir? Ich habe damit doch nichts mehr zu tun. Sie haben doch Ihr Geld wieder. Machen Sie damit meinetwegen, was Sie wollen. Mich interessiert diese Geschichte nicht mehr. Ich brauche doch nur abzuwarten.»

«Sei nicht so sicher, daß du aus dem Schlamassel schon wieder heraus bist, bloß weil du das Geld wieder weggegeben hast. Außer mir weiß das ja bis jetzt keiner. Man hat dich einmal aufgespürt und wird weiter nach dir suchen.»

«Na ja, vielleicht stimmt das. Aber was ich nicht mehr habe, kann man mir auch nicht mehr wegnehmen...»

«Vielleicht merken die das aber zu spät.»

«Was soll das denn!» Andrzej schlug zornig mit der Hand auf den Tisch. «Wollen Sie mir angst machen? Sie können mir doch gar nicht drohen, da müssen Sie schon früher aufstehen. Mit dieser Horde von Ausländern sind wir ja auch fertig geworden – Araber waren das, ja, ja...» Er lachte selbstgefällig. «Die haben wir schön ins Bockshorn gejagt. Es war eigentlich Sławeks Idee, das muß ich fairerweise zugeben. Der hat so einen Kriegs-Tick, wissen Sie. Er interessiert sich für alle Kampfhandlungen, die irgendwo in der Welt stattfinden. Liest viel Zeitung, aber vor allem mag er diese Berichte im Fernsehen, aus dem Nahen Osten und so was... Na, jedenfalls war er gleich Feuer und Flamme, als diese Araber vor der Tür standen. Die haben brav geklingelt, und ich bin zur Tür gegangen – hab ja nichts Böses geahnt –, und da standen die Typen schon mit ihren Pistolen in der Hand. Ich dachte, ich seh nicht recht. Hab die Tür gleich wieder zugeworfen, aber sie warfen sich von der anderen Seite dagegen, und einer stellte den Fuß dazwischen. Ich rufe Sławek, der kommt angerannt und schmeißt sich auch mit voller Wucht gegen die Tür, aber es nützt überhaupt nichts, weil da ein Fuß dazwischen steckt. Sławek nimmt sein Klappmesser, läßt es genüßlich aufschnappen – er hatte wirklich seinen Spaß dabei –, und dann sticht er es dem Burschen mit aller Kraft in den Fuß. Der hat natürlich geschrien wie am Spieß, und schwupp war die Tür wieder zu. Aber dann ging es erst richtig los. Das war ein regelrechter Belagerungszustand. Sławek war ganz begeistert davon. ‹Das ist wie in Beirut›, schrie er andauernd. Wir sahen aus den Fenstern, und überall standen diese Typen herum. Es gab keinen Fluchtweg mehr, sogar vor dem einzigen Fenster zum Hof stand einer mit einer Knarre. Sławek saß in der Küche und dachte nach. ‹Wir müssen irgendwie hier rauskommen, sonst kommen sie rein›, sagte er, ‹und es wird zu spät sein, bis die Fatah kommt und uns hier raushaut.› Er sah sich in der Küche um und meinte, was wir jetzt brauchen, wären Molotow-Cocktails oder so was. ‹Wenn die den Bürgerkrieg riechen, kriegen sie garantiert Schiß.› Dann durchwühlte er den Kühlschrank. Wir hatten ja kein Benzin in der Wohnung, also mußten wir das etwas simulieren. Er fand zwei Flaschen Wodka und eine Flasche Spiritus. Das kippte er alles in einem Topf zusammen. Dann füllten wir das Zeug in verschiedene Flaschen ab und stopften sie oben mit alkoholgetränkten Taschentüchern zu. Schließlich steckten wir die Zipfel an und schmissen sie aus allen Fenstern.» Er lachte stolz. «Die brennenden Wodka-Cocktails sahen zwar recht mickrig aus, aber die haben tatsächlich geglaubt, sie sind in Beirut – und zack, mir nichts, dir nichts waren sie außer Sichtweite. Und wir sind in den Hof runtergestiegen und durch die Gärten verschwunden. Ja, Sławek ist eben ein Genie! Nur schade, daß es ihn dann doch noch erwischt hat.»

«Was waren das für Männer, die ihn zusammengeschlagen haben?»

«Polen. Und wenn Sie mich fragen, sahen die nicht besonders intelligent aus.»

«Es scheint eine Menge Leute losgeschickt worden zu sein», sagte Pakula.

«Es ist passiert, nachdem wir uns von Karol verabschiedet hatten. Sławek war zuerst noch bei Bewußtsein... ach Gott, hoffentlich ist er jetzt schon im Krankenhaus. – Und Sie, was machen Sie jetzt mit dem Geld?»

«Ich weiß noch nicht. Ich habe zwei Möglichkeiten. Ich kann es mir aussuchen, wem ich mein Schicksal anvertraue: dem Gangsterboss oder dem Polizisten.»

«Welcher Polizist ist das?»

«Er heißt Kronstad und leitet irgendeine Spezialabteilung.»

«Ach ja, Kronstad. Soll ein guter Mann sein. Sehr korrekt. Angeblich auch gegenüber Leuten, die was auf dem Kerbholz haben. Dem würde ich eher glauben als diesem Szretter. Der betrügt jeden.»

«Leider habe ich auch noch eine Rechnung beim polnischen Staat offenstehen, eine sehr unangenehme. Ich weiß nicht, ob Kronstad soviel Einfluß hat, daß er das einfach übergehen kann.»

«Das ist schwierig. Da kann ich Ihnen nur einen Rat geben: werfen Sie eine Münze.»

Dieses Problem mußte Pakula noch in dieser Nacht lösen, das war klar. Und die Nacht war nicht mehr lang.

Nach einigen Minuten des Schweigens klingelte das Telefon. Es war Kasia. «Es ist alles in Ordnung», sagte sie, «ich bin im Krankenhaus. Sławek geht es gut, soweit man das sagen kann. Ich nehme ein Taxi nach Hause.»

«Sei vorsichtig.»

«Natürlich, gib mir bitte noch einmal Andrzej.»

Andrzej sprach eine Weile mit seiner Schwester, und seine Miene hellte sich auf. Als er aufgelegt hatte, sagte er:

«Er hat es überlebt, es war alles nicht so schlimm, wie es ausgesehen hat.»

Er deutete auf die Whisky-Flasche, die immer noch auf Pakulas Tisch stand: «Ist der Inhalt echt oder auch nur Attrappe? Ich finde, wir haben einen Grund zum Feiern. Bisher haben wir unsere Feinde doch ganz gut an der Nase herumgeführt.»

«Besonders optimistisch bin ich nicht gerade. Ich lege mich jetzt lieber ins Bett. Wenn du willst, bediene dich», sagte Pakula.

«Besten Dank.»

«Wenn du dich auch schlafen legen willst, hier ist noch eine Wolldecke, und auf dem Boden ist genug Platz.»

«Ich bleibe hier sitzen und denke ein bißchen nach. Ich bin nicht müde. Ich habe meine ganze Jugend verpennt, wissen Sie – jedenfalls ist das Kasias Meinung.»

Und später, als Pakula im Bett lag und er im Dunkeln saß, sagte er:

«Hoffentlich sind Sie unserer Familie nicht böse. Erst schlafen Sie mit meiner Schwester und müssen sie auch noch dafür bezahlen. Dann kommen wir und klauen Ihnen den Rest. Das ist schon komisch. Sie haben allen Grund, auf uns sauer zu sein.»

«Ach was», murmelte Pakula müde. Er war ja der Trottel.

KAPITEL 21

Als Pakula am nächsten Tag gegen Mittag aufstand, lag Andrzej in die Decke gewickelt auf dem Boden und schnarchte.

Um sich Zigaretten und eine Zeitung zu holen, verließ er sein Zimmer. Beim Vorbeigehen an der Rezeption bemerkte er einen der Bediensteten, der ihm ein Zeichen machte: «Herr Georgi, für Sie ist ein Brief abgegeben worden.»

Erstaunt nahm er den Brief in Empfang. Es war ein ganz normaler weißer Umschlag. In einer schlecht leserlichen, fahrig-eckigen Schrift stand sein Name darauf und der Name des Hotels. Keine Briefmarke – also mußte er abgegeben worden sein.

«Wer hat ihn denn gebracht?» fragte er.

«Ein junger Mann vor etwa einer Stunde.»

Pakula nahm den Brief mit nach oben. In seinem Zimmer angelangt, setzte er sich an den Tisch und riß den Umschlag auf. Zwei Briefbögen waren in der gleichen unkontrollierten Handschrift vollgekritzelt, in der auch der Umschlag beschriftet worden war.

Nachdem er ein paar Sätze gelesen hatte, wurde ihm beinahe schlecht. Er nahm sich das Wasserglas, das Andrzej auf dem Tisch stehengelassen hatte, und goß sich einen Whisky ein. Er stürzte ihn in einem Zug hinunter und goß gleich wieder nach. Andrzej bewegte sich unter seiner Decke, drehte sich um und sah ihn an:

«He, he, du fängst aber schon sehr früh mit deiner Freizeitgestaltung an.»

«Halt den Mund und steh auf», fuhr Pakula ihn barsch an, «wir haben nämlich Post bekommen, und ich glaube nicht, daß es ein Witz ist. Wird dir gar nicht gefallen – und mir auch nicht.»

Andrzej stand auf: «Was is'n los?»

«Deine Schwester.»

Pakula hielt ihm den Brief hin.

«Das kann ich nicht lesen, das ist Deutsch.»

«Ach ja, entschuldige, das habe ich ganz vergessen. Ich werde es dir übersetzen.»

Herzallerliebster Jerzy!
Du wirst Dich freuen, wieder von mir zu hören. Dein alter Freund Ziegler ist immer noch wohlauf! Und eine Weile werde ich mein Schicksal noch mit dem Deinigen teilen. Nachdem Du mich so schmählich enttäuscht hast, mein Lieber, brauchst Du von meiner Seite auf keine Rücksicht mehr zu hoffen. Im Gegenteil! Daß Du mit Szretter gemeinsame Sache machst, hätte ich nie von Dir gedacht. Dafür müßtest Du eigentlich bitter bezahlen! Aber ich bin gnädig mit Dir und schlage Dir ein kleines Geschäft vor. Und das wirst Du mir kaum abschlagen wollen. Ich hatte nämlich ein Rendezvous mit Deinem Zuckerpüppchen. Du weißt schon, die Kleine, mit der Du den ganzen Abend durch die Gegend gezogen bist. Hab mir sagen lassen, daß Du ein kleines Techtelmechtel mit ihr im Hotel gehabt hast. Meinen Glückwunsch! Nicht schlecht für Dein Alter. Und die Familie hast Du ja auch bereits kennengelernt. Ich habe es ja immer gesagt, in der Heimat wird man glücklich. Ich habe sie vor diesem Krankenhaus aufgelesen. Und mit Hilfe einiger Freunde auch dazu überreden können, für eine Weile bei mir zu bleiben. Sie hat sich nicht gerade in mich verliebt, aber sie wird es eine Weile bei mir aushalten müssen, bis wir ein Arrangement getroffen haben, Du und ich.
Ich will mein Geld zurückhaben! Und zwar bald. Wenn Du und Dein familiärer Anhang die kleine Hübsche wiedersehen wollt, dann bringt das Geld. Ich weiß, daß Ihr es habt, also versuch nicht, Dich rauszureden!
Sobald Du Deine Tränen getrocknet hast, die Du so gerne über die Schlechtigkeit der Welt vergießt, kannst Du mich anrufen. Aber bitte nicht vom Hotel aus, und rede nicht soviel.
Und vor allem bedenke eins: Ich lasse mich nicht ein zweites Mal von Dir in die Pfanne hauen! *Z.*

Darunter hatte er eine Telefonnummer gekritzelt.

Andrzej war verblüfft. «Z., wer ist das? Spinnt der? Ich glaub das nicht. Kasia hat uns doch noch gestern angerufen.»

«Bevor sie Ziegler getroffen hat. Dieser verrückte Hund hat sie entführt. Und ich habe gedacht, ich wäre ihn ein für allemal los.»

«Wer ist das, was macht er hier? Ist das der, dem das Geld gehört?»

«In seinem Auftrag habe ich das Geld nach Warschau transportiert. Die Übergabe hat nicht funktioniert, das Geschäft ist geplatzt. Dann ist er aufgetaucht und hat Streit mit seinem Geschäftspartner gesucht und gefunden, mit Szretter, und der hat ihn sehr unsanft an die Luft gesetzt. Und daß sie jetzt alle hinter dem Geld her sind, weißt du ja selbst.»

«Was machen wir jetzt? Was ist das für ein Kerl, ist er gefährlich?»

«Ziegler ist ein halber Irrer, dem ist alles zuzutrauen. Wenn er durchdreht, ist er fähig, sie umzubringen. Das beste wird sein, daß wir tun, was er verlangt.»

«Aber das Geld ist deine einzige Möglichkeit, wieder heil aus dem Land zu kommen», sagte Andrzej. «Wenn du es weggibst, wird dir keiner mehr helfen. Dann kannst du gleich freiwillig ins Gefängnis wandern für den Rest deines Lebens.»

«Aber was sollen wir denn sonst machen? Ziegler hat bestimmt einige Leute angeheuert, damit ihm nicht ein zweites Mal so etwas passiert wie mit Szretter. Er ist schon öfters hier in Warschau gewesen, und ich bin mir sicher, daß er die entsprechenden Kontakte hat. Wir sind zu zweit, haben keine Waffen, einmal abgesehen davon, daß ich damit auch nicht umgehen könnte. – Wir befinden uns in einer absolut miesen Lage. Oder kennst du jemanden, der uns helfen könnte?»

«Der einzige, mit dem ich zusammengearbeitet habe, war Sławek. Wir haben uns nie mit anderen Leuten abgegeben. Ich kenne niemanden.»

«Und dieser Karol?»

Andrzej wehrte ab. «Ach der, der kennt nur Rentner und Halbverrückte, der kann uns auch nicht weiterhelfen.»

«Die Polizei.»

«Dann hast du alle deine Chancen auf einmal verspielt. Das ist doch Blödsinn. Die würden dich in einem solchen Fall garantiert reinlegen. Und daß die polnische Polizei einmal Geiseln befreit hätte, habe ich noch nie gehört. Damit brächten wir Kasia nur noch mehr in Gefahr.»

«Dann sind wir auf uns alleine gestellt.»

Andrzej dachte nach. «Eine Möglichkeit gäbe es vielleicht

doch: wir könnten versuchen, Szretter auf diesen Ziegler zu hetzen. Wenn die beiden sich dann bekämpfen, können wir uns vielleicht um Kasia kümmern.»

«Aber Szretter hat doch keinen Grund mehr, sich mit Ziegler zu befassen.»

«Dann müssen wir ihm eben einen Grund geben.»

«Du meinst, wir sollten ihm klarmachen, daß Ziegler sich das Geld bereits geholt hat?»

«Genau das.»

«Aber wie können wir Szretter erreichen? Ich habe keine Ahnung, wo er sich aufhält. Er hat viele verschiedene Stützpunkte. Da, wo wir ihn besucht haben, ist er unter Garantie nicht mehr anzutreffen. Und die Mädchen, die dort wohnen, können uns sicher auch nicht weiterhelfen. Denen wird er sowenig wie möglich von sich erzählt haben.»

«Das ist natürlich ein Problem. Wir könnten aber versuchen, Informationen auszustreuen. Das wäre ein Risiko, weil wir nicht sicher sein können, ob die Informationen ihn auch erreichen, und ob er den Gerüchten glaubt. Die Frage ist dann, ob er es für nötig hält, darauf zu reagieren.»

«Wenn wir gleichzeitig versuchen, Ziegler aufzuspüren, haben wir vielleicht eine Chance», sagte Pakula, und er merkte, wie sich ein unangenehmes, nervöses Gefühl in seiner Magengegend breitmachte. Er trank noch einen Schluck Whisky und sah, wie seine Hand begonnen hatte zu zittern. Er machte sich Sorgen um Kasia. Er wollte ihr helfen, aber gleichzeitig wußte er, daß er sich bei seiner Feigheit zu allem zwingen mußte. Er bewunderte Andrzejs Tatendrang:

«Wir müssen alles tun, um Kasia zu helfen.»

«Ja, natürlich», stimmte Pakula zu. Auch auf die Gefahr hin, daß dies das letzte sein wird, was ich in Freiheit getan habe, dachte er und fühlte sich hundeelend.

«Das beste wird sein», sagte Andrzej, «wenn ich gleich losgehe und mich umhöre. Außerdem muß ich ein paar Leute besuchen, bei denen ich meine Gerüchte loswerden kann. Du wartest so lange damit, Ziegler anzurufen, bis ich zurückkomme. Ein bißchen Geduld muß er schon aufbringen, wenn er das Geld wiederhaben will.»

«Du solltest dich trotzdem beeilen.»

«Ja, natürlich. Glaubst du denn, ich will meine Schwester nicht wieder zurückhaben?»

«Entschuldige, so war das nicht gemeint.»

«Gut. Dann gehe ich jetzt los. Du wartest hier. Es ist sowieso sicherer, wenn du das Hotel nicht verläßt. Und wenn Ziegler eine neue Nachricht für uns hat, wird er sie hier abgeben.»

Pakula nickte. Er spürte, wie ihn eine schwerfällige Mutlosigkeit überfiel.

«Und trink nicht soviel», fügte Andrzej hinzu, mit einem scharfen Blick in Richtung Whiskyflasche.

«Ach was!» entgegnete Pakula, und sein Blick streifte die beiden immer noch nutzlos auf dem Tisch stehenden Sektflaschen.

Andrzej machte sich auf den Weg.

Pakula ließ sich ein Frühstück kommen, rührte aber kaum etwas davon an. Er trank viel Kaffee, aber auch das riß ihn nicht aus seiner dumpfen Melancholie. Er versuchte Zeitung zu lesen, aber für jeden Satz brauchte er fünf Minuten. Am Nachmittag hatte er die Zigarettenschachtel leergeraucht und ging nach unten in die Hotelhalle, um sich im *Pewex* ein paar neue zu kaufen. Dann saß er weiter in seinem Zimmer und überließ sich seinen sich immer weiter im Kreis drehenden Gedanken.

Als es schon wieder dunkel geworden war, kam Andrzej zurück. Er brachte Neuigkeiten.

«Es hat einen ziemlichen Aufruhr in der Stadt gegeben. Die Unterwelt ist durcheinandergeraten. Und Szretter hat anscheinend das große Reinemachen angeordnet. In den letzten vierundzwanzig Stunden muß alles drunter und drüber gegangen sein. Offenbar ein Kampf um die Marktanteile. Und es sieht so aus, als ob Szretter sich seine Position wieder zurückerobern konnte.» Er lachte. «Das sind ja fast amerikanische Verhältnisse!»

Andrzejs Erscheinen rüttelte Pakula wieder wach.

«Was ist denn passiert?» fragte er.

«Szretter hat alle seine Leute losgeschickt, um den Arabern einzuheizen. Zunächst hat es nur ein paar Prügeleien gegeben und dann wohl auch eine Schießerei. Mitten in Warschau, das muß man sich einmal vorstellen! Es muß in den frühen Morgenstunden gewesen sein. Viele wurden verletzt, man sagt, daß es sogar Tote gegeben haben soll. Die Miliz hat eine ganze Horde wildgewordener Polen und ein paar Araber festgenommen, aber Szretter und andere wichtige Personen sind natürlich entkommen. Ihm wird man wie immer nichts beweisen können, falls überhaupt jemand auf die Idee kommen sollte, ihn damit in Verbindung zu bringen. Das muß ein Riesenspaß gewesen sein!»

«So lustig stelle ich mir das auch nicht vor», warf Pakula ein.

«Vor dem *Grand Hotel* hab ich die beiden amerikanischen Schlitten gesehen, die mit den syrischen Kennzeichen: sie sind völlig demoliert. Irgend jemand muß mit einem Vorschlaghammer darauf losgegangen sein. Das hätte ich gern gesehen!»

«Wer hat dir das denn alles erzählt?»

«Freunde, Bekannte und natürlich Karol, der weiß doch immer über alles Bescheid.»

«Hast du etwas über Ziegler erfahren?»

«Nein, nichts. Niemand weiß etwas von ihm. Er scheint spurlos verschwunden zu sein. Ich habe natürlich fleißig Gerüchte in die Welt gesetzt und bin mir ziemlich sicher, daß Szretter inzwischen auf der Suche nach Ziegler ist. Ich denke, wenn er sowieso gerade beim Großreinemachen ist, dann wird er ihn auch gern aus dem Weg räumen. Wir brauchen also nur abzuwarten, bis er ihn aufscheucht. Und das wird er sicherlich tun wollen, wenn er all die phantasievollen Geschichten gehört hat, die nun in Warschau im Umlauf sind.» Er grinste Pakula stolz an, aber der konnte sich kein Lächeln abringen. «Zum Beispiel, daß Ziegler mit der Mafia zusammenarbeitet, daß er ein amerikanischer Gangster und Agent ist, daß er ein Polizeiprovokateur ist und so weiter. Selbst wenn Szretter das alles nicht glaubt, wird er um des lieben Friedens willen und damit seine Geschäfte ruhig weiterlaufen können, etwas unternehmen müssen. Und wir warten ab, was passiert.»

«Ist das nicht ein bißchen zuwenig?»

«Na hör mal! Ich reiße mir die Beine aus, und du bläst Trübsal. Natürlich wird etwas passieren! Und Ziegler wartet sicher schon darauf, daß wir uns melden. Und das können wir jetzt tun.»

Also verließ Pakula das Hotel und machte sich auf den Weg zu einer Telefonzelle.

Er wählte die Nummer, die Ziegler unter seinen Brief gekritzelt hatte, und eine rauhe Männerstimme meldete sich.

«Ich möchte mit Ziegler sprechen.»

«Wer sind Sie überhaupt?»

«Pakula.»

«Moment.»

Nach einer Weile kam Ziegler an den Apparat: «Hallo Jerzy, nett, daß du mal anrufst. Ich dachte schon, du hättest mich vergessen. Oder wolltest du dich um deine neue Freundin gar nicht mehr kümmern?»

«Red nicht soviel Unsinn, sondern sag mir lieber, was du von mir willst und was du mit Kasia gemacht hast.»

«Um das Mädchen brauchst du dir wirklich keine Sorgen zu machen. Du weißt doch, daß ich reizend sein kann. Sie ist bei mir in besten Händen.»

«Ich möchte mit ihr sprechen.»

«Immer mit der Ruhe. So eilig kannst du es gar nicht haben. Warum rufst du erst so spät an?»

«Es ging nicht früher. Ich hatte einige Probleme. Szretters Leute haben mir zugesetzt. Er hat ganz Warschau in Aufruhr versetzt. Du kannst dir doch denken, daß das auch für mich schwierig ist. Er ist immer noch genauso an dem Geld interessiert wie du.»

«Ah, Szretter, diese Kanaille! Rufst du etwa in seinem Auftrag an?»

«Nein, ich habe ihn abwimmeln können. Ich bin nur daran interessiert, daß das Mädchen wieder freikommt. Alles andere ist mir egal. Mit Szretter kannst du dich meinetwegen herumschlagen.»

«Du hast ihm etwas von mir erzählt?»

«Mit ihm habe ich gar nicht gesprochen. Aber ich weiß, daß er auf der Suche nach dir ist.»

Für eine Weile war es still am anderen Ende der Leitung. Dann hörte man ein Räuspern, und Ziegler fragte: «Was will er denn von mir?»

«Das weiß ich nicht, damit habe ich nichts zu tun.»

«Er wird sich umsonst bemühen, der findet mich nicht.»

«Du kannst das Geld haben, wenn du Kasia freigibst. Aber bevor wir irgend etwas vereinbaren, will ich mit ihr sprechen und mich davon überzeugen, daß es ihr gutgeht.»

«Traust du mir nicht?»

«Nein, warum sollte ich auch? Außerdem kann das alles ein Bluff sein.»

«Na gut», sagte Ziegler. «Ich werde dir diesen hübschen Ring schicken, den sie am Finger trägt.»

«Das genügt nicht. Das ist kein Beweis dafür, daß sie noch lebt und daß es ihr gutgeht. Ich will mit ihr sprechen.»

«Das geht jetzt nicht, sie ist nicht hier.»

«Dann laß dir was einfallen.»

«Ich werde dich noch einmal anrufen, im Hotel. Dann kannst du zwei Sätze mit ihr wechseln, aber das wird alles sein. Mehr ist mir zu riskant.»

«In Ordnung», stimmte Pakula zu.

«Außerdem werde ich dir einen Brief zukommen lassen, in dem stehen wird, wo, wie und wann die Übergabe stattfinden wird. – Das wär's dann.»

Damit hatte Ziegler eingehängt.

Pakula ging wieder ins Hotel und beauftragte den Portier damit, ihm sofort Bescheid zu geben, wenn ein Brief abgegeben werden würde.

Zurück im Zimmer, erzählte er Andrzej von seiner Vereinbarung mit Ziegler.

«Gut», sagte der, «dann werde ich mich wieder aufmachen. Vielleicht kann ich doch noch herausfinden, wo Ziegler sich versteckt hat. Du wartest hier auf den Brief und den Anruf.» Er zögerte, als er schon die Hand auf der Türklinke hatte. «Sag irgend etwas Nettes zu Kasia, ich glaube, sie hat es nötig.»

Der Anruf kam gegen zehn Uhr.

«Hallo?»

«Hier ist Kasia.»

«Wie geht es dir? Wo bist du jetzt, was ist passiert?»

«Ich kann nicht viel sagen, sie stehen neben mir, hören alles mit. Ich weiß nicht, wo ich bin. Mir geht es gut. Sie sind freundlich zu mir. Was ist mit Andrzej, ist er bei dir?»

«Er ist gerade unterwegs, wird aber bald zurück sein.»

«Seid vorsichtig, ich traue diesen Leuten nicht...»

«Mach dir keine Sorgen, wir werden das schon hinkriegen», wollte Pakula noch sagen, aber es klickte in der Leitung, und er sprach ins Leere.

Etwa eine Stunde später meldete sich der Portier bei Pakula und teilte ihm mit, daß ein Brief abgegeben worden sei. Pakula bat, ihn sofort nach oben bringen zu lassen.

Wieder starrte er auf Zieglers krakelige Handschrift.

Im Umschlag fühlte er etwas Hartes. Nachdem er ihn aufgerissen hatte und schüttelte, rollte Kasias Ring heraus. Er nahm ihn zwischen zwei Finger und hielt ihn in das Licht der Zimmerlampe. Es war ein silberner Ring mit einem Bernstein. Er dachte an den Abend, als er sie kennengelernt hatte, und daran, wie gut sie ausgesehen hatte. Aber es war nicht der richtige Moment, um sentimental zu werden.

Der Brief enthielt Zieglers knappe Instruktionen. Das Treffen sollte am nächsten Tag um sieben Uhr morgens an einem bestimmten Punkt im Park Łazienkowski stattfinden: beim Chopin-Denkmal, einem beliebten Ausflugsziel Warschauer Spaziergänger. So früh am Morgen würde natürlich noch kein Mensch dort unterwegs sein, und aller Wahrscheinlichkeit nach war es dann auch noch stockdunkel. Immerhin war der Ort leicht zu finden. Ziegler mußte es ziemlich eilig haben, wenn er die Verabredung so kurzfristig ansetzte und noch dazu an einem bekannten Ort mitten in der Stadt. Offensichtlich war ihm der Boden hier zu heiß geworden, und er war froh, wenn er aus Szretters Reichweite verschwinden konnte.

Eine beunruhigende Frage tauchte nun in Pakulas Gedanken auf: Was würde er tun, wenn er diese letzte Sache hinter sich gebracht hatte, wenn er das Geld zum zweitenmal losgeworden war, wenn niemand mehr hinter ihm her sein würde außer der polnischen Polizei? Sollte er sich gleich stellen? Oder sollte er untertauchen und warten, bis man ihn aufstöberte? Wäre es vielleicht sogar möglich, über irgendeine Grenze zu flüchten, um irgendwie in den Westen zurückzugelangen?

Alle diese Fragen machten ihn mutlos. Es bedrückte ihn, sich andauernd wieder Gedanken über sein Schicksal machen zu müssen.

Immerhin würde er morgen früh Kasia wiedersehen. Aber wie albern war es, sich auf so etwas zu freuen!

Als er es leid war, noch weiter auf die Rückkehr oder eine Nachricht von Andrzej zu warten, legte er sich ins Bett.

KAPITEL 22

Pünktlich ab sieben Uhr morgens wartete Pakula am vereinbarten Treffpunkt im Park Łazienkowski auf Ziegler. In der einen Hand hielt er die zugebundene Plastiktüte, in die Andrzej und Sławek die falschen Dollar hineingepackt hatten. Er hatte den Kragen seines Regenmantels hochgeschlagen und fror erbärmlich. In dieser Nacht mußte die Temperatur unter den Gefrierpunkt gesunken sein.

Das Chopin-Denkmal ragte schwarz in den Himmel, der sich im Osten zögernd aufzuhellen begann. Dicke, schwarze Wolken zogen über ihn hinweg, und es wehte ein eisiger Wind. Eine dünne, zarte Eisschicht überzog die Wasseroberfläche des kleinen Teichs vor dem Denkmal, dessen Wasser zum größten Teil abgelassen worden war.

Obwohl er mit dem Taxi bis in die Nähe des Denkmals hatte fahren können, hätte er es in der Dunkelheit beinahe nicht gefunden. Einige Minuten lang war er auf großen und kleinen Wegen umhergeirrt und hatte schon Angst bekommen, daß er die Verabredung nicht würde einhalten können. Nun stand er in dem düsteren Grau, das ihn umgab, und es sah ganz so aus, als ob dieser wolkenverhangene Tag niemals wirklich hell werden würde.

Er war alleine hierhergekommen, denn Andrzej hatte sich während der ganzen Nacht nicht gemeldet. Dem Taxifahrer hatte er irgendwelches verrücktes Zeug darüber erzählt, daß Fotografieren sein Hobby sei, und daß er auf genauso einen Morgen gewartet hätte, um ein besonders schönes Foto von dem größten polnischen Musiker zu machen, den er sehr verehren würde. Dabei hatte er vielsagend auf seine Plastiktüte gedeutet, als ob er darin einen besonders interessanten Fotoapparat transportieren würde. Der Fahrer war müde und schlechtgelaunt gewesen und hatte etwas Unverständliches vor sich hingebrummt. Pakula hatte ihm vorsichtshalber einen Zehn-Mark-Schein gegeben, und das Brummen verstummte sofort.

Natürlich hatte Pakula noch nie mit einer Entführung, einer Geldübergabe und der Freilassung einer Geisel zu tun gehabt. Er war nervös und wünschte sich Andrzej herbei. Auch war er sich nicht sicher, wen Ziegler mitbringen und in welcher Geistesverfassung er sich befinden würde. Bei Ziegler konnte man inzwischen mit allem rechnen, besonders damit, daß er plötzlich durchdrehen könnte.

Ganz allmählich wurden die Umrisse der kahlen Bäume und Sträucher schärfer, und der eiskalte Dunst, der zwischen ihnen hing, löste sich auf. In der Ferne dröhnte das dumpfe Grollen des morgendlichen Verkehrs. Pakula ging fröstelnd auf dem Schotterweg auf und ab. Er wechselte die Plastiktüte von einer Hand in die andere, immer dann, wenn die Finger vor Kälte steif zu werden begannen.

Es geschah nichts. Nervös sah er immer wieder auf die Uhr. Fünf Minuten nach sieben, acht Minuten nach, dann zehn, zwölf, fünfzehn... Ziegler ließ sich Zeit.

Um sieben Uhr zweiundzwanzig fielen winzige Schneeflokken vom Himmel. Das Tageslicht hatte nun fast seine volle Helligkeit erreicht. Pakula war noch unruhiger geworden und bekam Herzklopfen. Irgend etwas schmerzte in seiner Brust, wenn er einatmete.

Daß er an einem falschen Ort wartete, war unmöglich, er hatte Zieglers Instruktionen gelesen. Daß Ziegler es nicht finden würde, war auch nicht möglich, denn er hätte wohl kaum einen Ort ausgesucht, bei dem er nicht sicher war, wie er hinkommen konnte. Entweder er erschien, oder es mußte etwas dazwischengekommen sein. Vielleicht hatte man ihn verhaftet? Oder Szretter hatte ihn aufgestöbert. Was war mit Kasia?

Er begann einige größere und kleinere Wege in der Umgebung des Denkmals abzugehen. Ohne Erfolg. Er kam zurück, besah sich das Denkmal von allen Seiten und blickte wieder nervös auf die Uhr.

Das Denkmal stand auf einem etwa zwei Meter fünfzig hohen, sehr breiten und mächtigen Sockel. Darauf saß Chopin in der stolzen Pose eines polnischen Nationalhelden unter einem knorrigen, von einem romantischen Wind verwehten Baum. Pakula erinnerte sich daran, daß er, wenn er früher manchmal ein Konzert besucht hatte, das zu Füßen des Meisters stattfand, es amüsant gefunden hatte, in Chopins Blick diese wohlwollende Arroganz des Meisters zu entdecken, der gnädig auf seine Schüler blickt, die ihm mit ihren Interpretationen zu huldigen versuchen.

Um sieben Uhr zweiunddreißig sah er die erste Fußgängerin: eine alte Frau humpelte einige Meter von ihm entfernt am Rand einer Böschung entlang. Es folgte ein Mann mit einer Aktenmappe, der zügig und ohne sich weiter umzublicken vorbeiging. Es würde sicherlich bald belebter werden. An ein Treffen mit Ziegler war unter diesen Umständen nicht mehr zu denken. Es schien sowieso aussichtslos zu sein, noch länger zu warten. Nach einigem gedanklichen Hin und Her entschloß er sich zu gehen. Zögernd und langsam machte er sich auf die Suche nach dem Weg zurück zum Taxi.

Warum nur mußte er andauernd so ein Pech haben? Warum konnte nicht ein einziges Mal hier in diesem gottverdammten Warschau etwas so vonstatten gehen, wie es geplant war? Und was war mit Kasia passiert? Hoffentlich hatte er nicht irgendeinen Fehler begangen.

Er lief ein ganzes Stück weit, bis er an eine Bushaltestelle kam.

Andrzej saß auf einem der Ledersessel in der Sitzecke der Eingangshalle des *Interconti*. Als er Pakula eintreten sah, drückte er seine Zigarette im Aschenbecher aus und sprang auf, um ihm entgegenzugehen. Pakula sah ihn mißtrauisch an. Andrzej breitete entschuldigend die Arme aus. Er sah völlig übernächtigt aus.

«Tut mir leid, ich habe mich bemüht», sagte er, «aber ich konnte es nicht früher schaffen.»

«Es war alles umsonst, nichts ist passiert», erklärte Pakula gereizt.

«Ich weiß», sagte Andrzej, und Pakula sah ihn erstaunt an, «ich habe einiges in Erfahrung gebracht. Aber laß uns erst einmal hier verschwinden und nach oben gehen. Ich erzähle dir alles, wenn du mir ein ordentliches Frühstück bestellst.»

Während sie auf das Frühstück warteten, stellte Andrzej sich unter die Dusche. Dann, bei Kaffee, Brötchen, Rührei, Marmelade und Käse, begann er zu erzählen: «Ziegler ist nicht mehr in Warschau. Er ist vor Szretters Leuten abgehauen. Es hat lange gedauert, bis ich etwas über ihn erfahren konnte, ich mußte bestimmt zwanzig Lokale durchkämmen. Keiner wußte etwas Genaues, aber solche Ereignisse, wie die der letzten Zeit, sprechen sich natürlich herum. Man erzählt gern, was man weiß, wenn man dafür weitere Neuigkeiten erfährt. Daß Szretter die Araber fertiggemacht hat, hat mächtigen Eindruck hinterlassen. Unsere Gerüchte wurden fleißig verbreitet, und man hat sich gefragt, was wohl als nächstes passieren würde. Viele haben mir auch geholfen, etwas herauszubekommen, als sie erfahren haben, daß Ziegler meine Schwester entführt hat. Entführungen kommen so gut wie nie vor, und alle lehnen das als unmoralisch ab. Nach und nach habe ich herausgefunden, wer mit Ziegler zusammenarbeitet: Er hat drei Burschen engagiert, die hier sowieso nicht beliebt sind. Sie sollen recht brutal sein und auch schon gelegentlich Kollegen übers Ohr gehauen haben – richtig miese Typen eben. Irgend jemand konnte mir dann erzählen, daß die Kerle weit draußen vor der Stadt einen verkommenen Bauernhof besitzen und sich wahrscheinlich mit Kasia dorthin zurückgezogen haben, um ungestört die Nacht vor dem Treffen mit dir zu überstehen. Ziegler wollte wohl vermeiden, daß ihm noch einmal jemand wie Szretter sein Geschäft verdirbt. – Nachdem ich also herausgefunden hatte, wo ihr Versteck sein sollte, bin ich losgefahren –»

«Warum hast du mir nichts davon gesagt? Wir hätten zusammen dorthin fahren können.»

«Dazu war keine Zeit. Bis ich dich aus dem Bett geholt hätte, wäre es vielleicht schon zu spät gewesen. Nach alldem, was ich gehört hatte, wollte Szretter mit seinen Leuten Ziegler noch in dieser Nacht tüchtig einheizen. Ich habe mir gedacht, daß, wenn ich zur rechten Zeit dort wäre, in einem günstigen Moment Kasia hätte rausholen können... Vielleicht wären sie ja so sehr miteinander beschäftigt, daß es geklappt hätte...»

«Aber es hat nicht geklappt.»

Andrzej schenkte sich etwas Kaffee nach und biß hektisch in ein Butterbrötchen. Immerhin hatte er es schon geschafft, zwischen den vielen Worten sein Rührei zu verschlingen.

Pakula sah ihn ungeduldig an: «Was ist denn passiert?»

«Es war so eine verfallene Hütte mit einer vergammelten Scheune in der Nähe von Truskaw. Ringsherum nur Felder und ein bißchen Wald. Ganz gut versteckt. Von einer Straße führte ein Feldweg darauf zu. Jemand hat mir den Weg sehr genau erklärt, aber in der Dunkelheit und mit diesen mickrigen Scheinwerfern meines kleinen *Syrenka* hätte ich es beinahe verfehlt. Ich habe den Wagen irgendwo im Dickicht versteckt und bin die letzten paar hundert Meter zu Fuß gegangen. Es war sehr kalt und neblig. Ich habe erst gemerkt, daß ich am richtigen Ort war, als ich ein paar Meter vor dem erleuchteten Fenster stand. Dann habe ich versucht, durch das Fenster zu sehen, aber wegen der Gardinen war es unmöglich. Also schlich ich um das Haus, um nachzusehen, ob irgend etwas zu machen war. In dem Moment, als ich eine Möglichkeit hineinzusehen entdeckt hatte, kam ein Auto den Feldweg entlanggefahren. Das war schon in den Morgenstunden. Es war ein Lieferwagen, der einem Freund dieser Bauerntölpel gehörte. Er kam, um sie vor Szretter zu warnen, der mit einer ganzen Horde von Schlägern im Anzug war. Ich hörte nur noch, wie Ziegler laut fluchte, und dann ging alles sehr schnell. Sie haben Kasia herausgetragen. Sie hat sich mit Händen und Füßen gewehrt.» Andrzej lächelte. «Einem hätte sie beinahe die Augen ausgekratzt, obwohl sie gefesselt war. – Dann sind sie zusammen in Zieglers Wagen fortgefahren. Nur der Kerl mit dem Lieferwagen fuhr alleine weg. Er in Richtung Stadt und Ziegler mit den anderen auf einen kleinen Pfad hinter der Scheune. Ich wollte schnell zu meinem *Syrenka* zurück, aber es ging nicht, weil Szretters Leute schon auftauchten. Mit mehreren Autos! Sie hielten den Lieferwagen mit diesem ekelhaften, fetten Burschen an, kreisten ihn ein und zerrten ihn aus dem Auto. Obwohl er ihnen sofort erzählt hat, in welche Richtung Ziegler abgehauen ist, haben sie ihn brutal zusammengeschlagen. Ich bin in meinem Versteck geblieben, von dort aus konnte ich alles beobachten – bei den vielen eingeschalteten Scheinwerfern haben sie wahrscheinlich geglaubt, sie hätten Ziegler selbst erwischt. Es war furchtbar. Sie haben ihn einfach liegenlassen und sind hinter Ziegler hergerast. Ich bin zu dem Kerl hingegangen, weil ich dachte, daß er mir vielleicht noch etwas sagen kann, aber er war bewußtlos. Ich habe ihn mit viel Mühe in seinen Wagen gepackt und versucht, den anderen mit meinem

Wagen zu folgen, mußte aber aufgeben, als ich an eine Straße kam und nicht erkennen konnte, in welche Richtung sie weitergefahren sind. Es war ein weiter Weg zurück, und ich kam erst ein paar Minuten vor dir an. – Jetzt weißt du, warum du Ziegler heute morgen nicht treffen konntest. Der ist erst einmal über alle Berge, wenn Szretter ihn nicht erwischt hat.»

«Wo könnte er denn hin wollen?» fragte Pakula.

«Ich habe keine Ahnung. Vielleicht weiß er es selber nicht. Nach Warschau wird er so schnell nicht mehr kommen wollen, das würde er keinen Tag überleben.»

«Aber was machen wir jetzt? Wie finden wir Kasia wieder?»

«Ich weiß es nicht. Außerhalb von Warschau kenne ich niemanden, der mir helfen könnte. Wir wissen ja nicht einmal, in welche Richtung sie gefahren sind ...»

«So stehen wir wieder genauso da wie vorher. Es ist zum Verrücktwerden!»

Eine Weile beschäftigten sie sich schweigend mit ihrem Frühstück. Andrzej schlang alles in sich hinein, was er in die Finger bekommen konnte, während Pakula mehr aus Vernunft etwas zu sich nahm. Er wollte bei Kräften bleiben, denn man wußte ja nicht, was noch kommen würde.

Nach dem Essen rauchten sie schweigend.

«Vielleicht sollten wir doch zur Polizei gehen? Ich meine, bevor Kasia irgend etwas zustößt», sagte Pakula nach einiger Zeit ziemlich resigniert.

«Auf die Polizei sollten wir uns besser nicht verlassen. Das letzte, was die wollen, ist, uns einen Gefallen zu tun. Die werden die Sache so behandeln, wie es ihnen am besten nützt. Solange wir noch das Geld haben, wird Ziegler Kasia nichts antun. Und er wird sich wieder melden, verlaß dich darauf!»

Pakula war sich dessen nicht so sicher. Er fühlte sich wieder einmal überfordert.

«Bis sich etwas Neues ergibt», sagte Andrzej schließlich, «wäre es ganz gut, wenn ich mich ein wenig ausruhen würde. Ich war die ganze Nacht auf den Beinen. Du könntest mir dein Bett anbieten.»

«Ja, natürlich, leg dich nur hin.»

Andrzej legte sich ins Bett und war in kürzester Zeit eingeschlafen. Pakula blieb wieder einmal nichts anderes übrig, als

Zeitung zu lesen. Er haßte diese ewige Warterei. Warum konnte das nicht alles schneller gehen, wenn es schon zu solchen Verwicklungen kommen mußte?

Er nahm sich ein paar Zeitschriften vor, die er am Kiosk gekauft hatte, aber es fiel ihm schwer, sich zu konzentrieren, und er vergaß fast alles, was er gelesen hatte, sofort wieder.

Gleichzeitig mit dem Klingeln des Telefons irgendwann am Nachmittag wachte Andrzej auf. Pakula nahm den Hörer ab – es war tatsächlich Ziegler.

«Du hast unsere Verabredung versäumt», sagte Pakula betont teilnahmslos.

«Ich habe nicht viel Zeit», sagte Ziegler, und seine Stimme hörte sich zu Pakulas Genugtuung gehetzt und unsicher an, «ich mußte aus Warschau verschwinden, das war nicht vorauszusehen. Ich bin auf dem Weg nach Danzig. Wenn du noch interessiert bist, können wir unseren Handel dort zu Ende bringen.»

«Wie sollen wir denn nach Danzig kommen? Und wann und wo wollen wir uns denn dort treffen?»

Es gab einige Störungen in der Telefonleitung, und Zieglers Stimme hörte sich mit einemmal an wie in weiter Ferne.

«Ihr könnt euch ein Auto nehmen, das ist doch kein Problem, oder den Zug –» wieder krachte es in der Leitung – «ich rufe in ein bis zwei Stunden noch einmal an. Bis dahin müßt ihr euch überlegt haben, wo ich euch in Danzig telefonisch erreichen kann.»

Damit hängte er ein.

«Ziegler?» fragte Andrzej.

Pakula nickte. «Er will, daß wir ihm nach Danzig folgen. Er ruft noch einmal an und will eine Telefonnummer wissen, unter der er uns erreichen kann.»

«Die kann er haben, ich habe einen Freund in Danzig, der wird uns helfen. Er hat auch ein Telefon.»

Als Ziegler noch einmal anrief, bekam er die Nummer. Pakula hatte keine Gelegenheit, auch noch nach Kasia zu fragen.

Sie beschlossen, am nächsten Morgen mit Andrzejs Syrenka loszufahren. Es würde sowieso einige Zeit in Anspruch nehmen, die nötige Menge Benzin für die lange Fahrstrecke aufzutreiben. Andrzej hatte seine Benzingutscheine, die ihm monatlich zustanden, längst verbraucht. Also ließ es sich nicht vermeiden, das Benzingemisch für den Zweitakter auf dem Schwarzmarkt zu besorgen. Andrzej fand das nicht so sehr problematisch.

«Ich habe einen Bekannten, der in einem Fuhrbetrieb arbeitet. Dort hat man sich daran gewöhnt, daß das gelieferte Benzin immer viel zu schnell aufgebraucht ist. Mit der fehlenden Menge bessern sie dann ihr Taschengeld auf. Ich hoffe nur, daß genug von dem Gemisch da ist, denn bis Danzig sind es immerhin gut 300 Kilometer.»

Andrzej machte sich sofort auf den Weg, nachdem er genügend D-Mark eingesteckt hatte, und Pakula hatte wieder Gelegenheit, seine Geduld auf die Probe zu stellen.

KAPITEL 23

Andrzej hatte den *Syrenka* mit Benzinkanistern vollgepackt. Nur noch die beiden Vordersitze waren frei geblieben. Über die Kanister hatte er ein paar Decken gelegt, so daß man sie von außen nicht erkennen konnte.

«Hoffentlich werden wir nicht von der Miliz angehalten», sagte er.

Sie fuhren früh am Morgen los, gleich nachdem es hell geworden war. Pakula hatte seine Habseligkeiten wieder in die beiden häßlichen und mittlerweile arg zerfetzten Reisetaschen gestopft. Es war nicht einfach, sie auch noch in dem winzigen Wagen unterzubringen. Schließlich zwängten sie sich beide auf die Vordersitze und fuhren los.

Andrzej war übernächtigt, aber gutgelaunt:

«Ich habe ein gutes Geschäft gemacht», sagte er fröhlich, als sie den Hotelvorplatz verließen, «ich habe meinem Freund die ganzen Vorräte abgekauft, die er für diesen Monat noch hatte. Der hat ganz schön gestaunt, daß ich ihn diesmal nicht wie sonst angebettelt habe. Man muß nur mit der richtigen Sorte Geld in der Hand wedeln, und schon sputen sie sich.»

Sie fuhren über Mława, Nidzica, Ostróda und Elbląg in Richtung Danzig. Wären es nicht diese Jahreszeit, diese Umstände und dieses winzige Auto gewesen, mit dem sie über die Straßen tuckerten, hätte sich eine solche Fahrt gelohnt. In dem grauen Novemberwetter aber konnte man von der Schönheit der Landschaft hier am Rande der Masuren kaum etwas erkennen. Sie bekamen auch nicht die vielen Seen zu Gesicht, die zwischen den wolkenverhangenen Bäumen und Hügeln lagen. Alle Ansätze von nostalgischen Gefühlen, die Pakula hätte entwickeln können, wurden von der banalen, dumpfen Wirklichkeit erstickt, von dem Benzingestank, der Enge, der feuchten Kälte im Wagen und dem unangenehmen Anlaß der Reise.

Nach einem Drittel der Strecke wechselte Pakula auf den Fahrersitz und Andrzej döste eine Weile vor sich hin.

Nach sieben Stunden erreichten sie endlich die Stadtgrenze von Danzig. Das dämmrige Tageslicht kündigte die Dunkelheit an.

«Was ist das für ein Freund von dir, zu dem wir jetzt fahren?» fragte Pakula.

Andrzej hatte das Steuer wieder übernommen und suchte einen Weg durch die engen Straßen der Danziger Innenstadt.

«Künstler», sagte er, «er malt so eine Art surrealer Karikaturen oder etwas Ähnliches. Außerdem ist er der Vorsitzende des Danziger Künstlerbüros, und er wohnt auch dort.»

Das Künstlerbüro war in einem uralten Turm der Stadtmauer am Rande der Stadt untergebracht, umgeben von Brachland, das an ein Industriegebiet anschloß. Einige Gleise der Industriebahnen zogen daran vorbei, und hinter der Stadtmauer konnte man die Wassergräben der ehemaligen Stadtbefestigung sehen. Zum Eingang führten einige steinerne Treppenstufen hinauf, an einem verwilderten Garten vorbei.

Andrzej zog an einem Seil, das neben der Tür hing und durch ein kleines Fenster weiter oben hindurch irgendwohin führte. Drinnen bimmelte ein Glöckchen. Dann hörte man, wie jemand einige Stufen herunterpolterte, und die Tür wurde so schnell aufgerissen, daß sie kaum Zeit zum Quietschen fand.

Vor ihnen stand ein kleiner, stämmiger Mann mit einer Glatze, einem runden Gesicht und einem breiten Grinsen.

«Oha», sagte er, «die gesamte organisierte Kriminalität von Warschau steht bei mir vor der Tür. Hallo Andrzej!»

«Hallo Zygmunt!» Andrzej stellte Pakula vor und sie traten ein.

Zygmunt trug einen langen, grauen Arbeitskittel, der mit Tausenden von Farbspritzern übersät war.

Der Raum, in den sie eintraten, nahm das ganze untere Geschoß des Turmes ein und diente offensichtlich als Zentrale des Künstlerbüros. Auf zwei großen, schweren Holztischen lagen unzählige Prospekte und Papiere, um sie herum stand eine Menge Stühle. An den Wänden hingen Plakate, die zu Ausstellungen und ähnlichen Veranstaltungen einluden.

Sie stiegen über eine Wendeltreppe in der Mitte des Raumes nach oben. Im oberen Raum herrschte eine ähnliche Unordnung. Staffeleien standen herum, auf jeder sah man ein anderes unvollendetes Bild. Auf einem Tisch lag eine unvollendete Kohlezeichnung, unter der sich Pakula zunächst nichts Genaues vorstellen konnte, bis er zu erkennen glaubte, daß darauf ein ganzer Schwarm von Panzern in Zugvögelformation in den Himmel hineinflog und dort anscheinend von Gott Vater persönlich in Empfang genommen wurde.

Zygmunt nahm die Skizze vom Tisch, wobei er irgend etwas wie «mißglückt» vor sich hin murmelte, stellte ein paar Stühle zurecht, damit sich seine Gäste setzen konnten, und ging zu einem alten Kohleherd, auf dem ein Wasserkessel dampfte, um etwas Tee aufzugießen.

«Nun, Andrzej», sagte er dann, als sie zusammen vor ihren dampfenden Teegläsern am Tisch saßen, «in welche Dummheiten hast du dich denn diesmal verstrickt, daß du dich mal wieder bei mir meldest. Aus welchem Schlamassel soll ich dir denn diesmal heraushelfen?» Und an Pakula gewendet: «Jedesmal, wenn er hier auftaucht, hat er Schwierigkeiten. Und das in seinem Alter! Als ich so alt war wie er, wußte ich noch nicht einmal, wie man verkehrt herum in eine Einbahnstraße hineinfährt.» Zygmunt war etwa in Pakulas Alter. «Na, ich komme auch aus der Provinz, da entwickelt man sich langsamer. Die Großstadtkinder haben es ja nicht so einfach heutzutage. Sein Vater war auch nicht ganz astrein... Aber was ist denn eigentlich passiert? Das hörte sich alles recht geheimnisvoll an, am Telefon. Es soll einiges los gewesen sein in Warschau in den letzten Tagen. Bandenkriege und so weiter – von so etwas hat man ja noch nie gehört. Sogar die Zeitungen haben darüber berichtet, aber kein Mensch konnte sich etwas Genaueres darunter vorstellen.

Andrzej erzählte ihm in einer kurzen Zusammenfassung die Ereignisse in Warschau. Die Geschichte fand Zygmunts Beifall: «Da sehnen wir uns immer nach Amerika und haben doch das Chicago vor der eigenen Haustür.» Die Entführung von Kasia machte ihn betroffen: «Den Burschen sollten wir es zeigen! – Jetzt weiß ich auch, was der Anruf von heute morgen zu bedeuten hatte, der kam mir doch gleich so komisch vor. Es muß ein Deutscher gewesen sein. Er hat seltsames Zeug geredet, was ich sowieso kaum verstehen konnte. Er wollte wohl mit einem von euch sprechen. Ich habe nicht gewußt, was ich mit ihm anfangen sollte, und da hat er wieder aufgelegt.»

«Das war Ziegler», sagte Pakula. «Wir werden uns mit ihm hier treffen und das Geld gegen Kasia eintauschen.»

«Ich werde euch dabei helfen», sagte Zygmunt entschlossen. «Braucht ihr Pistolen?»

Andrzej und Pakula sahen sich irritiert an.

«Ich weiß nicht...» sagte Andrzej zögernd.

Zygmunt lachte. «Das hättest du nicht gedacht, was? Daß ich so ein harter Bursche bin? Keine Angst, es sind nur Attrappen. Sie sind von irgendeinem Fest übriggeblieben, an dem wir uns einen Spaß erlaubt haben. Aber sie sehen so echt aus, daß man jemandem damit Angst einjagen kann. Moment mal.» Er ging noch eine Treppe nach oben und wühlte, den Geräuschen nach zu urteilen, offenbar in einigen Kisten herum. Dann kam er wieder nach unten – mit zwei Revolvern in der Hand.

«Man kann leider nur Platzpatronen damit abfeuern», sagte er entschuldigend, «und dummerweise haben wir damals alle verbraucht. Jemand hat sie aus dem Westen mitgebracht, hier kann man nirgends solche Sachen kaufen. Aber sie sehen doch ganz gefährlich aus, nicht wahr?»

Andrzej untersuchte die beiden Waffen begeistert. Pakula hingegen konnte damit nichts anfangen.

«Menschenskinder!» sagte Zygmunt begeistert. «Wer hätte gedacht, daß ich auf meine alten Tage noch ein richtiges Abenteuer erleben werde.»

«Ich glaube, es wäre besser, wenn du uns alleine gehen läßt», sagte Andrzej.

«Aber nein! Wir holen Kasia da gemeinsam raus, und diesem verrückten Deutschen hauen wir eins auf den Schädel!»

«Das wird wohl eher alles ohne großen Aufwand über die Bühne gehen», meinte Pakula.

«Ja... wirklich?» fragte Zygmunt verunsichert. «Aber die Waffen solltet ihr auf jeden Fall mitnehmen, ihr wißt ja nicht, ob dieser Kerl euch nicht vielleicht reinlegen will.»

«Warum sollte er uns reinlegen?» fragte Pakula mürrisch. «Er bekommt sein Geld, läßt Kasia frei, und damit kann er zufrieden sein. Alles andere würde ihn doch auch wieder nur in Schwierigkeiten bringen.»

«Aber es wäre vielleicht doch nicht so schlecht, wenn wir zu dritt hingingen, denn wir wissen nicht, wie viele Männer Ziegler dabei hat», gab Andrzej zu bedenken. «Anscheinend kann man bei ihm nie sicher sein, wie er sich verhält. Der Mann ist unberechenbar, das wissen wir doch genau. Und diese Kerle aus Warschau begleiten ihn wahrscheinlich immer noch.»

«Na gut», gab Pakula zu, «es wird möglicherweise tatsächlich besser sein, wenn wir zu dritt sind. Ich möchte nur kein Risiko eingehen.»

«Ich werde nur dabeisein und alles genau beobachten», erklärte Zygmunt, «ich mache bestimmt keine Schwierigkeiten.»

«Wie wäre es denn, wenn du uns etwas Anständiges zu essen machst?» fragte Andrzej. «Ich habe einen Bärenhunger. Und wir wollen doch nicht, daß uns unsere knurrenden Mägen verraten, wenn wir uns gerade an den Feind heranpirschen, oder?»

Pakula war nicht gerade begeistert von Andrzejs Unbekümmertheit.

«Aber gerne», sagte Zygmunt, «ich werde uns schnell etwas machen.»

Nach dem Essen klingelte endlich das Telefon. Zygmunt gab den Hörer an Pakula weiter.

«Die Sache muß heute abend laufen», sagte Ziegler, «sonst bleibt uns keine Zeit mehr. Aber wir müssen uns vorher noch einmal treffen. Es geht nicht anders. Am Telefon können wir über die Einzelheiten nicht reden. – In zwei Stunden in Sopot im *Złoty Ul.*» Und damit hängte er ein.

Andrzej und Zygmunt sahen Pakula erwartungsvoll an.

«Er hörte sich ziemlich gehetzt an», sagte er. «Hoffentlich dreht er nicht durch, bevor alles vorbei ist.»

Der *Goldene Bienenstock* – das *Złoty Ul* – war eine Kawiarnia im oberen Teil der Promenade, die den Helden von Montecassino gewidmet ist und die sich durch das Zentrum des Ortes längs hindurchzieht bis hin zur Danziger Bucht, wo sie von einer Mole ein ganzes Stück ins Meer hinein verlängert wird.

Pakula erinnerte sich, daß er einmal dort gewesen war. Es mußte im Sommer gewesen sein, als er, wie viele Polen, in Sopot Urlaub gemacht hatte. Im Sommer konnte man auf der Terrasse der *Kawiarnia* sitzen und den Spaziergängern auf der Promenade zusehen. Die besondere Attraktion des Lokals war die Kaffeehauspianistin, die an manchen Abenden während der Saison dort auftrat. Jetzt im November waren keine Touristen in Sopot, und die Kaffeehäuser entlang der Promenade blieben leer.

Der Konzertflügel im *Złoty Ul* war mit einer Plane abgedeckt worden, und die obere Etage, wo er auf einem Sockel stand, war ganz gesperrt. Die meisten Tische waren ohnehin nicht besetzt, nur an einigen saßen ein paar ältere Männer.

Pakula und seine Freunde setzten sich in die Nähe des Eingangs und bestellten sich jeder ein Glas Tee. Sie schwiegen und warteten. Die Tüte mit dem Geld machte Pakula nervös. Er wußte nicht so recht, wohin damit. Draußen begann es zu regnen.

Schließlich stieß Andrzej die beiden anderen mit den Ellbogen an und deutete mit dem Kopf zur Tür hin. Sie konnten zwei verdächtige Gestalten erkennen, die sich rechts und links neben der Tür postierten. Dann ging die Tür auf und Ziegler trat ein. Er trug seinen Wintermantel mit Hut und war völlig durchnäßt. Er sah irgendwie seltsam aus, schien es Pakula. Sein Gesicht war merkwürdig verzerrt.

«Hättest du nicht alleine kommen können?» fragte er gereizt.

«Du hast ja auch zwei Männer mitgebracht», antwortete Pakula und deutete auf die Tür.

Ziegler setzte sich schwerfällig auf den Rand eines Stuhls und zog eine Landkarte aus dem Mantel. Pakula sah, daß seine Hände zitterten. Sein Atem roch sehr stark nach Alkohol und sein Gesicht war von großen, roten Flecken übersät. Er schnaufte.

«Hier!» sagte er, wobei er mit seinen wurstigen Fingern auf einen Punkt auf der Landkarte zeigte. «Hier treffen wir uns.

Und zwar um zwölf Uhr heute nacht.» Er blickte auf und sah Pakula direkt an: «Um vierundzwanzig Uhr, klar? Du bringst das Geld mit, ich das Mädchen, und dann bringen wir es hinter uns.»

Pakula blickte auf die Karte. Ziegler hatte die entsprechende Stelle mit einem schwarzen Kreuz markiert. Er hatte eine kleine Einbuchtung am Strand markiert, ein paar Kilometer von der Mole in nördlicher Richtung entfernt.

«Wie sollen wir denn dort hinkommen? Da führt doch gar keine Straße hin.»

«Dann müßt ihr eben laufen», sagte Ziegler barsch. «Wie ihr da hinkommt, ist mir scheißegal, aber seht zu, daß ihr pünktlich seid, sonst seht ihr die Kleine nie mehr wieder.»

«Wie kommst du denn da hin?»

«Ich habe ein Boot.»

Ziegler stand ruckartig wieder auf, als er sah, daß eine Kellnerin auf sie zukam.

«Ist das klar?» fragte er zum Abschied. Und als Pakula nickte: «Gut, dann bis nachher.»

Damit drehte er sich um und verschwand durch die Tür. Pakula schien es, als ob er ein wenig unsicher ginge.

«Können wir nicht auch ein Boot besorgen?» fragte er Zygmunt.

Der schüttelte den Kopf. «Um diese Jahres- und Tageszeit wohl kaum.»

«Dann haben wir einen Fußmarsch vor uns.»

«Der Kerl sah ein bißchen krank aus, findet ihr nicht?» meinte Zygmunt.

KAPITEL 24

Als sie aufbrachen, wehte draußen ein eisiger Wind, und der Regen war mit Schneeflocken vermischt. Auf der Promenade war längst kein Mensch mehr zu sehen. Die Schaufenster der kleinen Läden waren spärlich erleuchtet, die meisten Lokale bereits geschlossen. Nur in einer Ecke an der Seite eines Lebensmittelgeschäfts drängten sich einige Gestalten.

«Was machen die denn da?» fragte Andrzej.

«Ab neun Uhr abends gibt es dort Wodka zu kaufen. Dort steht immer jemand herum um diese Zeit», erklärte Zygmunt.

Sie überquerten den verlassenen Platz vor der Mole, wo jetzt, im Gegensatz zum Sommer, überhaupt keine Touristen zu sehen waren, und wandten sich nach rechts. An dem majestätischen Gebäude des alten *Grand Hotel* vorbei gingen sie in Richtung auf den Strand zu. Außer in den Fenstern des Speisesaals sah man nur wenige Lichter im Hotel leuchten. Sie verließen den geteerten Weg der Strandpromenade, erreichten den Strand und stapften durch den feuchten Sand.

«Können wir denn nicht den festen Weg noch eine Weile benutzen?» fragte Andrzej mißmutig.

«Der würde uns viel zu weit von dem Treffpunkt wegführen. Es ist eine Bucht hinter einer kleinen Landzunge, und dort müßten wir einen Wald durchqueren, wenn wir von diesem Weg aus dorthin gelangen wollten. Es ist wesentlich kürzer, am Strand entlangzugehen», erklärte Zygmunt. Der Wind wehte ihnen den Schneeregen jetzt genau ins Gesicht. Alle drei Männer stellten die Kragen ihrer Jacke oder Mäntel hoch und vergruben die Hände tief in den Taschen. Wellen rauschten den Sandstrand herauf und hatten schon eine Menge Tang und anderen Unrat vor sich aufgetürmt. Damit ihnen das Gehen leichter fiel, liefen sie nahe am Wasser entlang, auf dem festen, wassergetränkten Teil des Sandes. Auf der linken Seite tauchte ein langgestrecktes Gebäude auf.

«Das Strandbad», sagte Zygmunt und deutete mit einer weit ausholenden Armbewegung darauf. «Daß sie die Leute hier baden lassen, ist der reinste Völkermord! Bei dem Zustand, in dem sich die Bucht befindet, könnte man die Leute genausogut auch gleich erschießen, das wäre viel anständiger, als sie in dieser Kloake umzubringen...»

Seine Begleiter antworteten nicht. Andrzej kämpfte mit einigen Tangklumpen, die sich um seine Füße gewickelt hatten, und Pakula mit dunklen Vorahnungen.

Gelegentlich mußten sie über ein Abwasserrohr steigen oder versuchen, die Mündung eines kleinen Flüßchens zu überqueren, das hier ins Meer floß. Einige der breiteren Rinnsale waren mit einer behelfsmäßigen Brücke versehen; man hatte einen

Baumstamm darüber gelegt. Andrzej hatte einen Ast gefunden, den er als Spazierstock benutzte und mit dem er gelegentlich in den Haufen von Brettern, Kisten und anderem Strandgut herumstocherte, die angeschwemmt worden waren.

Glücklicherweise hörte es nach einiger Zeit auf zu regnen, aber der eisige Wind war äußerst unangenehm.

«Wir hätten uns eine Flasche Wodka kaufen sollen, als wir an dem Laden vorbeigekommen sind», sagte Zygmunt.

«Damit wir völlig besoffen dort ankommen, was? Das wäre sehr unvernünftig gewesen!» meinte Pakula.

«Wie sollen wir uns nachher denn überhaupt verhalten?» fragte Zygmunt. «Bis jetzt haben wir überhaupt noch keine Strategie entwickelt.»

«Für was brauchen wir denn eine Strategie?» entgegnete Pakula. «Wir haben ohnehin keine große Auswahl bei dem, was wir tun können. Wer weiß, ob der Kerl sich überhaupt blicken läßt.»

«Es wird wohl doch besser sein, wenn wir uns überlegen, wie wir uns verhalten wollen. Wir wissen nicht, was Ziegler vorhat. Vielleicht will er uns reinlegen», gab Andrzej zu bedenken.

«Warum sollte er uns denn reinzulegen versuchen? Das würde ihm doch nichts einbringen», sagte Pakula müde.

«Man weiß nie, was diesen Burschen so alles einfällt. Ein krummer Hund wie Ziegler ist zu allem fähig, und vor allem unberechenbar», sagte Andrzej.

«Ich werde ihm mit der Pistole an die Gurgel springen», rief Zygmunt begeistert und fuchtelte mit seiner Revolverattrappe in der Luft herum.

Andrzej mußte lachen: «Was willst du denn mit der Pistole an seiner Gurgel? Ein Loch reinbohren?»

«Ich werde ihm eins über den Schädel geben, daß ihm Hören und Sehen vergeht!»

Pakula blieb stehen: «Was soll denn das dumme Gerede, wir sind doch nicht im Kindergarten.»

Andrzej lachte wieder: «Wenn Ziegler ihn sieht, wird er sicherlich Reißaus nehmen.»

«Er wird ihn überhaupt nicht sehen, weil er sich nämlich im Hintergrund halten und ganz ruhig bleiben wird. Das ist doch kein Vergnügungsausflug. Ich verstehe nicht, warum du so gut gelaunt bist, Andrzej.»

«Es ist doch nur eine einfache Übergabe. Was kann dabei jetzt denn noch passieren?»

«Wenn alles so einfach gewesen wäre, wie wir gedacht haben, dann wären wir gar nicht hier.»

«Du hast recht», lenkte Andrzej ein, «wir sollten das nicht auf die leichte Schulter nehmen, es geht auch um Kasia...»

«Es wird Zeit, daß du auch einmal daran denkst.»

«Zygmunt», sagte Andrzej schließlich, «es wird tatsächlich besser sein, wenn du dich im Hintergrund hältst, so, daß man dich nicht ganz genau erkennen kann. Das wird wahrscheinlich mehr Eindruck machen. Aber laß deine Pistole in der Tasche! Die können wir nur im äußersten Notfall gebrauchen. Vergiß nicht, daß es nur Attrappen sind.»

«Die von Ziegler sind garantiert echt», warf Pakula ein.

Zygmunt nickte einsichtig.

Sie stapften schweigend weiter. Der Strand wurde steiniger und enger, bis er nur noch als schmales Band zwischen dem Meer und der allmählich ansteigenden Steilküste entlangführte. Die Höhe der Erhebungen zu ihrer Linken war mit Nadelbäumen bewachsen. Vor ihnen ragte eine kleine Landzunge in die Bucht hinein. Sie war mit einigen mickrigen Bäumchen bewachsen und endete in einem unordentlichen Geröllhaufen.

Zygmunt deutete in diese Richtung: «Dahinter muß es sein.»

«Wird auch Zeit», sagte Andrzej, «ich habe schon nasse Füße bekommen.»

Vor der Landzunge mußten sie noch die Mündung eines Baches überqueren, wobei auch die anderen beiden nasse Füße bekamen.

Die Bucht war schmal und am anderen Ende ebenfalls von einer Landzunge abgegrenzt. Die Steilküste war an dieser Stelle wieder abgefallen, und der kleine, lichte Wald grenzte unmittelbar an den Strand. Nun blies der Wind weniger scharf.

Als sie etwa die Mitte der Bucht erreicht hatten, blieben sie stehen.

«Wie spät ist es denn?» fragte Andrzej.

Pakula sah auf seine Armbanduhr. «Er müßte schon hiersein.»

Aber es war weit und breit niemand zu sehen.

Unschlüssig und frierend standen sie nebeneinander. Pakula wechselte die Plastiktüte mit dem Geld zum wiederholten Mal von einer Hand in die andere. Andrzej warf seinen Stock ins Wasser, drehte sich dann einmal um sich selbst und versuchte, irgend etwas in der Umgebung zu entdecken. Ohne Erfolg.

«Es ist zwar dunkel», gab Pakula zu bedenken, «aber vielleicht wäre es doch vernünftiger, wenn wir nicht hier direkt in der Mitte wie auf dem Präsentierteller stehen und warten. Wir könnten uns in den Windschatten der Bäume stellen.»

Andrzej nickte: «Ja, vielleicht...»

Er wurde von Zygmunt unterbrochen, der auf das Meer hinaus deutete:

«Da ist doch was.»

In diesem Moment rissen die dicken, schwarzen Wolken am Himmel auseinander, und in dem Fetzen des dunkelblauen Himmels, der plötzlich zum Vorschein kam, erstrahlte die tiefgelbe, volle Scheibe des Mondes. Und in den hellen Strahlen, die auf der unruhigen Wasseroberfläche unordentlich glitzernd reflektiert wurden, sahen sie die dunklen Umrisse einer Motoryacht, die gerade vorsichtig in die kleine Bucht hineinmanövrierte. Die an die absolute Dunkelheit gewöhnten Augen der drei Männer erkannten in dem hellen Mondschein plötzlich alle Einzelheiten der Umrisse der Bucht. Um nicht entdeckt zu werden, liefen sie auf den Rand des Wäldchens zu und warteten im Schatten der kleinen Bäume auf das, was als nächstes geschehen würde.

Die Yacht ging vor Anker, und einige Minuten lang schien überhaupt nichts mehr zu passieren. Es war eine mittelgroße, weiße Motoryacht, wie man sie in der Danziger Bucht sehr selten zu sehen bekam.

«Wie kommt die denn hierher?» fragte Pakula. «So etwas gehört doch eher ins Mittelmeer. Gibt es hier in Sopot einen Yachtbesitzer?»

Zygmunt schüttelte den Kopf. «So ein großes Boot gibt es hier nicht, nur ein paar kleinere. Keine Ahnung, wem diese Yacht gehören könnte.»

«Aber das ist doch klar!» rief Andrzej. «Das muß Zieglers Boot sein!»

Die beiden anderen sahen ihn ungläubig an.

«Wie soll er denn zu so einem Schiff kommen? Und wo soll er überhaupt das Geld her haben? Wir müssen vorsichtig sein und uns nicht gleich zeigen», meinte Pakula skeptisch.

Unter den mickrigen Kiefern am Rande des Strandes versteckt, starrten die drei Männer in die kleine Bucht und warteten gespannt, was passieren würde.

«Ich hätte mein Fernglas mitnehmen sollen», murmelte Zygmunt.

«Vielleicht gehören die gar nicht zu unserem Verein, sondern sind nur zufällig hier vorbeigekommen», sagte Andrzej.

«Das muß aber ein komischer Zufall sein. Wer will denn um diese Jahreszeit in der Danziger Bucht seine Ferien mit dieser Yacht verbringen? Und noch dazu in diesem Moment und an diesem Ort auftauchen?» sagte Pakula.

«Ich sage ja, daß es Ziegler sein muß», wiederholte Andrzej.

«Es können auch ein paar Schweden sein, die auf einer Wochenendtour sind.»

«Wir haben doch gar kein Wochenende...»

«Schrei doch nicht so, wer weiß, ob uns nicht jemand hören kann!»

«Es können doch auch Schmuggler sein.»

«Die würden wohl kaum ein so auffälliges Schiff benutzen.»

«Oder die Polizei.»

«Aber das ist doch völliger Unsinn.»

«Wenn sie aus irgendeinem besonderen Grund hier sind, müßte sich ja bald etwas tun.»

«Es scheint aber gar nichts zu passieren.»

«Ich sage, daß es Ziegler sein muß.»

«Wenn er es wirklich ist, dann hat er sich schon wieder verspätet.»

«Vielleicht benutzt er dieses Schiff zum Schmuggeln. Er ist doch so ein Typ, oder nicht?»

«Dumm genug, daß er sich so ein auffälliges Boot zulegt, ist er vielleicht schon.»

«Da tut sich jetzt was!»

Andrzej deutete mit dem Arm auf die Yacht, und die anderen beiden sahen jetzt auch, wie sich ein kleines Ruderboot hinter dem Heck der Yacht zeigte und sich heftig auf den Wellen schwankend auf das Ufer zubewegte. Es sah ganz so aus, als ob derjenige, der ruderte, zunächst nicht damit zurechtkam.

«Wer sitzt denn drin?»

«Ich kann überhaupt nichts erkennen.»

Dann schob sich das Boot aus dem Schatten der Yacht heraus in das helle Licht des Mondes.

«Es sind fünf Personen», sagte Pakula.

«Hoffentlich saufen sie nicht ab.»

«Wollen wir das Empfangskomitee spielen?» fragte Zygmunt und machte einen Schritt aus dem Schatten der Bäume heraus, aber Pakula zog ihn wieder zurück: «Nicht so voreilig.»

Das Boot schien tatsächlich von einem Dilettanten gerudert zu werden, denn es bewegte sich in einem seltsamen Zickzack-Kurs unruhig auf den Strand zu. Als es näher gekommen war, konnte man erkennen, daß eine der fünf Personen eine Frau war. Es mußte Kasia sein. Eine andere Figur unterschied sich in seinen Umrissen wesentlich von den anderen drei – das war höchstwahrscheinlich Ziegler.

«Hast du die Tüte mit dem Geld noch?» fragte Andrzej.

«Natürlich», sagte Pakula und hielt sie hoch.

«Dann kann es ja losgehen.»

«Lassen wir sie erst einmal an Land kommen.»

«Herrgott, wenn es nur nicht so furchtbar kalt wäre», sagte Zygmunt ungeduldig und stampfte mit den Füßen auf den Boden.

Die Spitze des Bootes hatte endlich den Strand erreicht, und einer der Männer stieg unsicher heraus. Er zog den Bug ein wenig weiter das Ufer herauf, und die anderen Personen erhoben sich schwankend. Zuletzt verließen Kasia und Ziegler das Boot. Dann standen sie alle fünf einen Moment lang unschlüssig herum und blickten um sich.

«Ich glaube, wir sollten uns sehen lassen», sagte Pakula.

Aber in diesem Augenblick geschah es.

«Was ist denn jetzt los?» rief Andrzej halblaut. Er deutete auf den ihnen gegenüberliegenden Teil des Waldrandes. Von dort schlichen einige dunkle Gestalten aus dem Schatten der Bäume hervor. Pakula, Andrzej und Zygmunt traten unwillkürlich ein paar Schritte zurück in den Schutz der Kiefern.

«Polizei!» sagte Andrzej leise.

«Vielleicht auch nicht...» entgegnete Pakula.

Tatsächlich benahmen sich die Gestalten nicht so, wie man es von umsichtigen Polizisten erwartet hätte. Sie wagten sich so nahe es ging an das Ufer heran und begannen, ohne Vorwarnung zu schießen. Die Kugeln verfehlten zunächst ihr Ziel und man hörte sie ins Wasser prasseln. Im gleichen Moment schloß sich die Wolkendecke vor dem Mond, und das kalte, helle Licht verschwand. Ziegler und seine Leute fanden genug Zeit, sich hinter ihr Boot und einen halb im Wasser liegenden Baumstamm zu werfen. Die beiden Parteien schossen sich aufeinander ein. Gelegentlich sah man das Mündungsfeuer einer Pistole in der Dunkelheit aufblitzen. Durch die eigenartige Akustik in der kleinen Bucht klangen die Schüsse sehr trocken, dünn und fast ungefährlich, aber sie mußten trotzdem auch noch weiter entfernt zu hören sein.

Pakula zählte sieben schwarze Gestalten, die sich im Wald versteckt hatten. Sie versuchten, Ziegler und seine Leute einzukreisen.

Andrzej machte einen Satz nach vorn und wurde gerade noch von Zygmunt zurückgehalten, der ihn mit beiden Händen am Arm gepackt hatte.

«Wir müssen Kasia da rausholen!» rief Andrzej.

«Die werden dich doch abknallen, du Trottel», sagte Zygmunt.

In diesem Moment fiel eine der schwarzen Gestalten mit einem erstickten Schrei zu Boden.

«Ja, aber was machen wir denn jetzt?» stotterte Andrzej.

Die drei Männer sahen sich ratlos an.

Plötzlich schrie Andrzej zornig: «Ach, verdammt noch mal!» und riß sich los. Er rannte auf einen der Männer zu, der ihnen am nächsten stand, und ehe der richtig bemerkt hatte, daß hinter ihm etwas vorging, hatte Andrzej ihn mit einem kraftvollen Sprung angefallen und zu Boden gerissen. Während des Laufens hatte er seine ungefährliche Pistole aus der Tasche gezogen und schmetterte sie nun mit aller Wucht auf den Schädel des unter ihm liegenden Mannes. Der blieb liegen und rührte sich nicht mehr. Andrzej nahm ihm die Pistole ab, zielte und schoß einem nicht weit von ihm Stehenden ins Bein, der mit einem Aufschrei zu Boden ging. Ein anderer drehte sich um und schoß auf Andrzej. Die Kugel pfiff knapp an Andrzej vorbei, und er konnte sich in eine dunkle, Sandkuhle retten.

Pakula dachte nur eins: Ich weiß nicht, ob das gut ist, was er da macht.

Zygmunt sah ihn mit ratlosem, leeren Gesicht an und zog die Schultern zögernd hoch, als wollte er sagen: Wie können wir ihm nur helfen?

Ein paar Kugeln peitschten an ihnen vorbei, und sie flüchteten einige Meter nach rechts.

Ein weiterer Mann fiel stöhnend zu Boden und blieb regungslos liegen, und auch vom Ufer her hörte man einen Schmerzensschrei. Der letzte Getroffene lag in der Nähe von Zygmunt und Pakula. Pakula bückte sich so tief wie er konnte und schlich zu der leblos liegenden Gestalt hinüber. Er fand die Pistole, die der Mann hatte fallen lassen, und hob sie auf. Sie hatte ein erstaunliches Gewicht. Einen Moment lang blickte er auf sie herab, wie sie in seiner Hand lag, und wußte nicht, was er damit anfangen sollte. Dann hob er sie, zielte auf eine feindliche Gestalt und drückte ab. Aber es passierte gar nichts. Es klickte nicht einmal, der Abzug war gesperrt oder verklemmt. Immer noch auf den Knien liegend, aber nicht gerade in einer idealen Deckung, sah er sich die Waffe noch einmal genau an. Alles, was er erkennen konnte, war, daß es sich offensichtlich um eine automatische Pistole handeln mußte, aber er fand keinen Hebel, mit dem er sie hätte entsichern können. Er wurde ungeduldig, und eine Panik ergriff ihn. Er hatte sich zu weit vorgewagt! Jetzt lag er hier, die Kugeln flogen um ihn herum, und er wußte nicht mehr, was er tun sollte. Es wäre vernünftiger gewesen, in Deckung zu bleiben, nichts zu tun und einfach abzuwarten.

In diesem Augenblick warf sich Zygmunt neben ihn in den Sand, nahm ihm mit einer routinierten Bewegung die Pistole aus der Hand, zog das Magazin heraus und schob es wieder hinein, fand den richtigen Hebel zum Entsichern.

«Wenn wir das Mädchen rausholen wollen, müssen wir diese Schießwütigen verjagen», sagte er entschlossen, «wir müssen ordentlich Radau machen. Nur schade, daß wir keine Platzpatronen für unsere Attrappen haben ...»

Er hob die Pistole in Augenhöhe, streckte den Arm weit aus und drückte mehrmals ab, dann duckte er sich wieder in den

Sand. Das wiederholte er einige Male und schoß in verschiedene Richtungen.

«Ich muß nur aufpassen, daß ich nicht aus Versehen einen umbringe, das könnte ein böses Nachspiel haben», murmelte er.

Pakula wußte nicht so recht, wie ihm geschah. Er kauerte im Sand und blickte mit wachsendem Erstaunen auf Zygmunt.

«Ich war einmal bei der Armee», sagte er entschuldigend, «deshalb kann ich mit so einem Gerät umgehen.»

Verwirrt durch die Schüsse hinter ihrem Rücken trat die angreifende Partei den Rückzug an. Diejenigen von ihnen, die nicht verletzt waren, flüchteten wieder in den Wald. Pakula zählte vier Gestalten, die zwischen den Bäumen verschwanden.

Am Ufer versuchte Andrzej, sich an Zieglers Boot heranzupirschen.

Von dort her hörte man Zieglers zornige Stimme: «Ihr Hornochsen, laßt den da liegen und bringt das Boot gefälligst zu Wasser! Habt ihr denn nicht gehört?»

Er schien etwas verstört zu sein und sprach deutsch, was kaum einer von seinen Begleitern verstehen konnte. Kurz vorher hatte er seine Kommandos noch auf englisch oder in stolpernden polnischen Wortfetzen gegeben.

Halb im Wasser lag der Körper eines Mannes. Ein anderer kniete neben dem Boot und hielt sich seinen Arm. Offenbar war auch er getroffen worden. Auch Kasia war wieder zu sehen, sie hatte sich während des Feuergefechts auf dem Boden des Ruderbootes in Sicherheit gebracht und richtete sich gerade auf.

Pakula stand auf und winkte mit dem Arm: «He, Ziegler!»

Der richtete sich irritiert auf. Er schien noch nicht einmal Andrzej bemerkt zu haben, der jetzt am Boot angelangt war und mit Kasia zu sprechen begann.

Ziegler erkannte, wer ihn gerufen hatte, und sagte: «Pakula!» Aber es war kaum zu hören.

In diesem Moment hörten sie in der Ferne Polizeisirenen. Zygmunt, der wieder neben Pakula stand, tippte diesem auf die Schulter:

«Ihr solltet das hinter euch bringen, bevor die Miliz hier ist.»

Er hielt ihm die Plastiktüte mit dem Geld vor das Gesicht: «Das hast du da hinten liegenlassen.»

Pakula erinnerte sich nicht mehr daran, daß er die Tüte verloren hatte. Er war verwirrt, denn er hatte sie wirklich einfach fallen lassen. Mit einer etwas abwesenden Geste nahm er die Tüte in Empfang.

«Ihr beide macht euch am besten mit den anderen aus dem Staub, damit ihr der Miliz nicht in die Hände lauft. Ich werde verschwinden. Ich bin alleine und kann sie vielleicht umgehen, außerdem kenne ich diese Gegend.» Er gab ihm die Pistole: «Hier, vielleicht brauchst du das noch», und wandte sich um in Richtung auf das Wäldchen.

Pakula stapfte mit unsicheren Schritten durch den nassen Sand nach unten.

«Beeil dich doch, du Idiot!» rief Ziegler ihm entgegen. «Willst du uns alle den Bullen ausliefern?»

Seine beiden übriggebliebenen Helfer waren gerade dabei, das Boot ins Wasser zu schieben, Andrzej half ihnen dabei, weil der eine am Arm verletzt war. Pakula rannte die letzten Meter.

Als er ins Boot sprang, sah er, wie Andrzej Kasias Fesseln an den Händen zerschnitt. Ziegler sah zu und sagte nichts. Pakula warf ihm die Tüte mit dem Geld vor die Füße, aber auch das schien Ziegler zunächst nicht sonderlich zu interessieren. Er war zu sehr damit beschäftigt, mit verkniffenem Gesicht und verkrampfter Körperhaltung das Ufer abzusuchen, wo jeden Moment die Miliz auftauchen konnte.

«Die einzige Möglichkeit, der Miliz zu entkommen, ist, daß wir erst einmal auf dem Boot mitkommen», sagte Andrzej und zuckte bedauernd mit den Schultern.

«Ja, ja», sagte Pakula.

Während das Boot sich langsam vom Ufer fortbewegte, blickte Pakula immer wieder beunruhigt Ziegler an, der noch halb aufgerichtet das Ufer absuchte, den Kopf immer wieder ruckartig von rechts nach links drehend und am ganzen Körper zitternd. Er machte fast den Eindruck eines aus dem Irrenhaus Entflohenen, der seine Verfolger hinter sich spürt.

Sie erreichten die Yacht, noch bevor die Miliz am Ufer in Erscheinung trat. Ziegler stolperte hastig ans Steuer, startete den Motor und manövrierte das Boot aus der kleinen Bucht hinaus.

KAPITEL 25

Unter Deck war es sehr eng. Die Einrichtung bestand in der Hauptsache aus vier Schlafkojen. Den Verletzten hatten sie in eine der Kojen gelegt. Er jammerte vor sich hin. Dieser große, plumpe Kerl mit seinen groben bäuerlichen Gesichtszügen wirkte auf einmal sehr kindlich. Der andere war noch mit Ziegler an Deck. Die beiden Männer schienen Brüder zu sein. Der eine hatte dem Verletzten den Arm verbunden und ihm geholfen, sich auf das Bett zu legen.

Pakula, Andrzej und Kasia waren unter Deck, aber nicht gerade gut gelaunt, denn noch immer waren sie Ziegler nicht losgeworden. Kasia und Andrzej saßen auf einem Bett, Pakula auf einem gegenüberliegenden.

«Wo fahren wir denn jetzt hin?» fragte Kasia.

«Keine Ahnung», sagte Andrzej.

«Ziegler wird wahrscheinlich versuchen, aus der Danziger Bucht herauszukommen», meinte Pakula.

«Und was wird dann aus uns?»

«Er wird sicherlich nicht scharf darauf sein, sich länger als nötig mit uns zu beschäftigen ...»

«Und wohl auch nicht mit den anderen beiden», warf Pakula ein.

«Glaubst du, daß er mit dem Schiff das Land verlassen will?» fragte Andrzej.

«Das wäre jetzt die beste Gelegenheit für ihn.»

«Dann wird er uns vorher an Land bringen müssen», sagte Kasia.

«Es sieht ganz danach aus.»

Der andere Bauerntölpel kam wieder vom Deck herunter. Er hielt noch immer eine Pistole in der Hand. Er setzte sich zu seinem Bruder auf das Bett und blickte auf ihn herab, mit einer seltsamen Melancholie in den Augen.

«Wo fährt der Käpt'n denn hin?» wandte Andrzej sich an ihn.

Der Mann blickte desinteressiert an ihm vorbei und dann wieder ohne erkennbare Gefühlsregung auf seinen Bruder, der immer noch wie ein kleines Kind jammerte.

«Was ist eigentlich mit ihm?» fragte Kasia.

«Es sieht so aus, als ob sein Oberarm durchschossen ist. Es muß verdammt weh tun», sagte Andrzej.

«Können wir ihm nicht helfen?»

«Sie haben ihn ja verbunden, mehr kann man nicht tun.»

«Ich werde mal nachsehen, was Ziegler da oben macht.»

Pakula kletterte die steile Treppe zur Kajütentür hinauf und öffnete sie vorsichtig. Ein eisiger Wind, mit Schneeflocken vermischt, wehte ihm entgegen. Er trat hinaus und sah sich nach Ziegler um, der in der offenen Steuerkabine stand. Er schien ihn noch nicht bemerkt zu haben. In seinem dicken, schwarzen Mantel mit dem Pelzkragen wirkte er hinter dem Steuerrad seltsam deplaziert. Pakula trat dicht hinter ihn und sprach ihn an:

«Wo fahren wir denn hin?»

Ziegler zuckte heftig zusammen wie eine aufgeschreckte Katze und fuhr mit einer verblüffenden Schnelligkeit herum. Gegen das Steuer zurückgelehnt, hielt er eine Pistole in der Hand, die er mit einem panischen Ausdruck in den Augen zitternd auf Pakula gerichtet hatte.

Pakula wankte einen Schritt zurück und blieb dann wie gebannt stehen.

«Ruhig, ruhig!» gurgelte es aus Zieglers Kehle hervor. Die zitternde Hand mit der Pistole machte eine gerade Bewegung von rechts nach links und wieder zurück, so als ob sie kein Ziel finden könnte.

Pakula empfand plötzlich ein seltsames hohles Gefühl in der Brust. Das Boot bewegte sich auf und ab. Man hörte, wie der Wind über das Deck fegte, und er fröstelte.

«Was ist, was willst du?» stieß Ziegler hervor.

«Nichts, ich wollte nur mal nachsehen, wohin wir fahren...»

Die Worte gingen im Heulen des Windes unter.

Das Steuerrad begann sich plötzlich zu drehen, und Ziegler verlor für einen Moment seinen sicheren Stand. Durch die Bewegung des Bootes gezwungen, machte Pakula einen Schritt nach vorn, um sein Gleichgewicht zu halten. Ziegler richtete sich erschrocken auf und hielt die Pistole mit ausgestrecktem Arm ganz nah an Pakulas Gesicht, so daß er direkt in die Mündung blickte.

«Komm mir nicht einen Schritt zu nahe!» Ziegler brüllte fast. «Ich mach dich fertig, du armselige Ratte!»

Trotz der Kälte trat Pakula der Schweiß auf die Stirn. Jetzt dreht er endgültig durch, dachte er. Es war wie ein Schock. Er hatte das Gefühl, wehrlos einem tollwütigen Hund gegenüberzustehen.

Er versuchte eine unschuldige Handbewegung: «Aber ich wollte doch nur mal nachsehen, was hier draußen los ist», sagte er stotternd.

«Ihr wartet doch nur auf eine Gelegenheit, mich fertigzumachen!»

«Du spinnst ja», sagte Pakula mit einer erstaunten Stimme.

«Nein!» rief Ziegler, während Pakula fasziniert dessen seltsam verzerrte Gesichtszüge betrachtete.

Einen Moment lang standen sie sich bewegungslos gegenüber. Dann nahm Ziegler langsam wieder die Pistole herunter, hielt sie aber weiterhin auf Pakula gerichtet, der daraufhin einen Schritt zurückwich. Ziegler atmete schwer.

«Wo fahren wir hin?» versuchte Pakula es erneut.

«Irgendwo nahe bei dieser Halbinsel können wir vielleicht einen ruhigen Platz zum Ankern finden. Es dauert nicht mehr lange.» Der eben noch harmlose Klang seiner Stimme verschwand augenblicklich wieder und wurde drohender: «Du gehst jetzt wieder nach unten und sagst den anderen, daß ich hier oben niemanden gebrauchen kann.»

Pakula tat, wie ihm befohlen. Als er unten angekommen war und unschlüssig unterhalb der Treppe stehenblieb, kam Kasia auf ihn zu und fragte:

«Was macht er da oben?»

«Er sucht einen Ankerplatz.»

«Gut», sagte sie dann leise und mit einem verschwörerischen Ton in der Stimme, «wir wollen den beiden da auf dem Bett die Pistole wegnehmen. Der Verletzte hat keine mehr, aber der andere.»

Sie deutete unauffällig auf Andrzej, der mit einer Flasche in der Hand spielte.

«Ich lenke sie ab, Andrzej schlägt zu, und du nimmst die Pistole», sagte sie.

In wenigen Sekunden war alles erledigt.

Die Bauerntölpel verhielten sich genau wie vermutet. Zwar gab es ein großes Geschrei, aber Ziegler konnte es draußen wohl kaum gehört haben. Pakula und Andrzej hatten einige Mühe, die beiden Männer zu fesseln. Sie versuchten es erst mit deren Gürteln, fanden dann aber einige brauchbare Seile, die in einer Ecke auf dem Boden herumlagen.

«Was machen wir mit Ziegler?» fragte Andrzej dann.

«Er ist völlig durchgedreht», sagte Pakula, «man kann nicht mehr mit ihm reden. Wir müssen ihn unschädlich machen. Aber das können wir nicht, solange er dort draußen steht. Er hat eine Pistole und kann uns abknallen, wenn wir den Kopf zur Tür herausstrecken. Und in dem Zustand, in dem er jetzt ist, wird er es bestimmt ohne Zögern tun.»

«Wir sollten uns möglichst gut verteilen, daß er uns nicht alle sehen kann.»

Pakula postierte sich neben der Treppe, Andrzej in einer dunklen Ecke und Kasia sich ihm gegenüber auf einem der Betten. Die beiden Männer hielten jeder eine Pistole in der Hand.

Sie warteten.

Schließlich kam er.

Ziegler polterte die Treppe herunter wie ein Elefant. Er stolperte auf den Stufen und wäre beinahe gestürzt, hätte er sich nicht mit der linken Hand gerade noch rechtzeitig am Geländer festgehalten. In der rechten Hand hielt er die Pistole.

Als er sah, daß Pakula in einer Ecke in der Nähe der Treppe stand, blieb er auf einer der unteren Stufen abrupt stehen und richtete die Pistole auf ihn.

«Geh weg da!» rief er ihm zu und fuchtelte wieder wie von Sinnen mit seiner Pistole.

Pakula verfluchte sich für seine Angst, die plötzlich wieder in ihm aufstieg, und er gehorchte. Er hörte, wie Andrzej seufzte. Ziegler stieg endgültig von der Treppe herunter.

Die drei Männer standen sich nun in dem engen Raum gegenüber, die Pistolen aufeinander gerichtet. Einen Moment lang schienen alle drei von dieser Situation überwältigt zu sein und starrten sich stumm an. Dann begann Ziegler zu reden:

«Ihr meint wohl, damit habt ihr mich in der Falle, ihr lächerlichen Figuren? Ich knalle euch doch ab, ehe ihr bis zwei gezählt habt! Verdient habt ihr es ohnehin, nachdem ihr mich verraten und Szretters Leuten ausgeliefert habt. Wundert mich, daß ihr überhaupt aufgetaucht seid. Wolltet wohl den Spaß mit ansehen, wie Ziegler fertiggemacht wird, was? Aber da habt ihr euch verrechnet.»

«Red keinen Quatsch, Ziegler», unterbrach ihn Pakula, der wohl als einziger dieses panische Gebrabbel aus Zieglers Mund verstanden hatte. «Wenn wir nicht gewesen wären, lägst du schon längst als Leiche im Wasser. Wir haben dir doch geholfen, die Figuren am Strand loszuwerden, wir haben dich aus diesem Schlamassel befreit.»

Ziegler stierte ihn an. Es schien fast so, als ob er nicht fähig war, diese Worte zu verarbeiten. Er reagierte wie ein in die Enge getriebenes Raubtier.

«Das wird euch auch nichts mehr nützen, ich bin fertig mit euch.»

«Ohne uns bist du doch aufgeschmissen. Spätestens nach dieser Schießerei ist die Polizei hinter dir her. Die haben garantiert irgendeinen festgenommen, und der wird mit der Geschichte herausrücken. Die einzigen, die dir ein Versteck zeigen oder aus dem Land heraushelfen können, sind wir.»

«Das ist doch nur ein Bluff. Die Polizei weiß überhaupt nichts von mir. Außerdem habe ich das Schiff. Mit dem bin ich hier weg, bevor irgend jemand an mich denkt.»

«Wo hast du das Boot überhaupt her?» versuchte Pakula weiter abzulenken.

Ziegler reagierte nicht darauf.

«Laß deine Pistole fallen!» fuhr er Pakula an.

Pakula sah hilflos zu Andrzej hin, der immer noch mit dem gleichen kaltblütigen Gesichtsausdruck in der Ecke stand.

«Bleib so stehen, wie du bist», sagte Andrzej mit einer entsetzlich ruhigen Stimme.

Pakula brach der Schweiß aus.

«Fallen lassen!» schrie Ziegler.

«Hör mal», würgte Pakula hervor, «laß uns doch darüber reden...»

«Fallen lassen!»

«Ziegler, ich bin auf deiner Seite», Pakulas Stimme war nur noch ein heiseres Flüstern. Das Blut pochte in seinem heißen Gesicht. Zieglers Pistole schien immer näher zu kommen, seine gräßliche Fratze vergrößerte sich ins Unermeßliche und Andrzejs versteinerte Gesichtszüge grinsten höhnisch hinter ihrer

Fassade. Pakula zitterte am ganzen Körper, Todesangst hatte ihn erfaßt. Aber – hatte er nicht selbst eine Pistole? Wo war sie nur? Pakula fühlte seine Arme und Hände nicht mehr. Er zitterte und war gleichzeitig gelähmt. Er hörte das Klicken eines Pistolenabzugs und ein lautes Bersten, einen ohrenbetäubenden Knall, ein riesenhaftes Krachen und Dröhnen, das ganze Schiff erzitterte und schwankte mit einemmal heftig. Aber war das nur eine Halluzination? Fiel er in diesem Moment, weil er von einer Kugel getroffen worden war, oder wegen dieser mächtigen Erschütterung, die die Yacht erfaßt hatte?

Das Licht flackerte und erlosch.

Irgend etwas hatte die Yacht gerammt.

Der Schuß war ins Leere gegangen. Alle Personen im Raum hatten das Gleichgewicht verloren und fielen zu Boden.

Dann hörte man das Getrappel von schweren Stiefeln auf dem Deck, die Kajütentür wurde aufgestoßen und mehrere Gewehrläufe ragten herein.

«Waffen wegwerfen und einzeln herauskommen!» rief eine laute Stimme.

Die Miliz-Beamten trugen Ziegler an Händen und Füßen nach draußen. Er wehrte sich schreiend, beißend, tretend und schlagend.

Die anderen ließen sich ohne Widerstand entwaffnen und festnehmen.

KAPITEL 26

«Und Sie waren die ganze Zeit hinter uns her?» fragte Pakula ungläubig.

«Ja», entgegnete Kronstad, «das habe ich Ihnen doch gesagt. Wir warteten nur auf eine günstige Gelegenheit zuzuschlagen. Wir haben alle Ihre Schritte beobachtet. Nur Ihre Abreise nach Danzig hat uns einige Schwierigkeiten bereitet. Aber wir wußten natürlich von Ziegler und daß er das Mädchen in seine Gewalt gebracht hatte. Auch ihn haben wir keine Sekunde aus den

Augen gelassen, nachdem wir ihn einmal ausfindig gemacht hatten. Und so wußten wir auch, nachdem wir Zieglers Ziel kannten, wohin Ihre Reise gehen würde. Außerdem haben wir Ihr Telefon im Hotel abgehört.»

«Ich glaube, wir haben Sie unterschätzt. Unser Vertrauen in die Polizei war nicht sehr groß.»

Kronstad lächelte dünn. «Damit haben wir gerechnet. Je weniger alle Beteiligten mit der Polizei rechneten, um so ungezwungener handelten sie. Das Problem der Polizeiarbeit ist nur, wie weit man die Zügel schleifen lassen darf. Wir können uns selbstverständlich nicht leisten, die Eskalationen zu weit zu treiben, sonst heißt es nachher in der Öffentlichkeit, die Polizei unternehme nie etwas. Man muß auch vorsichtig dabei sein, damit man nicht zu viele Opfer riskiert. Ein paar Kriminelle ja, aber Unschuldige dürfen nicht zu Schaden kommen.»

Sie saßen wieder in Kronstads karg eingerichtetem Büro in dem Gebäude der Warschauer Kriminalpolizei. Mittlerweile waren zwei Tage seit der Verhaftung vergangen, die Beteiligten waren nach Warschau überführt worden. Jeder einzeln. Es war eine schreckliche Fahrt gewesen, in einem stinkenden, kalten vergitterten Gefängniswagen der Miliz. Pakula hatte die ganze Zeit entsetzlich gefroren und war froh gewesen, als er sich endlich auf einer der harten Pritschen im Untersuchungsgefängnis in Warschau hatte ausstrecken können.

«Ziegler hatte also geplant, das *Makiwara* mit Hilfe der Motoryacht in den Westen zu bringen?»

Pakula nickte: «Ja, deshalb ist er auch nach Sopot geflüchtet, als ihm der Boden unter den Füßen in Warschau zu heiß geworden war. Er ist mit dem Boot über die Ostsee illegal eingereist und wollte das Land auf diesem Weg auch wieder verlassen. Ich frage mich nur, wie er zu einem so teuren Boot gekommen ist, wo er doch praktisch pleite war.»

«Es war nicht sein Boot, wie wir inzwischen ermittelt haben. Er hat es sich von einem Geschäftsmann in Lübeck für zwei Tage geliehen, und der hat es inzwischen als gestohlen gemeldet, nachdem es nicht zum vereinbarten Termin zurückgebracht worden war.»

«Eine ziemlich verrückte Idee, dieses Rauschgift in den Westen schmuggeln zu wollen», sagte Pakula.

«Das kann man wohl sagen», stimmte Kronstad zu. «Diese ganze Geschichte mit dem *Makiwara*-Handel und dem Einkauf des Rauschgifts gegen falsche Dollar kann nur in dem Hirn eines halbverrückten Größenwahnsinnigen entstanden sein. Es gibt doch in Deutschland überhaupt keinen Markt für diese Droge.»

«Wahrscheinlich hoffte er, daß er sich in kurzer Zeit einen Abnehmerkreis aufbauen könnte.»

«Ich glaube kaum, daß er mit diesem ekelhaften Gebräu dort Erfolg gehabt hätte. *Makiwara* ist das Produkt ganz bestimmter gesellschaftlicher Verhältnisse, wie sie nur in Polen existieren. Der Rauschgiftmarkt im Westen ist dermaßen übersättigt, daß man dort mit einem derartig minderwertigen Produkt sicherlich nichts verdienen kann.»

«Ziegler hatte auch in der Vergangenheit schon immer etwas überzogene Vorstellungen von seinen geschäftlichen Möglichkeiten.»

«Er scheint den Sinn für die Realität völlig verloren zu haben. Jetzt, nachdem wir ihn verhaftet haben, macht er uns immer noch Sorgen. Auf der Polizeistation in Sopot hat er getobt und die Zelle verwüstet. Wir mußten einen Arzt kommen lassen, der ihm eine Beruhigungsspritze gab. Bisher hat noch niemand ein vernünftiges Wort mit ihm wechseln können. Seit seiner Verlegung nach Warschau hat er sich zwar wieder beruhigt, weigert sich aber immer noch zu sprechen. Dabei ist seine Aussage enorm wichtig für den Prozeß gegen Szretter. Um dessen Verurteilung geht es schließlich in erster Linie. Ihre Aussage allein wird uns nicht helfen, ihn des Rauschgifthandels zu überführen. Mit Hilfe von Zieglers Aussage könnten wir einen großen Teil der organisierten Warschauer Kriminalität ausschalten. Einem Zeugen allein wird man nicht genug Glauben schenken. Zumal man weiß, daß Sie alles tun werden, um Ihren Kopf aus der Schlinge zu ziehen. Szretters Mitwisser werden zunächst vorsichtig sein und erst auspacken, wenn sie sicher sind, daß es schlecht um ihn steht. – Wenn aber alles gutgeht, werden auch einige Köpfe in der Warschauer Verwaltung rollen müssen. Und dazu ist die Zeit längst schon reif.»

Er blickte Pakula scharf an: «Wenn die Prozesse so verlaufen, wie ich es mir wünsche, dann haben Sie durch Ihre Dummheiten doch noch etwas für das Wohl des polnischen Staates getan. Dank des Durcheinanders, das Sie und Ziegler hier in Warschau mitverursacht haben, haben wir endlich eine Möglichkeit zum Eingreifen gefunden. Und die haben wir erfolglos schon seit Jahren gesucht.»

Kronstads Schlag gegen die organisierte Kriminalität in Warschau wurde in der polnischen Presse ausführlich gewürdigt.

Gewisse ausländische Personen, so hieß es, sowie *einige antisozialistische Kollaborateure* hätten versucht, *zum Zweck des persönlichen Profits und aus anderen niedrigen Beweggründen*, die sozialistische Gesellschaftsordnung zu untergraben. Dies sei von *wachsamen Elementen* des polnischen Staates verhindert worden, und großer Schaden hatte vermieden werden können, obwohl man noch nicht davon sprechen könne, daß allen *gewissenlosen Subjekten* das Handwerk gelegt worden sei, die am menschlichen Elend, nämlich der Rauschgiftsucht, verdienen wollten. Immer wieder wurde betont, daß erst das Zusammenspiel in- und ausländischer Verbrecherorganisationen diesen gefährlichen Herd organisierter Kriminalität in Warschau hatte entstehen lassen können. Man sprach in diesem Zusammenhang auch davon, daß gewisse verbrecherisch-revanchistische Kreise aus der Bundesrepublik Deutschland es offenbar darauf angelegt hatten, den polnischen Staat durch den Export von Kriminalität ins Wanken zu bringen. Besonders eifrige Kommentatoren ritten fleißig auf Zieglers BND-Vergangenheit herum.

Andererseits waren durch die Vorkommnisse innenpolitische Konsequenzen unvermeidbar, die der Presse sichtliche Probleme bereitet hatten.

Szretter, einer der Köpfe der organisierten Kriminalität in Warschau, hatte mit seinen Verbindungen zu einflußreichen Kreisen von Partei und Verwaltung nicht hinter dem Berg gehalten. Der Erfolg war ein regelrechtes Durcheinander in einigen Bezirksbüros der Polnischen Vereinigten Arbeiterpartei. Eine Menge kleiner und mittlerer Funktionäre, denen ihre Position nicht genug Anerkennung, vor allem finanzieller Art, eingebracht hatte, hatten versucht, ihr Prestige auf unkonventionelle Art zu verbessern. Die Verbindung zu solchen Kreisen war

Szretters Kapital gewesen, und er hatte sie sehr gepflegt. Die kleine Säuberungswelle, die die Warschauer Parteibüros erfaßte, wurde zwar nicht auf den Titelseiten der Presse abgehandelt, aber trotzdem in weiten Teilen der Bevölkerung mit großer Genugtuung aufgenommen. Endlich waren einmal wieder Beweise dafür erbracht worden, daß «die da oben» trotz ihrer schönfärberischen Reden genauso Halunken waren, wie alle anderen auch.

Die Partei versuchte, die Vorfälle nach Möglichkeit für sich auszuschlachten, indem sie darauf hinwies, daß sie, wenn es um Moral, Ordnung und Gerechtigkeit ging, nicht einmal vor den eigenen Reihen haltmachte. *Niemand wird geschont, der versucht, die Herrschaft der Arbeiterklasse zu untergraben!* hatte es in einem Leitartikel eines führenden Warschauer Parteimitgliedes geheißen.

Der Prozeß gegen Szretter und alle Beteiligten wurde zügig begonnen und beendet. Offenbar wollte man den größtmöglichen positiven Propagandaeffekt erzielen und gleichzeitig vermeiden, daß die Diskussion über Kriminalität und Korruption in der Partei zu lange andauert. Alles in allem hatten Partei und Staat letzten Endes ihr Gesicht wahren können und sogar bewiesen, daß sie vor Selbstkritik nicht zurückschrecken. Man konnte fast den Eindruck gewinnen, daß die Verantwortlichen sich etwas zu sehr gegenseitig auf die Schultern klopften.

Nur wenige kritische Stimmen wurden laut, die den juristischen Erfolg relativierten. So hatte der gefeierte Major Kronstad vor Gericht erklärt: «Unser Erfolg ist nur relativ. Und wenn ich relativ sage, dann meine ich relativ klein. Natürlich haben wir einigen antisozialen Subjekten das Handwerk gelegt, aber das wirkliche Problem ist ein anderes, ein schwierigeres. Die Frage, die wir uns alle stellen müssen ist: Wie kommt es, daß so große Teile unserer Jugend derartig verwahrlosen? Wie ist es möglich, daß trotz des Aufbaus des Sozialismus in unserer Mitte ein Zentrum der Dekadenz und Verzweiflung entstehen kann? Warum stürzen sich immer mehr junge Menschen, um deren Zukunft wir uns so bemühen, in diese grauenvolle Sucht, diesen langsamen Selbstmord? Daß dieses Problem, das wir lange Zeit nur für kapitalistische Dekadenz gehalten haben, nun auch bei uns um sich greift, muß für alle aufrechten Kommunisten ein Warnsignal sein, auf das wir hören müssen.»

Pakula, der diese Rede Kronstads im Gerichtssaal mitverfolgte, hatte den Eindruck, daß die Worte, die der Major gebrauchte, eigentlich gar nicht seine eigenen waren. Und für einen Moment beschlich ihn das Gefühl, einem ganz besonders cleveren Politiker zuzuhören. Ein Mann in seiner Position war natürlich in der Partei. Aber wie wichtig war diese Mitgliedschaft für ihn wirklich? Auf welcher Seite stand Kronstad? Ganz offensichtlich auf der einzig richtigen. Und welche war das? Die Seite der Vernunft – oder wie sollte man es beschreiben? Und warum sollte Kronstad nicht tatsächlich ein Kommunist sein?

Viel Zeit hatte er jedoch nicht für seine philosophischen Gedanken gehabt. Es wurde ihm schnell bewußt, daß auch sein Schicksal in diesem Prozeß mitverhandelt wurde. Zwar war er hierbei nur als Zeuge geladen, aber es war ihm klargewesen, daß es vom Erfolg dieser Verhandlung abhing, was mit ihm weiter geschehen sollte. Die acht Wochen vom Beginn seiner Verhaftung bis zum Ende des sehr schnell anberaumten Prozesses saß er wie auf heißen Kohlen. Als er die Urteile mitanhörte und sich darüber freute, daß man Szretter zu zwölf und Ziegler zu zehn Jahren Gefängnis verurteilte, befiel ihn gleichzeitig ein schmerzhaftes Gefühl der Unsicherheit: Was würden sie mit ihm jetzt machen?

Wieder war es Kronstad, der sich mit ihm befaßte:

«Das Gericht war mit Ihnen sehr zufrieden. Ihre Aussagen sind sehr nützlich gewesen. Insofern ist man Ihnen dankbar. Man hat sich dann mit den in der Vergangenheit liegenden Geschehnissen befaßt und ist zu dem Schluß gekommen, daß es sich nicht lohnt, um Ihre Person allzuviel Wind zu machen. Das klingt nicht sehr schmeichelhaft für Sie, aber ich denke, es wird Sie trotzdem freuen: Sie sind ein zu kleiner Fisch, als daß man momentan einen aufsehenerregenden Prozeß riskieren möchte. Die Dummheiten, die Sie sich in der Vergangenheit geleistet haben, sind es gar nicht wert, daß man Ihnen deswegen einen Strick daraus dreht. Natürlich bleiben Sie ausgebürgert und brauchen sich keine Hoffnung auf eine Rückkehr nach Polen zu machen. Mit dem Ende des Prozesses werden Sie als unerwünschte Person wieder ausgewiesen, und wir alle hoffen, daß wir nichts mehr von Ihnen hören werden. Was Ihre kriminellen Handlungen betrifft, also die widerrechtliche Einreise mit gefälschten Papieren und der Schmuggel von gefälschten Devisen, so haben Sie das Glück, daß das Gericht davon ausgeht, daß dank Ihrer Mithilfe bei der Aufdeckung von Straftaten und Ihrer Bereitschaft zur freimütigen Aussage eine Verurteilung wegen der betreffenden Delikte einstweilen ausgesetzt werden kann, wenn Sie sich verpflichten, das Land zu verlassen und nie mehr einzureisen. Ich hoffe, das genügt Ihnen. Mehr können Sie beim besten Willen nicht verlangen.»

Pakula hatte das Gefühl, daß er alles Kronstad verdankte. Aber es war ganz offensichtlich, daß er nicht darauf angesprochen werden wollte.

«Was ist aus Andrzej und Katarzyna Krasicki geworden?» fragte er Kronstad. «Das letzte Mal habe ich sie im Zeugenstand gesehen.»

«Gegen die beiden lag nichts Konkretes vor. Da man den Verdacht hatte, sie könnten eventuell gegen das Gesetz verstoßen haben, wurden sie verwarnt, und es wurde ihnen erklärt, daß man sich das nächste Mal, wenn man sie in einem solchen Zusammenhang erwischen würde, daran erinnern werde. Selbst wenn man ihnen hätte beweisen können, daß sie das Geld aus Ihrem Hotelzimmer gestohlen haben, wäre es zu keiner Verurteilung gekommen, denn sie haben es Ihnen ja wieder zurückgegeben. Und Prostitution –» Er machte eine abfällige Handbewegung.

Pakula atmete auf. Es hätte ihn sehr belastet, schließlich hatten sich die beiden weniger zu Schulden kommen lassen, als er selbst. Er hatte sie gemocht. Und wenn er sie wahrscheinlich auch nie mehr wiedersehen würde, so beruhigte es ihn doch, daß sie ebenfalls glimpflich aus dem von ihm verursachten Durcheinander herausgekommen waren.

Die Ausweisung erfolgte schnell und unspektakulär. Zwei ganz und gar nicht gesprächige Polizeibeamte in Zivil brachten ihn zum Warschauer Flughafen und setzten ihn in eine Maschine der polnischen Fluggesellschaft LOT, die nach Ostberlin flog. Dort holten ihn zwei unfreundliche Herren in schweren Wintermänteln und Hüten ab, fuhren ihn an einen Grenzübergang in Richtung Westberlin und schickten ihn hinüber. Obwohl er seinen falschen Paß benutzte, gab es keine Probleme. Hinter dem westlichen Grenzposten drehte er sich um und sah zu den beiden Männern zurück, die darauf gewartet hatten, daß er den anderen Sektor erreichte. Sie drehten sich um und gingen gemächlich zu ihrem Wagen zurück.

Der Westen begrüßte ihn mit feinen kleinen Schneeflocken und einer eisigen Kälte. Es war inzwischen längst Januar geworden.

Man hatte es ihm allerdings nicht erspart, die beiden ungeliebten Reisetaschen wieder mit nach Hause zu nehmen.

KAPITEL 27

Über dem kleinsten Schaufenster der Straße standen immer noch die Worte: «Alles für den Bücherfreund», und immer noch hing die schmutzige, gelbe, zerschlissene Plastikmarkise darüber. Auch die Bücherstapel hinter der Fensterscheibe waren noch die gleichen.

Einige eifrige Exiltürken hatten das Schaufenster mit Plakaten beklebt, auf denen das Porträt von Mao Tse-tung rot auf schwarz gedruckt war. Darunter stand auf türkisch und in deutscher Übersetzung: «Vorwärts im Kampf aller unterdrückten Völker gegen die Imperialisten!» – Pakula fragte sich, was er und sein Laden damit zu tun hatten.

Er stand vor der Ladentür und war erleichtert darüber, daß während seiner Abwesenheit niemand das Schaufenster mit einem Stein eingeworfen hatte. Es war noch früh am Morgen, auf dem Bürgersteig lag eine dünne eisige Schneedecke. Er war am Abend zuvor angekommen, als es schon stockdunkel gewesen war, und hatte sich nicht die Mühe gemacht, seinen Laden gleich nach der Ankunft zu inspizieren. Statt dessen war er auf direktem Weg in seine Wohnung gegangen. Jetzt öffnete er die Tür und trat ein. Es war sehr kalt und er drehte die Heizung auf.

Wie er nun zwischen den Regalen und Bücherstapeln stand,

kam ihm sein Laden mit einemmal unerhört winzig vor – und diese wenigen Quadratmeter waren die wichtigsten in seinem Leben.

Er stellte die Ständer mit den gebrauchten Taschenbüchern nach draußen, so daß jeder sehen konnte, daß der Laden wieder geöffnet war. Aber die Kunden ließen noch auf sich warten. Er nutzte die freie Zeit, um sich wieder an dieses langweilige normale Leben zu gewöhnen. Mittags ging er zu einem Kiosk um die Ecke und kaufte sich eine Zeitung. Schließlich kamen einige Kunden, aber gegen Nachmittag wurde es wieder sehr ruhig.

Er saß hinter der Ladentheke und las Zeitung, als sich die Tür zögernd öffnete. Herein trat ein Mann in einem teuren Ledermantel, mit einem breitkrempigen Hut auf dem Kopf und weißem Schal um den Hals. Er schloß die Tür bedächtig hinter sich zu. Als er den Hut abnahm, um den Schnee, der sich darauf gesammelt hatte, abzuschütteln, erkannte Pakula ihn und war einen Moment lang sehr erstaunt. Es war Trascanu. Pakula blickte ihn verwirrt an. Trascanu lächelte leicht boshaft und trat einige Schritte auf den Tresen zu.

«Na, wieder im Geschäft?» fragte er. «Ist eine lange Reise geworden, was?»

Angst stieg in Pakula auf. Was wollte er von ihm? Er hatte diesen Rumänen völlig vergessen.

«Was wollen Sie?» fragte er.

«Schönen guten Tag erst mal», antwortete Trascanu, und seine Lippen versuchten ein freundliches Lächeln.

«Tag», erwiderte Pakula kühl.

«Ich bin schon oft hier vorbeigekommen. Wollte ein paar Bücher kaufen und bei der Gelegenheit einmal nachfragen, was aus Ihrer Reise geworden ist. Aber es war jedesmal noch geschlossen. Hat wohl recht lange gedauert die ganze Sache?»

Pakulas Nerven beruhigten sich wieder.

«Es hat so gut wie nichts geklappt. Es ist ein Wunder, daß ich heil wieder aus Polen herausgekommen bin.»

«Wie ist es denn unserem gemeinsamen Freund Ziegler ergangen? Der muß doch auch irgendwann dort aufgetaucht sein.»

«Er wird noch ein paar Jahre dort zubringen müssen, denke

ich, falls keine sehr großzügige Amnestie erlassen werden sollte.»

Trascanu grinste, und Pakula begann, ihm die ganze Geschichte zu erzählen. Trascanu grinste immer noch, als Pakula geendet hatte.

«Dachte mir doch gleich, daß es nicht so einfach werden würde, wie er geglaubt hat. Jedenfalls hat er noch einmal ein hübsches Feuerwerk gezündet, bevor sie ihn eingelocht haben.»

«Und was haben Sie vor, jetzt, wo Ihr Chef hinter Schloß und Riegel sitzt?»

«Oh, es findet sich immer etwas. Das Leben ist natürlich etwas langweilig geworden. Deswegen komme ich ja her. Ich sollte mal wieder ein Buch lesen. Ich habe mich nur noch nicht entschieden, welches von diesen beiden ich mitnehmen soll.»

Er hielt Pakula zwei gebrauchte Taschenbücher entgegen, die er aus dem Ständer vor dem Schaufenster genommen hatte. Zwei Mark das Stück. Das eine hieß «Der achte Zwerg», und dummerweise hatte Pakula über den Namen des Autors das Preisschild geklebt. Das andere war «Ich, sagte die Fliege» von einem gewissen Charles Latimer.

«Kriminalromane», sagte Trascanu, «vielleicht kann man da noch etwas lernen.»

«Das glaube ich kaum», sagte Pakula.

«Tja, welches nehme ich denn nun?» Trascanu blickte von einem Titel zum anderen. «‹Der achte Zwerg› hört sich ein bißchen mickrig an, was? Ich nehme lieber das andere.»

Auf dem Titelblatt war das Porträt einer riesigen Schmeißfliege zu sehen. Pakula kassierte die zwei Mark, und Trascanu verabschiedete sich bemüht freundlich.

Pakula wandte sich wieder seiner Zeitungslektüre zu. Sein Blick fiel auf eine kleine Meldung, die er mit Interesse las:

Mehr Drogenabhängige in Polen

Warschau (dpa) – In Polen steigt die Zahl der Drogenabhängigen. Wie die amtliche Nachrichten-Agentur PAP meldete, wurden 1985 bereits 16675 Drogensüchtige registriert, 1984 seien es noch 1400 weniger gewesen. Schwere Drogenvergiftungen wurden 1985 in 943 Fällen registriert. 109 Personen starben 1985 in Polen an einer Überdosis Rauschgift. Die registrierten Rauschgiftsüchtigen stammen nach Angaben von PAP zu 95 Prozent aus den Großstädten und sind überwiegend Männer zwischen 21 und 24 Jahren. Sie besorgten sich das Rauschgift aus der Mohnproduktion des Landes und kochten daraus ein giftiges Gebräu aus Mohnstroh. Der illegale Handel mit diesem heroinartigen Rauschgift, auch Makiwara genannt, habe sprunghaft zugenommen. In den Bezirken Danzig, Liegnitz und Allenstein sei der Anbau von Mohn völlig verboten worden.

Er hörte, wie die Ladentür erneut geöffnet wurde, und blickte träge auf. Ein verzückter Schrei ertönte: «Joschi! Na endlich, das wurde ja auch Zeit!» Und noch ehe er reagieren konnte, hatte sich ein üppiger Frauenkörper auf ihn gestürzt und ihn umarmt.

Es war Tina.